MW01706641

ITA FIC RAI
Raineri, Maria Daniela, 1968–
Meno male che ci sei /
5383183

32022201003726

*Della stessa autrice*

PIÙ BELLA DI COSÌ

MARIA DANIELA RAINERI

# Meno male che ci sei

SPERLING PAPERBACK

MENO MALE CHE CI SEI

Proprietà Letteraria Riservata
© 2007 Sperling & Kupfer Editori S.p.A.
I edizione Sperling Paperback novembre 2009

ISBN 978-88-6061-534-3
86-I-09

# PARTE PRIMA

# Uno

SONO trasparente.

Nessuno mi rivolge la parola da mezz'ora e io mi guardo i piedi. Forse per una volta aveva ragione mia madre a dire che le scarpe da ginnastica non sono per niente femminili. Magari, se mettevo un bel paio di sandali con il tacco, a quest'ora ero a baciarmi con Gabriele a Villa Borghese.

Invece, dopo la festa, Gabriele ha portato me e le mie Converse da maschio a casa di Nicoletta-che-fa-Filosofia.

Proprio mentre ce ne stavamo andando, lei ha chiesto un passaggio e poi, arrivati sotto il suo appartamento di studentessa fuori sede, ha sorriso (solo a lui, tanto per chiarire che io non ero compresa nei suoi programmi) e gli ha domandato: «Ti piace il tè verde?»

«Sì. E a te, Allegra?» ha risposto lui, ma forse mi ha incluso nel discorso per educazione, solo per ricordarle che non poteva lasciarmi ad aspettare in macchina come un cagnolino.

«Non lo bevo, il tè», ho provato io in un ultimo disperato tentativo di cambiare il destino della mia serata.

«Solo dieci minuti, okay?»

Mi sono sforzata di fare la brillante, ho alzato le spalle e ho detto: «Beh, tanto è presto», anche se non era presto per niente, era l'una e mezza e avevo promesso a papà che sarei stata a casa per l'una.

Abbiamo fatto cinque piani senza ascensore e ora eccoci qui, ad ascoltare Nicoletta che, mentre prepara una canna, ci spiega tutto sugli esami del primo anno a Filosofia e sui film nella sezione *Giornate degli Autori* al Festival di Venezia.

La sua compagna di appartamento ha gli occhi a mandorla e un nome difficile da pronunciare, se ne sta zitta e continua a mettere su l'acqua per altro tè. Le rare volte che apre bocca lo fa con frasi brevissime, ma sufficienti a seminare indizi per far capire a Gabriele quanto è figa Nicoletta, quanto ha viaggiato Nicoletta, quanto è colta Nicoletta e quanti film asiatici ha visto che ha visto anche lui.

Così siamo due contro una, non è leale. Perché non se ne va a dormire?

Visto che la conversazione sembra lontana anni luce dalla parola «fine», mi metto a studiare la mia rivale alla ricerca di difetti. Almeno così passo il tempo.

Viso acqua e sapone, capelli lunghi con cui le piace giocare, gonna colorata, toppino corto, anelli e bracciali d'argento.

Conosco il genere: a prima vista ti sembra una che se ne frega dell'aspetto esteriore perché lei si sente bella dentro, ma basta guardarla un po' meglio per accorgersi che ha sistemato ogni accessorio al posto giusto e che non ha lasciato nulla al caso. La sua borsetta indiana, per esempio, l'ho vista nella vetrina di un negozio etno-chic del centro e costava minimo ottanta euro. E poi ha tutti i colori intonati, scommetto che anche la biancheria intima è in tinta. Ma solo le mutande, visto che continua a chinarsi verso Gabriele per allontanare ogni sospetto circa la presenza di un reggiseno. Forse farebbe prima a dirglielo chiaramente, che non lo porta, invece di fare tutte quelle contorsioni. Almeno lui si regola e via. A occhio e croce ha una bella terza, e mi spiace ammettere che le sta su, anche se non è più una ragazzina, ha vent'anni suonati.

Si vede che è una che ha esperienza da come continua a parlare tranquilla guardando Gabriele dritto negli occhi, mentre le sue mani lavorano veloci ma calme con fumo, tabacco e cartine. È abile, la vecchia.

La invidio perché io le canne non le so rollare, fumo raramente, infatti adesso mi gira la testa, e mi sento strana e assonnata, oltre che triste. Non era certo questo il fine serata che sognavo quando Gabriele mi ha chiesto di accompagnarlo alla festa.

Cosa è successo? Ho sbagliato solo le scarpe oppure senza accorgermene mi sono lasciata scappare qualche frase da cretina?

E se invece fossi diventata davvero invisibile?

Al pensiero mi prende un po' di angoscia, così faccio un esperimento e, mentre loro parlano di un regista che non ho mai sentito nominare, provo a fare una smorfia.

Storco gli occhi e tiro fuori la lingua dondolando la testa.

Nessuno dice niente. Allora è proprio vero, non mi vedono più.

Vuol dire che da adesso posso fare ciò che mi pare senza che nessuno se ne accorga, e la cosa ha anche i suoi lati positivi.

Invece no, Gabriele mi ha visto. Si gira verso di me, mi dà un colpetto da amico al ginocchio e mi chiede: «Tu cosa ne pensi?»

«Eh?»

Ecco il solito guaio. Ogni volta che sono in mezzo a persone che parlano di qualcosa che non so (e da quando ho conosciuto Gabriele questo succede praticamente sempre), inizio a distrarmi, a pensare ad altro, tipo a quanto sono poco colta e poco interessante, e alla fine mi ritrovo tutta presa dai fatti miei e mi dimentico di starli a sentire.

Ora, per esempio, non so cosa rispondere a Gabriele perché non ho la più pallida idea di cosa dovrei pensare di cosa.

Sostengo il suo sguardo e mi tormento una ciocca di capelli come ho appena visto fare a Nicoletta (quando voglio imparo in fretta, soprattutto dal nemico).

«Beh, in effetti...»

Qualcuno mi aiuti. Naturalmente non posso contare sulle padrone di casa.

«A te piace il cinema?» mi chiede Gabriele con un bel tono dolce.

Lo sapevo che facevo bene a innamorarmi di te.

Vorrei baciarlo, ma non si può.

Invece dico: «Sì, moltissimo!»

Sento che ce la posso fare.

«E qual è l'ultimo film che hai visto?» mi domanda Nicoletta mentre si accende una sigaretta e il suo sguardo mi ricorda quello di Gatto Silvestro che tiene in pugno Titti il canarino.

Ci penso un secondo.

Poi altri dieci, quindici. Non sono molto brava con le bugie. Soprattutto quando serve. Così non mi viene in mente nessuna risposta interessante e, per non fare scena muta, mi tocca dire la banale verità: «*Garfield 2*».

Nicoletta soffia fuori il fumo, si appoggia allo schienale della sedia, poi guarda Gabriele con aria soddisfatta. Non mi stupirei se ora dicesse: «Non ho altro da aggiungere, Vostro Onore», come nei film americani.

Ma Gabriele non ride e prova a coinvolgermi comunque nella conversazione. «Ti piacciono i gatti, vero?»

«Sì, ma non ne teniamo in casa perché papà è allergico.»

«Lo sai che la maggior parte delle allergie è di origine psicosomatica?» si intromette Nicoletta, che non ha perso il sorriso ma si vede benissimo che sarebbe disposta a uccidere pur di restare al centro dell'attenzione.

«Davvero?»

«Lo stiamo studiando a Psicologia Uno, parte monografica.»

Ecco cosa ci vuole dopo due canne e una figura di

merda: ascoltare una lezione di Nicoletta sulle cause psicosomatiche di tutti i mali umani. Sono combattuta tra la voglia di picchiarla e quella di dormire.

Per fortuna si apre la porta e un ragazzo con molta barba e pochi capelli fa il suo ingresso in cucina.

Vorrei tanto che fosse il fidanzato di Nicoletta, ma lui è troppo brutto e io sono troppo sfortunata. Infatti è solo Nando, il terzo inquilino.

«Al terzo piano ci sono Gigi e quelli di Lettere, fanno una spaghettata. Venite?»

Ciao, sono Allegra. E questo bellissimo ragazzo bruno seduto accanto a me è Gabriele, l'uomo con cui vorrei fidanzarmi prima che sorga il sole.

Ma Nicoletta non fa le presentazioni, così non dico niente, mi limito a fissare gli altri con un po' di paura negli occhi. Ci mancano solo gli spaghetti alle tre di notte ed è la volta che mio padre telefona a *Chi l'ha visto?*. Del resto, so che non gli dispiacerebbe affatto andare in tv.

Invece accade una cosa meravigliosa.

«No, grazie, noi andiamo che è tardi», dice Gabriele, e intanto mi mette un braccio intorno alla spalla e mi dà una pacca come per dire «ora di alzarsi».

Mi ha quasi abbracciato. Davanti a Nicoletta. Non vuole mangiare gli spaghetti, vuole andarsene via con me. E, soprattutto, ha detto «noi».

Mi passa subito il sonno.

Sono così contenta che, mentre bacio Nicoletta sulle guance e le dico «Grazie di tutto, spero di rivederti presto!» mi sento quasi sincera.

Poco dopo, Roma di notte scorre davanti ai miei occhi non ancora del tutto abituati a questa città che è davvero bella da togliere il fiato.

«Cos'è quella faccia contenta? Non vedevi l'ora di andare via, vero?»

«Ma no, erano simpatici. È solo un po' tardi.»

«Ti fanno problemi a casa?»

«Boh. Dipende dall'umore.»

«Sono tutti uguali, eh... Però, a vederla, tua madre non sembra la tipa che ti aspetta sveglia.»

«Mia madre non c'è.»

Gabriele mi guarda, capisco che teme di aver fatto qualche figuraccia. Allora cerco di rassicurarlo.

«È in ospedale.»

«Niente di grave, spero.»

«No, no, presta solo il suo corpo alla ricerca sul botulino.»

Rido per fargli capire che è una battuta. Ma non dovrebbe funzionare così, credo. Mi sa che dovrò lavorare ancora sul mio senso dell'umorismo. Infatti Gabriele fa solo un sorriso gentile.

«Resto qui a guardarti mentre entri nel portone.»

Traduzione: è tardi, sei molto carina, ma buonanotte, probabilmente non diventerò mai il tuo ragazzo, perché non sai niente di cinema e non hai nemmeno ancora diciotto anni, mentre io sono appena stato corteggiato da una ventenne e proprio non c'è storia.

Resto ferma. Gli guardo la bocca. Non c'è molta distanza tra noi. Potrei sussurrargli «ciao» e stampare le mie labbra sulle sue.

Non mi direbbe di no, sono sicura. A scuola ci sono

tante ragazze che fanno sempre così. Gli piace uno, lo placcano, lo baciano e tutto il resto. I maschi non si tirano mai indietro, però poi di solito scrivono il numero di cellulare della tipa sulla porta dei cessi.

Ma io sono timida e preferisco restare nell'anonimato. Così non faccio niente, mi limito a dire «buonanotte» con voce più naturale possibile e a porgergli la guancia per un bacetto.

Lui mi bacia sulla guancia destra, normale.

Poi mi dà un bacio sulla guancia sinistra. E intanto mi sfiora la mano. E le sue labbra restano sulla mia pelle per tre secondi.

«Buonanotte, stellina.»

Mentre entro nel portone ho voglia di mettermi a cantare. Gli piaccio, sono sicura che gli piaccio. Non mi è saltato addosso perché è un gentiluomo. Sono così felice che non me ne frega niente se papà mi sgrida.

Apro la porta con il cuore che mi batte forte, pronta ad affrontare qualsiasi discussione con il sorriso sulle labbra.

Ma, anche se sono già le tre e mezza, papà non è ancora rientrato.

# Due

MIO padre si materializza in cucina alle undici e mezza del mattino, mentre sto facendo colazione. Tutto il mio buon umore se ne è già andato, perché stanotte, quando mi sono messa a letto, ho provato a chiamare Gabriele per dirgli che era stata una bellissima serata, ma lui aveva il telefono occupato.

«A che ora sei tornata?»

Che faccia tosta, penso, mentre spalmo uno strato di Nutella alto un centimetro sulla mia fetta biscottata.

«All'una», rispondo senza guardarlo.

Lui grugnisce e intanto fruga nella dispensa.

«E tu?» gli chiedo, visto che non ho voglia di essere l'unica in difficoltà.

«Ah, io un po' più tardi. Saranno state le due, ma quando sono entrato ho fatto piano per non svegliarti.»

Mi scompiglia i capelli, come fa sempre quando si sente in colpa o in imbarazzo.

«Ti sei divertito?»

«Bah, le solite cene tra commerciali.»

«I commerciali mordono?»

«Eh?»

«Hai due segni rossi qui, sul collo, sembrano proprio morsi.»

«Lascia perdere, era un ristorante all'aperto pieno di zanzare.»

Terza frase da quando si è svegliato, terza bugia. Bel record, papi.

«Ah, sì?» dico con la bocca piena.

«Sono finite le girelle.»

Finalmente una cosa vera.

Sospiro, ma lo vedo così perso senza le sue merendine preferite che sacrifico due cucchiai della mia riserva personale di Nutella e gli spalmo una fetta biscottata.

Mi ringrazia e mangiamo in silenzio, fingendo di essere interessati al notiziario radio. Poi lui si schiarisce la gola e mi chiede, se posso, di non dire niente a mamma.

«Sai che a lei non piace quando torno tardi. Non che faccia qualcosa di male, ma tu valla a capire. Comunque non mi va di farla arrabbiare, non le fa bene per la convalescenza...»

Io non dico né sì né no.

Lui mi chiede quali sono i miei programmi per il pomeriggio.

«Studio.»

Non gli dico che ho intenzione di chiudermi in camera mia, mettere su Robbie Williams e piangere fino a stasera, perché sono sicura che Gabriele appena mi ha scaricato è tornato da Nicoletta e di certo hanno fatto sesso e magari si sono messi insieme sul serio e si sposeranno quando lui avrà finito il liceo.

«Io faccio un salto dalla nonna, allora», dice sbadigliando.

«Scommetto che anche là ci sono le zanzare.»

«Cosa?»

«Niente. Vuoi ancora una fetta biscottata?»

«No, ho un mal di testa... Mi sa che torno a dormire una mezz'oretta.»

Ed ecco che il mio papà, con i suoi boxer Calvin Klein, il passo ciondolante e i capelli troppo neri per uno di quarantaquattro anni, a mezzogiorno sparisce di nuovo nella camera buia.

Io attacco la quarta fetta biscottata, penso che potrei telefonare alla mia amica Giada, ma so che mi riempirebbe di domande e non ho voglia di parlare.

Però, il giorno dopo, a scuola, sono costretta a raccontarle qualcosa.

«Avete fatto sesso?»

«No. Bella la festa, eh? Tua madre si è accorta che le hanno pisciato nei vasi?»

«Non ancora. Ma ti ha baciata, almeno?»

«No. Cioè, sulla guancia.»

«Che strano. Forse allora gli piace quella Nicoletta. Hai visto che tette che ha?»

Giada è speciale. Quando arrivo in classe contenta (evento raro ma possibile) trova subito il modo per mettermi di cattivo umore. Naturalmente, quando sono già un po' triste per i fatti miei, faccio di tutto per evitarla, ma non è così semplice, visto che è la mia compagna di banco. Io penso che questa cosa di Nicoletta me l'abbia detta apposta per farmi stare male, anzi scommetto che le roderebbe se mi mettessi con Gabriele, che secondo me le piace un bel po'.

Nella mia classe le ragazze si dividono praticamente in due gruppi: le Belle e le Brutte.

Le Belle passano le giornate a parlare di vestiti e diete.

A me dicono tutti che sono tra le più carine della classe, quindi teoricamente farei parte del gruppo, ma dopo un po' che parlo di scarpe mi viene sonno.

Così vorrei essere amica delle Brutte, che sono quelle più secchione ma anche le più simpatiche perché hanno sempre la battuta pronta.

Il guaio è che il loro passatempo preferito è fare battute perfide sulle Belle, e quindi anche su di me. E quando ho provato a frequentarle si vedeva che erano a disagio, probabilmente in mia presenza non riuscivano a scatenarsi come al solito. Così ho lasciato perdere. E mi è rimasta solo Giada, che non è abbastanza bella per stare con le Belle e nemmeno abbastanza intelligente per stare con le Brutte. Pensavo che fosse molto più semplice trovare delle amiche.

L'umore della mattinata peggiora ulteriormente quando nell'intervallo faccio un giro per vedere se trovo Gabriele alla macchinetta del caffè, ma un suo compagno mi dice che è rimasto in classe perché la prossima ora ha la verifica di matematica. Anche se non lo vorrei, mi ritrovo a pensare che sia solo una scusa per non vedermi.

A casa c'è mamma. È tornata stamattina, con il suo trolley di Gucci e un paio di labbra nuove.

«Papà ha detto che sembro un'attrice.»

Io non le dico che stava meglio prima e la bacio sulle guance pensando che non ho sentito per niente la sua mancanza.

«Quale attrice?» chiedo.

«Dice una della televisione... Quella che balla a *Paperissima*, forse.»

«Allora una ballerina, non un'attrice.»

Ma mamma non ascolta, continua ad andare avanti e indietro per il salotto, spostando cuscini e soprammobili, non la smette di parlare e ride molto più del solito. Riconosco il sintomo: euforia da intervento estetico. Dura un po' di più dell'effetto da nuovo paio di scarpe. Solitamente si accompagna a una smania per i viaggi esotici e a un impellente bisogno di rinnovare guardaroba e arredamento del bagno.

«Allegra, hai da fare oggi?»

«Devo studiare.»

«Sì, ma a parte studiare?»

«No.»

«Allora ti porto a fare un po' di shopping. Mica vorrai farti tutta l'estate con tre paia di jeans!»

E perché no? I miei jeans mi stanno d'incanto. Non

passa giorno senza che qualcuno mi chiami «culo di fata» o roba del genere.

Comunque penso che posso studiare autori latini stasera. Vada per il giro di shopping, almeno così posso sorvegliare i suoi acquisti ed evitare che spenda in scarpe i pochi soldi che lei e mio padre dicono di aver messo da parte per i miei studi universitari.

Mentre guardiamo le vetrine di via Cola di Rienzo, mamma non fa che parlarmi del centro dove le hanno appena sistemato le labbra. Dice che fanno anche programmi di ginnastica correttiva specifici per ragazze molto giovani.

«Ti potrebbe servire per quel tuo difetto di postura.»

«Quale difetto?»

«Ma sì, sei sempre tutta curva all'indietro, non vedi?» e indica la mia immagine riflessa nella vetrina. «Sembra che hai la pancia, da quanto stai storta.»

Mia madre non si darà pace finché non mi vedrà afflitta da qualche complesso fisico.

Per dirne una, non può concepire che io non mi sia mai messa a dieta. Ho un bel ripetere che non ne ho bisogno perché sono alta uno e settantadue e peso cinquantasei chili, ma lei non ci sente: vorrebbe che io facessi la dieta «per il mio futuro», un po' come aprire un libretto di risparmio.

«Un bel giorno tutte quelle calorie ti compariranno sulle cosce all'improvviso!» è la sua frase preferita ogni volta che mi vede mangiare.

Prima c'era stato il periodo del naso. Avevo undici anni, lei mi guardava, mi passava un dito sul nasino, sorrideva traboccante di amore materno e poi diceva: «Senti qui la gobbetta che cresce. Tra qualche anno scommetto che ti viene il naso come quello di nonno Vittorio».

Nonno Vittorio è suo padre. Sta in una casa di riposo a Varese. Una volta faceva il carabiniere. Dice che nella vita ne ha viste troppe per avere ancora voglia di essere gentile. Naturalmente il naso di nonno Vittorio è talmente grosso che quando lo vedi vorresti inventarci su apposta una barzelletta.

Io lo avevo aspettato, il mio nasone. Ero arrivata al punto che quando avevo cominciato a uscire con i ragazzi e loro mi dicevano che ero bella mi sembrava di imbrogliarli. Vedrai tra qualche mese come ti frego, pensavo. A volte li lasciavo anche solo per quello, per evitare di deluderli.

Invece il mio naso è rimasto sempre così, piccolo e dritto come da bambina. E mia madre è rimasta l'unica in famiglia con due interventi di rinoplastica all'attivo (il primo riuscito, il secondo no). Non so se me l'ha perdonato. Una volta, dopo che avevamo litigato, ho sognato che mentre dormivo lei veniva in camera mia e per vendicarsi mi picchiava in faccia con un pesetto da fitness. Non sono riuscita a parlarle per tre giorni.

Ora siamo alla ginnastica correttiva. Io le ricordo che ho fatto spinning per tutto l'anno, e il medico sportivo non ha mai avuto niente da ridire sulla curvatura della mia schiena.

«Ma cosa vuoi che ne capisca un medico?»

Sbuffo e non rispondo. Vorrei solo dirle che non è

colpa mia se non ho i suoi stessi problemi. E che, se non ho bisogno di una liposuzione alle cosce, questo non vuol dire che io sia felice. Ci sono mille cose che mi rendono triste. Per esempio tra un anno devo scegliere cosa fare all'università e ogni giorno cambio idea. Giada si iscriverà a Legge, dice che è sicura, lo sa da quando aveva otto anni. Per me l'unico davvero sicuro è suo padre, che fa il notaio. Io non ho le sue certezze, vorrei fare la veterinaria, ma a volte anche la scrittrice, però Martinetti, il mio prof di italiano, dice che vado sempre fuori tema e non mi dà mai più di sei e l'unica volta che ho provato a parlargli dei miei dubbi sul futuro lui ha fatto una brutta battuta sul mio sedere. Sono triste perché mi sento sola, mi mancano i miei compagni di classe di Varese e nessuno ha voluto sapere il mio parere quando papà ha chiesto il trasferimento a Roma. Sono triste perché sono innamorata di Gabriele da sei mesi e lui mi tratta come la sua sorellina minore anche se abbiamo la stessa età, e perché nessun ragazzo mi ha mai detto «ti amo». Sono triste perché i miei genitori non mi chiedono mai se sono felice.

Magari sbaglio io a tenermi tutto dentro. Forse, se riuscissi a confidarmi, mamma potrebbe capire, ci potremmo abbracciare piangendo e impegnarci a recuperare il tempo perduto. Proprio come fanno in tv. Potrei sempre iscrivermi al *Grande Fratello* e poi invitare mia madre in studio. Oppure, molto più facile, potrei provare a dirle qualcosa ora, visto che non ci capita spesso di passare del tempo insieme.

«Secondo te come mi starebbero quei pantaloni?»

Mi riscuoto. Siamo davanti a una vetrina e mamma ha già portato la mano alla borsetta, pronta a brandire la carta di credito come se fosse una bacchetta magica in grado di rimettere a posto tutto ciò che non va. Okay, non è il momento migliore per un confronto generazionale, così entriamo nel negozio e lei scompare nel camerino per un tempo che mi sembra un po' troppo lungo.

Vorrei chiederle perché non prova almeno una 42, ma so quando è il momento di tacere. Così mi metto a guardare gli occhiali da sole.

«Allegra!»

Quella che sta strillando il mio nome è Chiara, la mia compagna di scuola, la Regina delle Belle. Mi abbraccia e mi bacia sulle guance, sembra che non mi veda da dieci anni. Le Belle sono così: in classe non ti salutano nemmeno se ti passano sui piedi, ma se ti vedono fuori da scuola ti saltano al collo e urlano come se avessero appena incontrato Christina Aguilera.

Intanto mia madre è sbucata fuori dal camerino, dove è riuscita a compiere il miracolo e ha chiuso fino all'ultimo bottone i pantaloni taglia 40. Cammina un po' strana e si guarda allo specchio.

«Chiara, questa è mia madre.»

«Non ci credo! Sembrate sorelle.»

*Bum!*

«Molto piacere. Perché non vieni a fare merenda da noi qualche volta?» chiede mamma senza respirare.

«Sarebbe carino», dico io, facendo finta di sorridere, e intanto penso che non succederà mai, perché l'ultima volta che Chiara ha fatto merenda aveva sei anni e mezzo.

Mamma e Chiara iniziano a parlare come vecchie amiche e si scambiano informazioni sui migliori corsi di pilates della città. Io prendo in seria considerazione l'idea di rubare un paio di occhiali, poi lascio perdere. Chiederò a mamma di comprarmeli, rassegnata a sentirmi dire che non vanno bene perché ho il viso troppo tondo.

Chiara ci saluta dopo aver consigliato a mamma un paio di T-shirt che io non oserei indossare nemmeno alla finale del concorso Miss Maglietta Bagnata e alla fine colei che mi diede la vita paga senza fiatare una cifra irragionevole per due magliette e un paio di pantaloni troppo stretti. Quando usciamo mi fa un bel sorriso e dice che si sente dieci anni più giovane.

Poi mi propone una tappa da Mc Donald's.

Magari le labbra nuove le stanno facendo bene sul serio, penso mentre mangia il suo Big Mac con una luce negli occhi che non le vedo quasi mai.

«Venire qui è stata un'ottima idea», le dico.

«Perché non facciamo un salto a trovare papà?» mi chiede quando abbiamo spazzolato anche l'ultima patatina.

Mamma non ha mai due buone idee nello stesso giorno.

Arriviamo vicino alla banca dove lavora mio padre, ma prima passiamo davanti a un piccolo bar male illuminato. Una ragazza, che avrà tre o quattro anni più di me, sta asciugando i bicchieri dietro al bancone. Appoggiato al bancone c'è mio padre, che ci dà le spalle.

Mamma si ferma sulla porta. Io mi pento di non essere rimasta a casa a studiare autori e all'improvviso mi prende una gran paura di essere interrogata proprio domani.

Papà non ci ha visto e continua a chiacchierare con la ragazza. La ragazza ha i capelli castani, come mamma, e le labbra belle grandi e cariche di rossetto, come mamma. Ma forse quelle della ragazza sono vere.

«Una bella scocciatura che lavori qui dentro. Se uno vuole offrirti un aperitivo come fa?» sta dicendo papà con la solita mancanza di fantasia.

«Non lo fa e non si sbaglia», risponde lei, ma intanto sorride.

«Ti ho capita, va'. A te bisogna portarti direttamente a cena.»

La ragazza al bancone saluta me e mamma, rigide e ferme all'ingresso come clienti indecise.

Papà si volta e non fa una piega. «Ehi, chi si vede! Prendete un caffè?»

Papà rientra a casa stranamente presto. Io me ne resto chiusa in camera e accendo lo stereo con Pink a tutto volume per coprire le voci dei miei che si fanno sempre più alte.

«Ma se ci scherzo sempre con quella!»

«Me li immagino gli scherzi che fai a quella troietta!»

«Non essere volgare, cazzo!»

Mando un messaggino a Gabriele: *I miei litigano. Li odio. Ho voglia di parlare un po' con te.*

La risposta arriva quando mio padre è già uscito di casa urlando: «Tutto quel silicone ti intossica il cervello!»

*Sopportali, è la vecchiaia che avanza. Ci vediamo domani a scuola.*

Solo questo. Non dice *passo a prenderti* e nemmeno *telefonami*. Non mi vuole. Vorrei scomparire.

Mi metto a letto, spengo le luci e lo stereo e, mentre le lacrime iniziano a scendere, sento mia mamma che, chiusa in bagno, vomita il suo Big Mac.

«Questa volta si separa.»

Silvia sbadiglia. La telefonata di Luisa l'ha svegliata durante il consueto sonnellino post cena. Non riesce mai a finire una puntata di *Un posto al sole* senza perdere i sensi sul divano.

«Ma va'?»

«Non usare quel tono. È vero. Ha litigato di brutto.»

«Con chi?»

«E con chi? Con sua moglie, no?»

«Perché?»

«Perché lei lo soffoca.»

«In che senso? Cerca di ucciderlo con un cuscino sulla faccia?»

Silvia ride, ma Luisa non ha voglia di scherzare. Le donne innamorate tendono a perdere il senso dell'umorismo. Soprattutto quelle innamorate di uno stronzo.

«Nel senso che è possessiva, gelosa.»

«Beh, se permetti, qualche motivo di essere gelosa ce l'ha, visto che ti scopi suo marito da sei mesi.»

«Cos'è, adesso la difendi? Guarda che quella lì è fuori di testa. E poi mica lo sa che noi due sc... che noi due abbiamo una storia, insomma.»

«Beh, ma se non sa di te, allora di chi è gelosa? Di un'altra?»

«Ma cosa dici. Lei vede pericoli ovunque. Lo sai perché si è incazzata questa volta? Perché lui è andato al bar a prendersi un caffè!»

«Addirittura?»

«Lo vedi che è una esagerata?»

«Eh, abbastanza. Insomma, l'ha lasciata?»

«Beh... ieri sera dovevi vedere che faccia aveva quando è arrivato a casa mia. Senza avvertirmi, eh.»

«Chissà come ti ha trovato sexy!»

«Guarda che io gli piaccio per come sono dentro. Infatti non era ancora entrato in casa che già stavamo facendo l'amore. Anche se ero in tuta e mollettone.»

«Beati voi. Io non lo faccio da un mese e venti giorni. E dopo?»

Il tono di Luisa diventa estatico. «Si è addormentato. Lo sai che russa?»

«Che scoperta meravigliosa. E come stiamo a scoregge?»

«Scema. Che schifo.»

«Per farla breve? Ha dormito da te?»

«Fino alle undici sì. Poi è arrivata una telefonata.»

«Non mi dire. Cos'è successo questa volta?»

«Sua figlia aveva la febbre.»

«Ebola, suppongo.»

«Ma no, però lui non se la sentiva di stare fuori con la bambina in quelle condizioni.»

«Pensavo che la 'bambina' fosse quasi maggiorenne!»

«Cosa c'entra, per lui sempre bimba resta. Noi mica lo sappiamo come ci si sente a essere genitori.»

«Insomma è tornato a casa.»

«Sì.»

Silvia si passa una mano tra i capelli. Ha una gran voglia di cambiare discorso. «Ehi, stanno per sparare a Raffaele!»

«Cosa fai? Io ti parlo e tu guardi *Un posto al sole*?»

«Beh, anche tu... Sembra che c'hai un timer apposta per rompere i coglioni. Lo sai che per me questa è un'ora critica.»

«Ma secondo te questa volta la lascia?»

«Non lo so, Luisa. Non lo sai tu, che ci vai a letto, e dovrei saperlo io, che l'ho visto una volta sola, dietro i vetri della banca?»

«È bello, eh?»

«È un tipo.»

«No, no, è proprio bello. Scommetto che questa volta si separa davvero.»

Silvia si alza dal divano e si trascina in cucina per mettere in lavastoviglie il piatto su cui è appena transitata la sua cena a base di gamberetti comprati in gastronomia. Guarda l'ora: mancano solo quindici minuti alla sua lezione di thai chi. Sospira e si arrende. «Sì, hai ragione. Mi sa anche a me che questa volta si separa.»

# Tre

MAMMA e papà partono per il Kenya. Oggi ero sola in casa. Papà era in banca (o in qualche bar nei dintorni) e mamma non aveva lasciato tracce di sé, però mancava la borsa della palestra e io so che, quando è nervosa dopo qualche discussione, è capace di passare il pomeriggio intero tra aerobica, pilates e sauna. Così mi sono fatta una pasta e stavo mangiando davanti alle soap del pomeriggio quando è suonato il telefono. Era la signorina dell'agenzia viaggi, annunciava che il last minute Africa era confermato. Sono cascata dalle nuvole.

«Quale last minute?»

«Safari in Kenya», ha risposto la signorina con voce annoiata.

«Safari fotografico, spero. O quello vero con i fucili?»

«Ehm... Per questo dovrei sentire la sede centrale. Posso richiamarla tra dieci minuti?»

«No, anche perché io non ho prenotato nessun last minute.»

«Ah.»

«Forse è meglio che chiami mio padre sul cellulare.»

Apprendo dalla signorina che i miei erano in lista anche per la Crociera nei Mari del Nord e per il tour *Massaggi in Turchia*. Si è liberato il Safari e loro partono venerdì. Non mi hanno detto niente. Forse si sentono in colpa perché vanno ad assassinare animali in via di estinzione. Oppure si sono semplicemente scordati di avvertirmi.

Mi sa che a Natale mi tocca regalargli una mia foto da tenere sulla scrivania.

«Tu starai da nonna», annuncia mamma mentre lotta per fare entrare nel bagaglio a mano un paio di stivali tacco dieci. Mi chiedo chi l'abbia istruita circa usi e costumi kenioti.

«A Riano? Sei matta?»

«Mica possiamo lasciarti da sola, no?»

«Potevate pensarci prima e portare anche me.»

«Tu hai la scuola. E poi costa troppo. Comunque nonna ti ospita volentieri.»

«Non ci vado neanche morta da nonna.»

Nonna è la mamma di mio padre. Da giovane era bellissima, me lo ripete ogni volta che vado a trovarla. Mi ha fatto vedere le foto, ma in tutte aveva troppo trucco che le copriva la faccia, e non sono mai riuscita a capire se era veramente quello schianto che dice.

Ha fatto dei film tanti anni fa. Per lo più di genere poliziesco. In uno era l'amica di una prostituta a cui avevano rubato i documenti, ma la si vedeva solo di profilo. In un altro era la vittima di un serial killer. Quella volta le avevano fatto qualche bel primo piano, peccato che fosse la prima a essere ammazzata, a soli quattro minuti dai titoli di testa. Dice che se avesse accettato di andare a letto con il produttore sarebbe morta molto dopo, per terza o addirittura quarta, ma lei aveva rifiutato e le cose erano andate così.

Per riprendersi dalla delusione aveva sposato il regista del film, che aveva vent'anni più di lei e che attualmente è mio nonno. Il matrimonio era stato immortalato in un paio di foto su *GrandHotel*. Nonna parla di questo come del momento culminante della sua carriera.

Poi c'era stata la crisi del cinema, nonno aveva messo su un ristorante vicino a piazzale Flaminio, lei serviva ai tavoli e intanto si occupava dell'educazione di mio padre. Evidentemente c'era molto da fare ai tavoli.

Quando papà era cresciuto, nonna aveva deciso di tornare sulle scene. Naturalmente, anche se è un'artista, nonna resta pur sempre una mamma italiana, quindi aveva considerato mio padre «cresciuto» solo quando aveva compiuto ventisei anni, aveva sposato mia madre ed era andato a stare con lei a Varese.

Insomma, nonna è rimasta fuori dal giro per un bel po'.

Il rientro non è stato un granché, ma lei non demorde e continua ad andare ai casting anche ora che ha più di sessant'anni. Non le fanno un primo piano dal '92, ma qualche particina in tv ogni tanto gliela offrono. In compenso conosce un sacco di gente a Cinecittà. Mi dice sempre che se voglio andare tra il pubblico di *C'è posta per te* lei mi fa raccomandare, ma io trovo ogni volta qualche scusa perché in realtà il programma mi fa schifo, però non voglio offendere né lei né le sue conoscenze.

Non è che io non voglia bene a nonna, ma di stare una settimana da lei non se ne parla: prima di tutto perché sta fuori città, a Riano, lontanissimo sia da casa nostra sia dalla mia scuola, e poi il suo appartamento è piccolo e scuro e c'è sempre un odore strano che, senza offendere, secondo me arriva da nonno, che ha più di ottant'anni e non ci sta più tanto con la testa.

Quando mio padre entra in casa io e mamma stiamo litigando.

Ci prega di fare silenzio perché vorrebbe riuscire a riposare un po' prima di partire.

Mamma gli fa notare che il taxi per l'aeroporto sarà sotto casa tra dieci minuti e lui non si è ancora preparato il bagaglio.

Papà risponde che era convinto che alle valigie ci pensasse lei, visto che da quando ha lasciato il part time in posta non fa niente tutto il giorno.

Mamma inizia a urlare.

Allora urlo anch'io, dico che non voglio andare a Riano.

Papà si stende sul letto e chiude gli occhi. Se riesce a fare la valigia in otto minuti, gli restano ben due minuti per un sonnellino e non intende perderseli.

«Va beh, vorrà dire che Allegra starà a casa da sola. Ha quasi diciotto anni, in fondo.»

Io esulto.

Mamma chiude nervosa il suo trolley dopo averci sbattuto dentro l'ultimo pareo. «Fai sempre tutto facile, tu.»

«Di cos'hai paura? Che perda la verginità? Allora forse è un po' tardi per preoccuparsi.»

Papà si alza, si fa una risata e mi dà una pacca sulla spalla. Io mi sposto. Non lo sopporto quando fa lo scemo su queste cose.

Comincia a riempire la valigia, ma ogni tre secondi si ferma per dare un'occhiata al suo cellulare.

«Cos'hai da guardare in continuazione?» chiede mamma, sempre più scocciata.

«Niente, controllo che non si scarichi la batteria.»

È talmente pigro che non fa nemmeno la fatica di inventarsi una bugia credibile. Si capisce benissimo che ha tolto la suoneria perché qualcuno gli sta mandando messaggi a raffica.

Io mormoro «Divertitevi» e vado a chiudermi in camera.

Non vedo l'ora che il taxi se li porti via.

Stare a casa da sola è meno divertente di quello che sembra. È vero che posso fare tutto quello che mi pare: tenere lo stereo a tutto volume, mangiare le peggiori schifezze all'ora che voglio, guardare la televisione fino a tardi senza che nessuno mi dica nulla. Però, a pensarci bene, sono tutte cose che faccio sempre, anche se ci sono i miei.

L'unica differenza è che da sola puoi fare cose da matta, tipo ballare nuda nel soggiorno. Ci ho provato ieri sera, ma poi mi sono accorta che avevo dimenticato di tirare giù le tapparelle. Che vergogna! Mi sono infilata a letto pregando che dall'altra parte della strada non abitasse qualche pazzo maniaco con il telescopio.

Dopo due giorni comincio ad annoiarmi. Ogni tanto mi sembra persino di sentire la mancanza di mamma e papà, e questo è tutto dire.

Mi rendo conto che esiste un solo vero motivo per cui vale la pena di avere la casa tutta per me ed è che posso invitare Gabriele.

Adesso o mai più.

Per fortuna lunedì arriva in fretta. Nell'intervallo Gabriele mi saluta con un bacio sulla guancia e dice che le sue interrogazioni sono andate tutte bene. Ha preso nove in filosofia. Lo guardo, non ha l'aria di uno che è stato una settimana curvo sui libri, spero proprio che non si sia fatto dare lezioni private da Nicoletta.

Vorrei dirgli che sono sola a casa, ma arrivano due suoi compagni di classe a chiedergli in prestito il dvd di *Profondo rosso*.

Iniziano a parlare dei film di Dario Argento e del fatto che nessuno riesce più a vedere *Quattro mosche di velluto grigio*, che ormai è introvabile, e io per fortuna questa volta riesco a inserirmi nella conversazione, anche perché so qualcosa su Dario Argento, che era amico di uno che aveva lavorato con mio nonno. Nonna a casa ha tutti i suoi film in videocassetta e dice sempre che una sera era stato a cena da loro, ma non sono sicura che sia vero.

«Lo sai che Dario Argento era un carissimo amico di mio nonno?»

Gabriele mi guarda stupito. Io sorrido. In fondo non vedo perché devo restare l'unica della mia famiglia a non raccontare mai balle.

«Ciao, nonna.»

«Ciao, Allegra! Allora, ci vieni un po' a trovare?»

«Veramente resto qui a casa.»

«Davvero? Beh, meglio ancora. Avresti dovuto dormire in soggiorno, sulla poltrona letto, e nonno avrebbe fatto i capricci. Sai, è il suo territorio...»

«Siamo contenti tutti, allora.»

«Però puoi venire a pranzo qualche volta.»

«Magari sì, un giorno di questi. Senti, nonna, io sto cercando un film di Dario Argento... »

«Lo sai che una volta Dario è venuto a cena da noi?»

«Sì, lo so. Però a me piacerebbe vedere questo film...»

«Quale film?»

«*Quattro mosche di velluto grigio.*»

«Quello con la vittima che vede le mosche prima di morire?»

«E non raccontarmelo che non l'ho mai visto! Ce l'hai?»

«Ce l'ho sì! Ti serve?»

«Sì. Mi servirebbe per questa sera. Posso venire a prendermelo?»

«E come no? Così almeno ti vediamo un po'. Chissà come sei cresciuta. Hai messo su un po' di tette?»

E io che mi stavo già chiedendo perché non vado a trovare i nonni più spesso. «Mi sa che sono sempre uguali.»

«Io alla tua età avevo la quinta. Ma si vede che tu hai preso da tua madre, anche lei ce le aveva piccole prima di mettersi quelle finte. Allora, quando arrivi?»

E una cosa è fatta. Ora arriva invece la parte più difficile.

Per mezz'ora provo la parte per studiare il tono di voce giusto, soprattutto quello indifferente nel caso mi dica di no.

Dopo un bel po' di tentativi capisco che non sono così coraggiosa da telefonargli, così gli mando un messaggio.

*Sorpresa! Ho la videocassetta di* Quattro mosche di velluto grigio.

*Grande! Quando ce la guardiamo insieme?*

*Stasera, se vuoi. I miei non ci sono.*

Dopo il mio messaggio mi pare che trascorra un'eternità. Già penso a come starà il mio nome scritto sulla porta del bagno dei maschi.

*Ok. Porto il gelato.*

Evviva!

***

Siamo a fine maggio e fa già caldissimo. E per andare da nonna devo affrontare un viaggio rovente di almeno un'ora e mezzo. Ma a me basta pensare che stasera finalmente io e Gabriele abbiamo un vero appuntamento che da nonna ci potrei andare anche a piedi, magari cantando.

«La cassetta è sullo scaffale.»

Nonna mi accoglie con un sorriso complice. Deve aver capito perché questo film è così importante per me ed è orgogliosa di potermi aiutare.

Nonno mi saluta appena, senza voltarsi. Sta guardando in tv l'inquadratura fissa di una mano carica di anelli. Nonno dice sempre che la televisione fa schifo, ancora peggio del cinema, ed è per questo che lui ha cambiato mestiere, e la televendita di gioielli della signora Paola è uno dei pochi programmi sui quali valga ancora la pena di perdere tempo. Almeno con quello riesce a rilassarsi.

Nonna dice che in verità la passione di nonno resta la pubblicità delle hot line. Quelle tettone lo fanno restare sveglio tutta la notte.

«Potrebbe almeno registrarle e guardarsele in santa pace al pomeriggio... Per quel che ha da fare. Ma lui niente, non ne vuole sapere di usare il videoregistratore!» dice nonna, guardando suo marito come si guarda un soprammobile ingombrante e di cattivo gusto, di quelli che vorresti buttare ma non puoi, perché se no chi te li ha regalati si offende quando viene a trovarti.

Mi avvicino allo scaffale polveroso, dove le videocassette, quasi tutte dentro la custodia sbagliata, stanno accatastate insieme ad album di foto, vecchie riviste e scatole da scarpe.

«Non la trovo.»

«Ma se è lì davanti a te!»

Nonna si avvicina e mi sventola sotto il naso il vhs di *L'uccello dalle piume di cristallo*.

Nonostante questo caldo schifoso, mi vengono i brividi. Cerco di controllarmi e di non farmi venire una crisi isterica di fronte a nonna che è pur sempre una persona anziana. Così fingo di restare calma e parlo con la voce bassa. «Nonna, io ti avevo chiesto *Quattro mosche di velluto grigio*.»

«Sei sicura?»

«Sì, nonna. Sicurissima.»

I suoi occhi si fanno tristi. «Eppure io avevo capito che volevi questo.»

Scuote la testa e accarezza la videocassetta, quasi volesse consolarla per il mio scortese rifiuto.

«Non mi dire che *Quattro mosche* non ce l'hai?»

Lo sguardo colpevole e dispiaciuto di nonna mi dà tutte le risposte di cui ho bisogno.

Mi metto le mani sulla testa. Nonna mormora «Mi dispiace» e per un bel po' ce ne stiamo ferme e zitte davanti allo scaffale.

Poi nonna alza la testa e fa un mezzo sorriso. «Dai,

portati a casa *L'uccello di cristallo*, che sempre Dario Argento è!»

Non è la stessa cosa, penso disperata. Ma non sto a spiegarglielo, tanto se non conosce Gabriele non può capire.

«E poi scommetto che se stasera ti metti una bella minigonna, quel ragazzo fortunato non ti dà nemmeno il tempo di vedere i titoli di testa.» Nonna strizza l'occhio e mi dà una pacca sul sedere. «Vuoi un po' di gelato?»

Faccio di sì con la testa.

Il gelato alla vaniglia da solo non è un granché, così lascio che nonna mi inizi alle gioie dell'affogato al Grand Marnier. Che, in effetti, non è niente male.

Durante il viaggio di ritorno sono un po' brilla e sul treno mi metto a chiacchierare con una signora polacca che fa le pulizie negli uffici. Mi commuovo a sentirla parlare dei suoi figli che non vede da due anni e penso che in fondo una videocassetta sbagliata non è la fine del mondo.

Gabriele capirà. Gli dirò che c'è stata un po' di confusione e ci guarderemo *L'uccello dalle piume di cristallo* che, mi ha assicurato nonna, fa ancora più paura.

Magari va a finire che alla prima testa mozzata ci prendiamo già per mano.

Intanto, per sicurezza, decido di seguire i suoi consigli e cerco la mia gonna di jeans, la più corta di tutte. Non è nell'armadio perché è ancora da stirare. Mi tocca stirarmela da sola e ci metto più di mezz'ora perché non sono tanto esperta. Mi chiedo perché mia mamma abbia licenziato da un giorno all'altro la signorina che si occupava delle faccende domestiche. Spero che la cosa non abbia a che vedere con papà, almeno questa volta.

# Quattro

ORE 20.50.

Ho staccato il telefono e spento il cellulare. Poi ho messo nello stereo il cd di Robbie Williams ma, contrariamente al solito, ho lasciato il volume basso.

E adesso aspetto, seduta sul bordo del divano, troppo nervosa per pensare a qualcosa di preciso.

Quando suona il citofono faccio un salto alto così e, prima di andare ad aprire, mi poso una mano sul cuore (che mi batte fortissimo), come per essere sicura che sia ancora lì al suo posto e che non sia schizzato via da qualche parte.

Gabriele ha portato il gelato. Nocciola, banana e pistacchio. Ci fosse anche solo un gusto che mi piace. Ma non importa, lo saluto con un bacetto sulla guancia e faccio finta che siano i miei preferiti. Poi riempio per bene le coppette, sperando che lui non si accorga che mi tremano le mani.

Solo quando si siede davanti alla tv dà finalmente un'occhiata alla mia gonna a vita bassa.

Poi mi chiede se possiamo spegnere lo stereo e ci rimango un po' male. Sta iniziando *Feel*. Gabriele non può sapere quante volte ho fantasticato su di lui ascoltando questo pezzo. In molti dei miei sogni era proprio qui a casa mia, ma di certo in nessuno se ne stava seduto in poltrona, come sta facendo ora, con il telecomando in una mano e il gelato al pistacchio nell'altra.

Comunque, devo tenere a mente che è qui per vedere il film, e non è il caso che mi faccia troppe illusioni. Quindi mi metto buona buona accanto a lui.

Faccio partire la cassetta e sullo schermo appare una ragazza nuda dall'accento straniero che si stropiccia il sedere e invita a chiamare un numero di telefono che inizia per 899.

Gabriele mi guarda. Io vorrei scomparire. Se non fossi così arrabbiata e imbarazzata, potrei telefonare a nonna per darle la buona notizia: finalmente nonno ha imparato a videoregistrare.

Sono tutta rossa in faccia e mi viene da ridere, perché ora Gabriele penserà che quella del film era tutta una scusa e che io sono una che guarda i porno. Scoppio in una risata e lui, visibilmente rilassato, mi segue.

Gli racconto del mio viaggio a Riano e lui si diverte un sacco. Poi mi dice di non preoccuparmi, scende lui sotto casa a prendere qualcosa con la sua tessera.

Dopo cinque minuti è di ritorno con un dvd di Kurosawa.

Quando il film inizia mi accorgo che non riesco a seguire il filo perché sono troppo emozionata. Così me ne sto lì per un'ora, rigida e con il fiato sospeso, e non faccio che guardare Gabriele con la coda dell'occhio. Lui invece non si gira mai, non si muove nemmeno. È proprio tutto preso da quello che succede sullo schermo.

Provo a parlargli, lui si volta e mi guarda un po' stupito, come se fossi appena piombata lì in salotto da qualche strano pianeta.

«Ti va una birra?» dico. E subito mi pento di non avere detto nulla di intelligente, tipo un commento sul film.

Lui dice di sì. Mette il dvd in pausa. È gentile ma capisco che l'ho disturbato. Vado a prendere quattro birre di papà e mentre facciamo un brindisi mi dice che il film dura quasi tre ore. Io per poco non mi strozzo, ma faccio finta di saperlo già.

Durante l'ora successiva continuo a bere. Lì per lì mi sembra che la birra fredda mi aiuti a stare sveglia, ma è un'illusione, perché quando l'alcol inizia a fare il suo effetto sento che i miei occhi vorrebbero chiudersi. Il lato positivo è che con il sonno arriva anche il coraggio: piano piano, appoggio la testa sulla spalla di Gabriele.

Niente.

Però gli guardo il petto: potrei giurare che il cuore gli sta battendo più forte, e anche il suo respiro mi sembra strano.

Girati girati girati, ripeto mentalmente.

Ma lui resta fermo e continua a guardare lo schermo, non mi mette nemmeno un braccio intorno alle spalle.

Ma ormai sono qui e non mi posso mica tirare indietro. Certo che non sono proprio comodissima, tutta storta. E poi in questa posizione semiorizzontale il sonno aumenta. Provo a spalancare gli occhi al massimo, pensando che non posso assolutamente addormentarmi, sarebbe troppo una brutta figura, ma poi mi ritrovo che sto già sognando e il sogno ha le parole del film.

Sento Gabriele che mi accarezza i capelli.

Apro gli occhi, ho la testa appoggiata sulle sue ginocchia e alla tv c'è la replica notturna di *Striscia la notizia*.

Che vergogna, devo avere dormito almeno un'ora. Magari mi sono messa anche a russare, ma non è il caso di chiederglielo.

«Ciao», gli dico come se fosse la cosa più naturale del mondo avergli lasciato vedere da solo praticamente metà film.

Spero che non sia arrabbiato. Ma uno arrabbiato mica mi accarezzerebbe la testa, no?

«Ben alzata», mi dice sorridendo.

Ricambio il sorriso, mi stiracchio, ma resto lì dove sono, perché bene o male ho conquistato una postazione e non intendo arretrare.

Penso che mentre dormivo il mascara mi sarà colato sulla faccia, ma da come Gabriele mi sta guardando devo essere ancora abbastanza carina.

«Sei bella quando dormi», confessa, quasi mi avesse letto nel pensiero.

Poi, delicato come non lo è mai stato nessuno, mi

avvicina a sé, senza smettere di accarezzarmi i capelli e la faccia, e (finalmente!) si decide a baciarmi.

Ci baciamo per un bel po', e io penso che è un vero signore perché mi accarezza e mi stringe, ma non si precipita a palparmi seno e sedere come fanno di solito gli altri ragazzi. Naturalmente, più lui non lo fa e più io vorrei che lo facesse, e se non mi tengo finisce che gliele prendo io, quelle mani, e gliele piazzo dritte sulle mie tette.

«Adesso devo proprio andare, sai?»

Ci rimango male. Allora il nostro era un bacio della buonanotte, solo un po' più lungo.

Cerco di fare finta di niente, mi alzo e gli dico che è stata una bella serata. Lui ride e mi prende in giro. «Se vuoi ti lascio il dvd, nel caso ti capitasse di soffrire di insonnia...»

Allora rido anch'io, ci mettiamo a scherzare e a fare finta di picchiarci, poi ci baciamo di nuovo, ma questa volta siamo in piedi e così posso stringerlo molto meglio di prima. Non mi stacco da lui finché non sono sicura che la voglia di andarsene gli sia passata, almeno un po'. Poi lo prendo per mano e andiamo in camera mia.

Gabriele ha un bel fisico. Dice che è perché i suoi, preoccupati di vederlo passare le giornate tra libri e cinema, lo hanno costretto a fare nuoto fin dalle medie.

Io ho le gambe che mi tremano. Vorrei fare la disinvolta, ma sto aspettando questo momento da troppo tempo e credo che certe cose non le puoi nascondere. Eppure devo fargli capire che non sono una bambina. Se non mi lascio prendere dal panico e riesco a concentrarmi un po', magari stanotte posso fargli scordare anche Nicoletta la ventenne.

Sono già stata a letto con quattro ragazzi. Veramente uno non conta, perché è stata una cosa di una sera, l'estate scorsa al mare. Però quando avevo sedici anni sono stata quattro mesi con Marco, che andava già all'università. Mi ha insegnato un sacco di cose e diceva sempre che ero più brava di tante ragazze molto più grandi di me.

Intanto mi spoglio, che è la cosa che preferisco, perché mi dicono che sono fatta bene, e questa è già una bella fortuna, visto che le mie compagne, comprese le Belle, passano ore a scambiarsi consigli sulle luci giuste e sulle posizioni migliori per non far vedere la cellulite ai loro ragazzi.

Mi alzo in piedi e mi tolgo i vestiti davanti a lui, ricordandomi di fare tutto molto lentamente, come ho letto su *Cosmopolitan* (mia madre è abbonata). Evito di buttare i vestiti all'aria come se fossi nello spogliatoio della palestra e faccio tutto con calma, senza smettere di guardarlo negli occhi, cosa che pare ai maschi piaccia molto, sempre secondo le riviste di mamma.

«Sei bellissima», sussurra Gabriele con una voce che non gli ho mai sentito.

Mi corico accanto a lui e lui mi bacia sul collo mentre i nostri respiri si fanno più veloci.

E in quel momento suona il campanello.

Sono le due di notte. Gabriele mi guarda stupito.

«Non rispondo», dico io, e vorrei tanto andare avanti facendo finta di niente.

Ma il campanello suona ancora, questa volta a lungo. E non è il citofono, è la porta di casa.

«Sarà qualcuno che fa uno scherzo», commenta Gabriele, ma si capisce che è poco convinto.

Ora il campanello non la smette più e si sentono dei colpi forti contro la porta.

Mi infilo la camicia da notte e, scocciatissima, vado ad aprire.

Mi ritrovo davanti la portinaia, che appena mi vede scoppia a piangere e mi abbraccia, inzuppandomi la camicia da notte.

In tre secondi sono passata dalle braccia muscolose di Gabriele a quelle flaccide della portinaia, che ha sessant'anni e, ne ho la conferma ora che siamo così vicine, puzza un po' di cipolla. Come può essere successo?

Mi basta un attimo per capire che dev'esserci un motivo importante, perché la portinaia è una che va a dormire alle dieci e mezza e non si presenterebbe mai a quest'ora se non fosse per qualcosa di veramente urgente.

Gabriele fa capolino in corridoio, ancora in mutande. La portinaia per una frazione di secondo si stacca da me, lo guarda con occhi e bocca spalancati. Smette di piangere e fa una faccia buffa. Scommetto che Gabriele piace anche a lei, penso, e mi scappa da ridere.

Ma subito riattacca a frignare, mi stringe forte da far male e inizia a mormorare: «Povera bambina, povera bambina...»

Non dice altro, sembra un disco incantato.

Per un altro minuto non capisco niente, resto lì senza

fare domande e mi lascio stringere e cullare. Poi mi divincolo dall'abbraccio alla cipolla, mi stacco e la guardo in faccia, ma non ho il coraggio di chiederle cosa c'è.

Lei si mette a piangere ancora più forte e urla che i miei genitori sono morti. Poi continua a ripetere: «Povera bambina, povera bambina...»

Mi volto verso Gabriele e stupidamente spero ancora che si metta a ridere dicendomi che è tutto uno scherzo idiota. Invece lui se ne sta lì fermo, così bianco in viso che sembra una statua. La sua faccia impietrita è l'ultima cosa che vedo. Poi tutto diventa nero e, proprio nel momento in cui le braccia grasse della portinaia potrebbero essermi utili, quella cretina si mette a gridare con le mani nei capelli e mi lascia cascare a terra.

# Cinque

Nei giorni che seguono vengo sballottata da gente più o meno sconosciuta che mi abbraccia, mi stringe, mi scuote. Sono troppo stordita per reagire e così mi lascio sommergere da baci lacrimosi e dall'odore di vestiti tenuti in naftalina.

Il brutto è che a volte le persone si prendono tutte queste confidenze senza nemmeno sapere chi sono. Capita che, dopo avermi baciato e shakerato per bene, mi accarezzino la faccia e mi chiedano di informarli sul mio nome e sul grado di parentela con i cari estinti.

Così mi tocca dire: «Sono la figlia, sono Allegra», e in questo momento odio il mio nome più che mai, perché sembra l'ultimo scherzo di cattivo gusto fatto dai miei genitori prima di lasciarmi sola.

Ora sto da nonna. Non è servito a nulla piangere e strepitare che volevo restare a casa mia: un manipolo di conoscenti è arrivato a prelevarmi di peso, letteralmente, e mi ha caricato in macchina, mentre i vicini guardavano da dietro le tende e nessuno muoveva un dito.

Così eccomi qui, a dormire sulla poltrona letto del soggiorno.

A nonno è stato regalato un televisore piccolo che può guardare tranquillamente in camera, senza nemmeno doversi alzare dal letto. Non mi sembra per niente soddisfatto della sua nuova sistemazione, ma non avevo certo intenzione di rubargli il posto, e comunque non è il caso che mi faccia venire i sensi di colpa proprio adesso. Non posso stare a preoccuparmi per lui che ha ottant'anni, quando io ho tutta la vita davanti a me. Che poi, tra l'altro, avere una vita intera davanti, in questo momento, non è per forza un vantaggio. Anzi, l'idea inizia a mettermi addosso un bel po' di angoscia.

Per fargli capire che non sono una nemica a volte entro in camera sua e guardo insieme a lui la televendita di gioielli, che non dispiace neanche a me. È l'unico programma che mi permette di sgomberare la mente almeno per un po'. I casi sono due: o nonno ha ragione a dire che è un programma rilassante oppure ho ereditato un po' della pazzia di famiglia.

Nonna sta quasi sempre in cucina, fa il caffè agli ospiti, esagera con il Grand Marnier, a volte piange e spesso impreca contro mia madre e la sua fissazione di fare i viaggi da signora. Secondo lei, la responsabilità dell'incidente alla jeep durante l'escursione *Snorkeling al tramonto* non è da attribuire al colpo di sonno dell'autista minorenne e denutrito, ma solo ed esclusivamente alle manie di mamma, che avrà fatto i capricci per partire.

«Perché il mio Federico me lo diceva sempre che nessun posto è meglio di casa.»

L'avrà anche detto, quando aveva quattro anni.

«Ma lui era troppo bravo, era. L'accontentava in tutto, la trattava come una regina!»

«Ma che regina... La riempiva di corna, sai? Secondo me l'ha portata in Kenya solo perché aveva qualcosa da farsi perdonare.»

«E ti pare poco? Ai miei tempi tuo nonno se la cavava con un mazzolino di fiori.»

Mi dà fastidio quando parla così di mamma. Anche perché secondo me non è proprio colpa di nessuno. Sarà banale, ma credo che sia stato il destino a farli morire. Oppure, a pensarci bene, forse i miei avevano così tanta paura di invecchiare che qualcuno lassù li ha ascoltati e ha deciso di risparmiare a tutti e due lo strazio di vedersi flaccidi, grassi, senza capelli e con le rughe. Mi viene quasi da sorridere al pensiero, però a nonna non dico niente.

Il giorno del funerale non faccio che rispondere alle seguenti domande, che di solito arrivano appaiate: «Quanti anni hai?» e «Ce l'hai il fidanzato?»

Lì per lì non mi spiego tutto questo interesse per la mia vita privata, ma poi faccio caso a come mi guardano i colleghi dei miei, i parenti, i vicini di casa: con tristezza e pena miste a paura. Durante la funzione funebre nonna e zia Lorella non fanno che bisbigliare tra loro e scuotere la testa. A un certo punto la loro discussione si fa animata e le due prendono a gesticolare finché qualcuno dal banco vicino non fa «ssh» per farle stare zitte. Capisco all'improvviso che da oggi sono diventata un problema.

Zia Lorella è la sorella di mamma, abita a Piacenza e a sentire lei è la donna più sfortunata del mondo. Da quando è arrivata, oggi pomeriggio, non fa che elencare le sue disgrazie: una separazione in corso, uno sfratto incombente, un figlio dislessico, un pap test sospetto. Vorrei tranquillizzarla. Non ci penso nemmeno ad andare con lei a Piacenza, quindi non è il caso che si affanni a trovare giustificazioni.

Sembrano davvero tutti molto preoccupati. Non sono abbastanza grande per stare da sola, ma nemmeno abbastanza piccina e paffuta da far venire voglia a qualcuno di prendermi in casa e tirarmi su come una figlia.

Così, anche se nessuno lo confesserebbe, sperano che io diventi al più presto maggiorenne oppure che, una volta superato lo shock, possa dimenticare in fretta le mie disgrazie con un bel matrimonio consolatore e precoce.

In chiesa sono seduta nel primo banco e continuo a tossire per via dell'incenso. Ogni tanto mi volto indietro, anche se non si dovrebbe, e vedo che ci sono i miei compagni di scuola, molti professori e anche Gabriele con qualcuno della sua sezione.

Al cimitero si mettono tutti in fila per venire a baciarmi.

Quando è il momento di Gabriele, vorrei abbracciarlo forte e chiedergli di portarmi via con lui, ma poi mi torna in mente l'altra sera, io che svenivo e vomitavo il gelato e i vicini che cominciavano ad arrivare mentre lui se ne stava in un angolo con le mani sulla faccia. Così, di colpo, mi si annebbia la vista e inizio a confondere le parole, e si capisce che anche lui è imbarazzato, perché tiene la testa bassa e non riesce a guardarmi negli occhi. Quando il capogiro passa e mi sento di nuovo in grado di parlare, lui si sta allontanando con le spalle curve e io sono già tra le braccia di Chiara la Bella, che scommetto si è comprata un vestito nuovo apposta per l'occasione. Del resto, lo dice sempre che il nero le dona.

Ora è tutto finito. I miei hanno due loculi vicini al cimitero di Prima Porta. Peccato che non avessimo nemmeno una foto di mamma con le labbra nuove da mettere sulla lapide. Le avrebbe fatto piacere.

Io non riesco a piangere né a dormire e guardo la televisione tutto il giorno.

Ieri è venuto qui il notaio, mi ha detto: «Condoglianze, signorina», e poi si è chiuso in cucina a parlare con nonna. Mi sono messa a origliare e ho capito che la nostra casa di piazzale degli Eroi veniva messa in vendita.

Sono entrata in cucina come una furia, ho urlato che quella era casa mia e che volevo tornarci al più presto. Nonna ha sospirato ed è rimasta calma mentre mi spiegava (strascicando un po' le parole perché erano le dieci e mezza del mattino e si era già fatta due caffè corretti alla grappa) che l'unico modo per tenermi la casa era lasciare il liceo e trovare un lavoro che mi permettesse di versare ottocento euro mensili a tasso variabile, per la rata del mutuo. Per i prossimi ventiquattro anni.

I soldi dei miei genitori sono bastati appena per le onoranze funebri. Senza contare il rientro salma dall'Africa, perché mio padre non ne voleva sapere di assicurazioni, e ogni volta che qualche impiegata dell'agenzia viaggi provava a proporgliene qualcuna, si esibiva in pittoreschi segni di scongiuro.

Insomma, mi sono rassegnata e sono andata a inscatolare le mie cose per portarle dai nonni. Starò qui, almeno per ora. La pensione di papà mi servirà per continuare ad andare a scuola. Del resto mi hanno sempre insegnato che l'istruzione è importante. Per mamma e papà l'unico motivo valido per abbandonare gli studi prima del diploma era quello di essere scoperta da un talent scout e diventare reginetta delle soap opera.

«Ma non c'è niente da bere in questa casa? Solo tè e camomilla?» sbotta Silvia rovistando nella dispensa.

Luisa, pallida, le risponde dal divano con un filo di voce. «Scusami. Ti prometto che per il prossimo lutto faccio provvista di superalcolici.»

Silvia, stupita, fa capolino in soggiorno e strizza l'occhio a Barbara, che è tutta intenta a sistemare cuscini dietro la schiena di Luisa.

«Sta già meglio, eh?»

«Beh, forse sì. È quasi un'ora che non piange», constata Barbara con occhio clinico.

Non ha ancora finito di parlare che Luisa ricomincia.

«Brava, gliel'hai fatto ricordare», borbotta Silvia scuotendo la testa. E riprende la sua ispezione in cucina.

Luisa si scusa tra i singhiozzi.

«Sfogati, sfogati che ti fa bene», dice Barbara mentre l'abbraccia.

Da tre giorni Luisa non esce di casa. Barbara e Silvia corrono da lei subito dopo il lavoro e si fermano anche a dormire per non lasciarla mai sola. Stasera però sono tutte un po' stanche. Barbara si domanda se suo marito si ricordi di pulire la lettiera dei gatti due volte al giorno. Silvia ha nostalgia del suo divano e si chiede se avranno mai fine queste strane serate a metà tra una veglia funebre e un pigiama party. Però nessuna delle due se ne andrà finché Luisa non sarà sicura di sentirsi almeno un po' meglio.

«Ve la siete mai fumata la camomilla?»

Barbara lancia un'occhiataccia a Silvia. «Ti sembra il momento?»

«Qualcuno dovrà pur farla ridere prima o poi! *The show must go on*... Merda!»

Dalla cucina arriva un rumore di vetri infranti. Luisa smette di piangere.

«Che succede?»

«Si è rovesciata una bottiglia d'olio.»

Luisa fa per alzarsi, ma Barbara la ferma. «Resta lì e riposati. Ci pensiamo noi.»

Luisa reclina il capo all'indietro e chiude gli occhi. Oggi finalmente ha mangiato. Barbara le ha preparato qualcosa per cena e lei ne ha buttato giù qualche cucchiaiata. Poi ha dovuto smettere perché le veniva da vomitare. Forse il dolore le ha completamente chiuso lo stomaco. Oppure Barbara, che per suo marito prepara solo piatti di alta cucina biologica, non ha la più pallida idea di quali siano gli ingredienti base per un banale semolino.

Silvia e Barbara trafficano in cucina.

«I giornali zuppi di olio li butti via con i rifiuti organici oppure con la carta?» chiede Barbara, che sa bene che Luisa, anche nei momenti più difficili, resta sensibile alla questione ambientale.

«Quali giornali?»

«Questi che erano qui sul mobile... Li abbiamo usati per tamponare. Ma adesso passiamo lo straccio con lo sgrassante, eh...»

Luisa si alza di colpo e irrompe nel cucinino. «Avete usato il *Messaggero* per pulire?»

«Perché, tu consigli un quotidiano specifico per le macchie d'unto?» chiede Silvia senza alzare la testa.

«Non era un giornale qualsiasi! Era il giornale con l'articolo su Federico.»

Luisa riprende a piangere, questa volta a grandi singhiozzi. Silvia sbuffa e continua a pulire, mentre Barbara, mortificata, tenta di rintracciare il triste articolo tra le pagine grondanti di olio.

«Non potevate stare più attente?»

«Guarda che è stata lei a prendere il giornale», si difende Barbara.

Silvia si alza e fronteggia l'amica mettendosi le mani sui fianchi. «Sei peggio dei bambini, eh? E poi è solo un pezzo di carta. A cosa le serviva tenerlo?»

«Si vede proprio che non ti sei mai innamorata. È tutto ciò che le resta di Federico, come fai a non capire?»

«Per prima cosa, se mi sono mai innamorata sono un po' cazzi miei. E poi, se davvero tutto quello che le resta di Federico è un foglio unto, questo non ti fa pensare?»

«Pensare a cosa?»

«Che Luisa ha quasi trentacinque anni, è stata con lui per sei mesi e adesso che è morto cosa le è rimasto? Una casa, dei figli? Un animale domestico? O almeno regali, biglietti di buon compleanno, fotografie? Macché, due colonne di cronaca su un giornale sporco.»

«La vuoi smettere di essere cinica e la vuoi preparare 'sta canna alla camomilla?»

«Però ci vai tu a comprare le cartine.»

Luisa si soffia il naso, torna a sedersi e con un sorriso stanco guarda le sue amiche che, come sempre, hanno trovato un motivo per accapigliarsi e, come sempre, hanno un po' ragione tutte e due.

# PARTE SECONDA

# Sei

«COSA ti fa più paura?» mi chiede la psicologa, una bella signora bionda sui trent'anni, con la faccia di circostanza ormai d'obbligo per chiunque mi rivolga la parola.

Io mi mordo il labbro. Vorrei dirle che in questo momento mi fa paura tutto. Mi fa paura anche lei, che prima mi ha lasciato ad aspettarla per quindici minuti nel suo salotto, mentre se ne stava chiusa in cucina a litigare al telefono con qualcuno, forse suo marito. Ha anche pianto, le vedo ancora il naso rosso, che la cipria passata in fretta prima di iniziare il colloquio non è riuscita a nascondere del tutto.

«Il futuro», rispondo per non allarmarla, visto che ha già le sue preoccupazioni.

Annuisce e sembra soddisfatta. Evidentemente è stata la risposta che sperava. Certo, poteva fare qualche sforzo in più con le domande: una che ha appena perso i genitori ed è costretta a vivere con una nonna alcolista e un nonno rimbambito secondo lei di cosa potrebbe avere paura? Dei tempi di approvazione della Finanziaria?

Però, in fondo, qui non sto male. La dottoressa è gentile, anche se, quando mi metto a parlare un po' più a lungo, il suo sguardo si fa assente, e non capisco bene se si stia concentrando sul mio caso di adolescente traumatizzata oppure se stia pensando alle sue telefonate e ai suoi guai.

E poi qui c'è l'aria condizionata. Fuori ci sono quaranta gradi ed è anche per la paura di essere buttata sull'asfalto rovente prima che scada l'ora che mi metto a parlare. All'inizio del più e del meno, poi, quasi senza accorgermene, passo a raccontare di Gabriele. Ma proprio quando arrivo a quella sera terribile, lei dà un'occhiata all'orologio e mi rivolge un sorriso un po' colpevole. «Mi dispiace, Allegra, ma il tempo a nostra disposizione è terminato. Ci vediamo la prossima settimana?»

Ha interrotto la mia storia sul più bello. Un po' come le puntate delle soap, che finiscono sempre quando avresti più voglia di sapere cosa succede. Però qui è al contrario, perché la spettatrice è lei. Il risultato comunque è uguale, perché adesso non vedo l'ora che arrivi la settimana prossima per dirle come è andata a finire.

Mentre mi saluta, la dottoressa riaccende il cellulare e, quando sono ancora sul pianerottolo, sento che le arrivano quattro messaggi uno di seguito all'altro. Lei sospira e chiude la porta.

Prima di andare a prendere il treno per Riano faccio un salto in gelateria. Scelgo il cono più grande visto che stasera a casa troverò solo latte e biscotti. La cena dai miei nonni è sempre questa. Nonna dice che il calcio combatte l'osteoporosi e finora non è servito a nulla lasciarle ogni tanto sul tavolo della cucina qualche articolo sul fabbisogno alimentare degli adolescenti.

Mangio il mio gelato su una panchina di pietra bollente a piazzale Flaminio. Di fronte a me si siedono un ragazzo e una ragazza. Avranno quattordici o quindici anni, ridono forte, si baciano e si infilano le mani sotto le magliette e non gliene frega niente se tutti li guardano.

Penso a quando ho baciato Gabriele ed è come se una mano fredda mi stringesse lo stomaco. E mi sento all'improvviso ridicola e sfigata, a star qui a guardarli con gli occhi lucidi e il gelato che inizia a colarmi sui polsi.

Gabriele è partito subito dopo la fine della scuola, i suoi lo hanno mandato in Inghilterra per un corso di inglese. Mi ha spedito una mail per dirmi che Londra è bella ma troppo commerciale. Poi più niente. Io provo a inviargli qualche messaggio ogni tanto e lui mi risponde con giorni interi di ritardo, carino ma amichevole. Penso che la nostra storia sia finita. Anzi, peggio, che non sia mai iniziata.

Però mi manca e non vedo l'ora che la scuola ricominci per poterlo vedere.

A casa trovo nonna che piagnucola seduta al tavolo della cucina. «È tutto uno schifo, tutto marcio...»

Quando attacca così vuol dire che le è andato male qualche provino.

Mi siedo di fronte a lei e sposto la bottiglia del Grand Marnier vicino al bordo del tavolo, per metterla fuori dalla sua portata.

Mi ha fatto piacere quando nonna ha deciso di reagire, di uscire ancora di casa e «ricominciare a lavorare», come dice lei. Peccato che ogni volta che riceve un rifiuto torni a casa ridotta peggio di prima.

«E pensare che ero andata con la macchina nuova. Facevo la mia figura, sai?»

La macchina nuova di nonna in realtà è la BMW Serie 1 di mio padre.

Un mese fa mi sono affacciata alla finestra e mi è saltato il cuore in gola: la macchina di papà stava parcheggiando sotto casa.

In un secondo, nella mia mente è passata una storia pazzesca, una specie di film in cui papà si era salvato dall'incidente, era stato soccorso e guarito dallo stregone di una tribù locale, poi era stato rapito ma si era liberato e tornava a casa dopo due mesi. Roba che a confronto *Lost* è una barzelletta.

Ma l'illusione è finita subito quando ho visto nonna che scendeva dall'auto, guardava in su e mi faceva un cenno di saluto. Si era messa un giubbotto di pelle, forse un cimelio di gioventù del nonno, ed era andata a prendere la macchina perché i nuovi proprietari della nostra casa reclamavano giustamente il garage.

Abbiamo deciso che non è il caso di venderla. Papà aveva appena finito di pagare le rate e amava profondamente la sua Serie 1 nera. Nella sua classifica degli affetti probabilmente veniva al secondo posto: dopo di me e, spero, alla pari con mamma. Non potevamo sbarazzarci di un così caro ricordo. E poi, in fondo, nonna adora farsi vedere in giro con quella macchina. E, a dirla tutta, anch'io non vedo l'ora di prendere la patente per poterla finalmente provare.

Naturalmente ho anche ricordi poco carini al riguardo.

Per esempio quando siamo andati a trovare nonno Vittorio, due anni fa.

Il nonno abitava ancora a casa sua, vicino a Milano. Gli avevamo fatto una sorpresa e lo avevamo caricato sulla macchina nuova per portarlo al ristorante.

Fuori si era messo a piovere, noi parlavamo tutti e quattro insieme, papà trafficava con il climatizzatore, ma era ancora poco pratico e andò a finire che all'improvviso si appannarono tutti i vetri.

E sul parabrezza, proprio davanti alla faccia di nonno Vittorio, che stava dal lato passeggero, era comparsa l'impronta di un piede nudo.

A occhio e croce un 37, che era anche il numero di mamma, ma il piede di certo non era il suo, a giudicare da quanto urlava.

Nonno Vittorio era diventato tutto rosso e si era messo a dire cose molto pesanti, tipo che rimpiangeva di non avere più il porto d'armi. Poi si era fatto riportare a casa, il pranzo al ristorante era saltato e io avevo mangiato un panino dell'Autogrill seduta sul sedile posteriore mentre ce ne tornavamo a Varese.

Papà se l'era cavata raccontando di aver prestato la macchina a un collega e mamma aveva finto di crederci, anche se sapeva benissimo che papà era gelosissimo della sua macchina e che non l'avrebbe lasciata guidare a nessun altro al mondo.

Ora leggo la targa della Serie 1 sul foglietto bagnato di lacrime che mi sta porgendo nonna.

Pensando che fosse molto cool arrivare in auto proprio davanti ai cancelli dello studio televisivo, ha mollato lì la macchina ed è entrata per fare il provino.

«Hai parcheggiato la macchina sul marciapiede?»

«Era l'unico posto che ho trovato.»

«Allora la multa dovevi aspettartela.»

«Certo che me l'aspettavo. Però ero sicura che il provino sarebbe andato bene, e che quindi della multa non me ne sarebbe fregato nulla.»

Peccato che il provino non è andato bene proprio per niente. Nonna non aveva ancora finito di dire il suo secondo nome che già chiamavano la candidata successiva.

«Hanno preso la solita raccomandata.»

Io faccio di sì con la testa. In questo momento credo di avere la stessa espressione che la psicologa aveva con me qualche ora fa, mentre le parlavo dell'incidente dei miei genitori.

Nonna mi spiega che era per una parte importante, un'insegnante del liceo. Cercavano donne dai quaranta ai cinquant'anni.

Alzo gli occhi al cielo. «Ma tu ne hai sessantadue!»

«Però dicono tutti che non li dimostro», dice nonna mentre si allunga per riappropriarsi della sua bottiglia.

Per evitare che la serata vada a finire ancora peggio, cerco di distrarla e le propongo di guardare con me un po' di televisione. Almeno così forse riuscirà a raggiungere il letto senza prima crollare sul pavimento.

Incappiamo in un film italiano degli anni Ottanta, purtroppo uno di quelli in cui lei giura di conoscere tutti. Per tutto il tempo non fa che parlare male di questo o di quell'attore, spiegando come ognuno fosse riuscito a rubare la propria parte, chi grazie ad appoggi politici, chi perché era l'amante del regista gay.

Alla fine la saluto e prendo possesso della mia poltrona letto. Il caldo sembra aumentare man mano che passano le ore e io mi rassegno all'ennesima notte insonne. Nonna apre la porta della sua camera, e dallo spiraglio vedo il profilo di nonno illuminato dal bagliore del suo televisore personale.

«Buonanotte, nonno.»

Lui si volta verso di me con un vago sorriso e mi fa un cenno con la mano.

Intanto nonna si porta una mano alla fronte. «Ah, oggi è passato qui un collega di tuo papà. Mi ha lasciato della roba che tuo padre teneva in ufficio.»

E mi indica una borsa da palestra abbandonata in un angolo del soggiorno.

«Gli ho detto che poteva tenersela, che qui siamo già così stretti. Ma lui ha insistito. Vedi un po' tu se c'è qualcosa che ti interessa.»

Poi si chiude la porta alle spalle.

Mi avvicino alla borsa misteriosa.

Fa un effetto strano toccare le cose private di mio padre. Apro la borsa con le mani che tremano un po'.

Tiro fuori delle medicine per il mal di gola, un orsetto di peluche che gli avevo regalato qualche anno fa e di cui mi ero già scordata, un ricambio di biancheria (in ufficio? boh), una Montblanc senza cartuccia.

In fondo a tutto c'è una custodia di stoffa nera con dentro un computer portatile.

Mi domando perché non l'ho mai visto. Forse perché ultimamente gli avevo chiesto un portatile per collegarmi a Internet da camera mia, e lui aveva risposto che costavano troppo. Invece, zitto zitto, si era comprato un bel Mac bianco tutto per lui, proprio quello che piaceva a me.

Lo apro e do un'occhiata.

Ci sono grafici del lavoro, tanta musica, compilation del Festivalbar e l'opera omnia di Gigi d'Alessio.

Pasticcio un po' con iTunes e provo la connessione a Internet con il telefono dei nonni.

È già notte fonda quando, con la sensazione di fare qualcosa di proibito, provo a curiosare nella posta elettronica. Naturalmente l'accesso è protetto.

Ci penso un attimo e digito il codice bancomat di papà.

Accettato.

Lo immaginavo: papà era troppo pigro per memorizzare più di una password.

# Sette

Da: cornflakegirl.71@gmail.com
Oggetto: Ciao orsacchiotto!
Data: 1 marzo 2006 09:03:40
A: marlonbrando62@gmail.com

Ciao amore, sei al lavoro?

Io sì e sono anche arrivata in orario. Già da questo indizio i colleghi hanno capito che mi era successo qualcosa di speciale. E adesso sono tutti lì a dire che ho una luce strana negli occhi e che non gliela racconto giusta.

A ciò si aggiunge il ragazzo in bici che ho incontrato mentre uscivo dalla metro: mi ha guardato fisso e poi, quando è stato così vicino da essere sicuro che non lo poteva sentire nessun altro, ha sussurrato: « Che gnocca!»

Lo vedi che dormire con te mi fa diventare più bella?

Naturalmente, in un altro momento, lo avrei mandato al diavolo ma, visto che oggi sono di buon umore, gli ho risposto: « Grazie, buona giornata anche a lei!» E tra me e me ho pensato che forse quello era il suo modo per essere gentile. Poi lui ha proseguito e per poco non lo metteva sotto una macchina, allora si è voltato e ha vomitato contro il conducente un fiume di insulti. Questo ha reso il tutto un po' meno romantico, ma ho deciso che se voglio vivere bene non devo pretendere troppo dalle persone che mi circondano.

Quindi oggi non ti stresserò nemmeno un minuto con la storia che vorrei passare con te ogni notte della mia vita.

Però mangiamo almeno qualcosa insieme?

Bacio

Luisa

Da: cornflakegirl.71@gmail.com
Oggetto: Errata corrige
Data: 1 marzo 2006 09:10:12
A: marlonbrando62@gmail.com

Orsacchiotto mio,

come non detto, dimentica il mio invito a pranzo. Il direttore del personale mi ha appena scaraventato tra le braccia una dozzina di cartelline dicendo che mi affidava un lavoro urgente.

Regali di Natale. Per i figli dei dipendenti.

Non è servito a nulla fargli notare che siamo a marzo.

Dice che quest'anno dobbiamo muoverci per tempo, anche perché lo scorso Natale abbiamo fatto un paio di errori imperdonabili, tipo escludere dagli elenchi tale Mara Tossetti di anni sei, figlia di un commesso che, in seguito all'episodio, ha intentato una causa per mobbing alla banca. Così devo fare un pre ordine di bambole, ma prima devo dare una controllata agli elenchi dei figli di tutti i dipendenti e aggiornarli con nascite, morti ed eventuali malattie invalidanti. E poi incrociare i dati con la posizione che i genitori ricoprono nella gerarchia aziendale.

Perché, come tu sai, i regalini non sono tutti uguali.

La Bambola Daisy che cammina è destinata alle figlie dei funzionari, mentre per le rampolle dei dirigenti ci sono le strepitose Bambole Fotomodelle - limited edition, con vestito originale Dolce & Gabbana. Alle figlie dei comuni impiegati anche quest'anno andrà l'inflazionatissima Bambola Baciccia - Faccia di Patata, probabilmente cucita a mano da qualche povero bambino asiatico.

Se salto la pausa pranzo, forse riesco a finire per le quattro e mezzo. Però mi sento ottimista (sarà che il pensiero di stanotte mi fa vedere tutto rosa?) e credo anche che questa sia una buona occasione per dimostrare al direttore che sono perfettamente in grado di lavorare sotto pressione. Ci sentiamo dopo. Scrivimi!!!

Luisa

Da: cornflakegirl.71@gmail.com
Oggetto: Perché? Perché?
Data: 1 marzo 2006 15:35:58
A: marlonbrando62@gmail.com

Noo! Ho appena fatto la peggior figuraccia della mia vita. Anzi, non mi stupirei se qualche collega ti avesse già raccontato la bella scenetta, perché si sa che qui dentro le voci corrono.

Avevo appena finito il lavoro, dopo cinque ore trascorse a far telefonate durante le quali ho infranto praticamente ogni articolo della legge sulla privacy. Tutta orgogliosa, sono entrata nell'ufficio del direttore e gli ho consegnato gli elenchi. Lui ha dato un'occhiata, ha detto « Bene, grazie» e anche qualche parola di stima davanti a un paio di colleghi, che non fa mai male.

Tra me e me ho pensato che la giornata stava mantenendo le splendide promesse della prima mattina, e che il sesso mattutino mi rende eccezionalmente efficiente, e mi sono congedata con eleganza.

Mentre ero già sulla porta, il direttore, cortese ma glaciale, mi ha avvertito che qualcosa mi penzolava dai pantaloni.

Ho guardato in giù. In effetti, un pezzetto di stoffa mi stava uscendo dalla gamba del pantalone. L'ho tirato su e l'ho identificato quando era troppo tardi per vergognarmi: era il mio perizoma di pizzo!

« Lo dicevo io che sotto quei tailleur da suorina è tutta un fuoco» , ha detto il collega Almonti del contenzioso al collega Dotta della contabilità, con un'occhiata di intesa.

Volevo sprofondare!

Il fatto è che ieri sera, quando sei arrivato da me e i nostri vestiti sono volati via, i miei pantaloni sono rimasti in terra nel corridoio con dentro le mie mutandine. E stamattina, dopo il nostro meraviglioso arrivederci, ho fatto una doccia lampo, poi ho raccolto i pantaloni al volo un secondo prima di uscire e me li sono abbottonati che ero già sul pianerottolo. E naturalmente ho scordato il perizoma, che piano piano è sceso giù lungo la mia gamba e ha aspettato il momento migliore per manifestarsi in tutta la sua seducente trasparenza.

Che figura!

Ma non sono sempre così distratta, sai?

È solo che per tutto il giorno non ho fatto che pensare a te. A noi, a stanotte.

Lo vedi che ho fatto bene a insistere perché ti fermassi da me? È stato fantastico, altro che le mezz'ore rubate in pausa pranzo o le serate sempre con l'occhio all'orologio. Ma non ti sei accorto di come siamo vicini, complici? Fatti uno per l'altra?

Perché non può essere sempre come stamattina?

Lo so che sembra difficile da credere, ma sei l'unico uomo con cui ho mai veramente desiderato vivere.

Se solo tu avessi meno sensi di colpa...

Lo so cosa ti frena e in qualche modo posso capire, anche se non ho ancora figli.

Ma a volte penso che io e la tua bellissima Allegra (non l'ho mai vista, eh, però me la immagino bella come il suo papà) potremmo andare d'accordo. Casa mia è abbastanza grande, ci sarebbe posto per lei e per le sue cose. Scommetto che le piacerebbe stare qui, senza contare che Monte Mario è ben collegato anche alla sua scuola.

Potrebbe prendere il sole nel giardinetto, e poi potremmo vederci insieme un sacco di dvd quando tu fai tardi al lavoro...

Scusa, lo sai come sono quando mi lascio trasportare. Ma è così bello sognare, soprattutto oggi.

Non vorrei, ma ora ti devo lasciare. Mi stanno chiamando dalla direzione, non è stato ancora deciso quali uniformi dovranno indossare i bambolotti-soldato destinati ai maschietti.

Spero che stasera tu riesca a passare da me. Ti aspetto e ti bacio.

Ti amo tantissimo

Luisa

E questa Luisa da dove salta fuori?

Scriveva a papà quasi tutti i giorni.

Leggo tutte le sue mail (più di quaranta), spulciandole tra le smancerie e i messaggi pornografici e sgrammaticati dalle varie Paoletta, Vanessa, Cristina.

Rido e a volte mi commuovo. Questa stramba collega aveva consegnato il proprio cuore a papà. Senza giochetti, senza strategie. Lo amava, e questo era tutto.

Chissà, forse conosceva un lato di lui che mia madre non aveva mai saputo vedere.

O forse si era innamorata di un'immagine che si era creata tutta da sola.

Certo, a voler essere obiettivi, le risposte di mio padre farebbero propendere per la seconda ipotesi. Papà non si sprecava. Esauriva tutto in un paio di righe.

*Sei una donna eccezionale. Non ti merito. Passo da te alle sette, ok?*

Ma lei riusciva a vedere qualcosa di bello anche in questi messaggi telegrafici. Chissà dove lo prendeva tutto quell'entusiasmo.

Quando arrivo alle parti che parlano di quello che lei e papà facevano a letto, mi sento strana, come se li spiassi dal buco della serratura.

So che dovrei detestarla e invece mi stupisco, perché più vado avanti con la lettura più lei mi diventa simpatica e familiare.

E verso l'alba, quando ho finito di leggere e rileggere tutti i suoi messaggi, mi addormento pensando che avrei proprio voglia di vedere che faccia ha.

# Otto

FINALMENTE arriva settembre.

Il primo giorno di scuola sono in ritardo perché faccio male i conti con l'orario del treno.

Mi presento in classe che i miei compagni sono già tutti seduti. Hanno ancora addosso l'abbronzatura delle vacanze e solo adesso mi accorgo di quanto sono pallida dopo un'estate passata chiusa in casa davanti alla tv. Senza contare che la dieta a base di latte e biscotti di nonna mi ha fatto perdere ancora qualche chilo, così accanto a loro sembro quasi malata.

Noto con terrore che l'unico posto rimasto libero è quello accanto a Giorgio il Secchione. Cerco con lo sguardo la mia amica Giada, ma non la vedo e penso che forse i suoi le hanno fatto prolungare le vacanze di qualche giorno. A malincuore mi siedo.

Giorgio mi porge la mano. «Ciao, Allegra, sentite condoglianze.»

Si scusa per non essere venuto al funerale, ma quel

giorno doveva studiare per l'ultima interrogazione di matematica e sua madre, che mai avrebbe tollerato flessioni alla solita media del nove, gli aveva proibito di uscire.

«Sai, in fondo non hai tutte le sfortune a essere orfana.»

Non gli rispondo, abbasso la testa e comincio a scribacchiare sulla mia Smemo. Giorgio è fatto così. È meglio quando è noioso. Non ha il minimo senso dell'umorismo e quando prova a fare una battuta la sbaglia sempre. Nel migliore dei casi non fa ridere nessuno, altrimenti riesce immancabilmente a dare fastidio oppure a offendere.

«Non sei più amica di Giada?»

«Perché?»

«Beh, non siete più vicine di banco. Guarda che però hai cambiato in meglio, eh?» dice strizzandomi l'occhio.

Proprio in quel momento la ragazza nuova con il caschetto biondo mesciato, seduta vicino a Chiara, si volta verso di me.

Ci rimango secca. Giada mi sta facendo ciao con la mano.

«Ci vediamo dopo», dice muovendo le labbra senza suono.

Le due ore successive sono un susseguirsi di moniti apocalittici di Martinetti sulla riforma dell'esame di maturità. Stando a quello che ci dice, si salverà solo Giorgio, sempre che la fortuna lo assista.

Durante la ricreazione Giada viene a salutarmi. Oltre alla nuova pettinatura, ha qualcos'altro di diverso in faccia.

«Ti sei rifatta il naso?»

«Giusto una ritoccata. Ma solo perché avevo problemi di salute, non respiravo bene.»

«E io che pensavo che eri ancora a Santo Domingo...»

«Ma no, sono tornata da un mese. Papà ha litigato con la fidanzata e siamo partiti prima.»

«Allora perché non mi hai telefonato?»

«Potevi telefonarmi tu! Io c'ho pensato, eh, a chiamarti, però poi non sapevo se in clinica ti potevo disturbare.»

«Quale clinica?»

Giada abbassa la voce e si guarda in giro imbarazzata. «La clinica dove sei stata quest'estate, no?» E mi lancia un'occhiata di intesa.

«Guarda che io quest'estate ero dai miei nonni. Sola come un cane, tra parentesi.»

«Come, non ti hanno ricoverata?»

«Ricoverata? E perché?»

«Beh, per la tua crisi dopo che i tuoi genitori... sì, insomma, dopo quello che ti è successo.»

«Ma quale ricovero, sono solo stata due ore al pronto soccorso.»

«Allora è proprio vero che la gente racconta solo bugie. Dicevano tutti che eri in clinica.»

«Se mi chiamavi, te lo dicevo io dov'ero.»

«È vero, però poi ho pensato: mi chiamerà lei quando se la sente.»

Perdo la pazienza e la mollo lì in mezzo al corridoio. Tanto con il suo naso alla francese scommetto che non resterà sola a lungo. Qualcuno delle altre sezioni di certo la scambierà per una nuova e si avvicinerà per attaccare discorso.

Ci mancava anche la storia del manicomio. Sono nera. Ho bisogno di un caffè.

Sto contando le monetine per vedere se ne ho abbastanza per farmene uno doppio quando qualcuno mi pizzica i fianchi. Mi volto e mi trovo davanti Gabriele.

«Ciao, stellina.»

Non so cosa darei per poter vedere la mia faccia. Credo di avere la stessa espressione di quelli della NASA quando la sonda Spirit ha trasmesso la prima immagine da Marte.

E pensare che quest'estate c'erano stati momenti in cui non sentivo più niente, me ne stavo sulla poltrona letto a sfogliare vecchi numeri di *GrandHotel*, indifferente ai deliri etilici di nonna e alle proteste confuse di nonno e avevo l'impressione che il mio cuore non battesse più per niente e per nessuno. Allora avevo temuto di essermi scordata anche di Gabriele. Invece no. Eccola di nuovo, quella sensazione strana che mi riempie il cuore di felicità mista alla paura di essere infelice.

Lo abbraccio forte e poi mi stacco per guardarlo meglio.

È bellissimo, vestito come sempre, jeans e felpa, semplice ed elegante. Con i capelli corti e un po' di barba sul mento sembra più grande. E forse è davvero cresciuto ancora un po'.

Mi fa una carezza sulla guancia. «Tutto bene?»

Faccio finta di sì.

Gabriele mi racconta di Londra. Si è divertito, ha seguito un corso di inglese e anche uno di cinema, e alla sera lavorava in un pub.

«E tu?»

«Sono stata con i miei nonni.»

Vorrei tornare a quella mattina di qualche mese fa, in cui gli dicevo che mio nonno conosceva Dario Argento. E rivivere quella notte. Ma questa volta senza l'arrivo della portinaia e con mamma e papà che tornano dopo cinque giorni e mi rompono perché ho lasciato tutto in disordine. Però sento che se glielo dico poi finisce che piango.

Veniamo subito interrotti dall'arrivo di due suoi compagni di scuola, che gli danno pugni sul braccio e pacche sulle spalle per fargli capire quanto sono contenti di rivederlo. Non capirò mai perché gli uomini hanno sempre tanta paura di abbracciarsi e per toccarsi devono per forza prendersi a botte.

«Vieni di sotto a dare un'occhiata alle primine?»

«Ne vale la pena, sai? Anche se tu preferisci quelle un po' stagionate.»

Lo trascinano via e lui mi sorride alzando le spalle. Resto lì a guardarlo andare via mentre il caffè si raffredda nel bicchierino.

Mi sento strana a pensare che abbiamo un intero anno davanti a noi e che tutto può ancora succedere. E mi dico che, in fondo, nonostante la delusione di Giada, le battute idiote di Giorgio, le interrogazioni e lo spauracchio della maturità, sono proprio contenta di essere ritornata a scuola.

Quando arrivo in classe mi avvicino al gruppetto delle Brutte. Stanno ridendo e commentano il nuovo naso di Giada, che le è valso l'ingresso a pieno titolo tra le Belle. Quando si accorgono della mia presenza, la smettono subito di fare le sceme e mi salutano in un tono strano, a metà tra il rispettoso e l'imbarazzato. Ricambio, altrettanto a disagio, passo oltre e mi vado a sedere accanto a Giorgio, l'unico che nell'intervallo non si è alzato dal suo banco.

Prima che Martinetti riprenda la sua azione di terrorismo psicologico, Giorgio prova di nuovo a socializzare.

«Sabato sera facciamo due salti a casa mia», mi dice, soffiandomi in faccia una tremenda alitata di panino al salame.

«È il tuo compleanno?»

«No, no. Diciamo che è una sorta di inaugurazione dell'anno scolastico.»

Le persone normali festeggiano la fine della scuola, solo a uno come Giorgio può saltare in mente di festeggiarne l'inizio.

«Devo vedere un po' i miei impegni», gli rispondo, anche se, a parte gli appuntamenti con la psicologa, sono mesi che non ho un impegno degno di questo nome.

L'unica cosa che voglio davvero sapere, prima di decidere, è se ci sarà anche Gabriele.

Quando usciamo lo cerco per chiederglielo, ma faccio giusto in tempo a vederlo mentre sale su una Punto blu vecchio modello. E al volante c'è Nicoletta.

Passo il pomeriggio a piangere sulla poltrona letto. Nonna mi chiede che c'è, io le rispondo che piango per via delle soap del pomeriggio. Ci crede e non fa altre domande.

*Tu e Nicoletta state insieme?*

Mi pento subito del messaggio, ma è tardi perché ho già premuto «invia».

*No, Nicoletta è un'amica.*

Una parte di me vorrebbe credergli, ma l'altra è convinta che dica così solo perché ho sofferto tanto e non vuole farmi stare peggio.

Subito dopo ecco un altro squillino.

*Sabato sera vai da Giorgio?*

Mi impongo di contare fino a sessanta prima di rispondere.

*Forse sì. E tu?*

*Può darsi, ho un impegno ma posso fare un salto sul tardi.*

Speravo che mi chiedesse di andare con lui. Invece non ha detto nulla. Nel dubbio, però, io alla festa ci vado.

Sono la prima ad arrivare. Giorgio mi accoglie con un sorriso esagerato. È vestito con pantaloni classici, camicia e gilet. Praticamente identico a come viene a scuola, solo che al posto delle scarpe ha le ciabatte. Da come sua mamma mi guarda i piedi ho l'impressione che, se potesse, mi chiederebbe di indossare le pattine per non rovinare la cera. Ma a quanto pare riesce a trattenersi, Giorgio deve averla implorata di non fargli fare brutte figure, almeno per stasera.

La signora mi porge una mano ossuta e gelata. «Tu devi essere Allegra. Vieni avanti, povera cara», dice facendomi strada in un salone con i mobili in legno scuro e drappi di velluto alle finestre. «Ricordatevi, non più di un bicchiere di alcolico a testa. Ho detto a mio figlio di sorvegliarvi, eh?» si raccomanda prima di sparire dietro una pesante porta a vetri decorata.

Inizio a capire perché Giorgio è diventato così. E mi dico che in fondo mia madre non era poi così male e ripenso a tutte le volte che mi sono comportata da stronza con lei.

Inizia ad arrivare qualcuno, più che altro coppie storiche della scuola, gente che sta insieme da tanti mesi, in qualche caso da anni.

I maschi sbuffano e si guardano intorno senza saper bene cosa fare. Le loro ragazze continuano a controllare l'ora. Si capisce benissimo che si annoiano, ma devono trascorrere in questa specie di limbo il tempo sufficiente per dimostrarsi a vicenda che non sono usciti solo per fare sesso.

La musica è bassa, ma ci mettiamo lo stesso a ballare.

Tanto non c'è molto altro da fare, c'è poco da bere e le tartine fanno schifo.

Dopo un'oretta suona il campanello.

Non è Gabriele.

In una nuvola di profumo, Giada e Chiara fanno il loro ingresso insieme a Luca e Yuri.

Luca e Yuri sono gli unici due belli della nostra classe.

Che poi è sempre tutto relativo, visto che gli altri maschi stanno giusto un gradino sopra Giorgio. Loro invece se la tirano come attori di Hollywood: sono sempre vestiti all'ultima moda e devono avere una specie di convenzione con qualche parrucchiere che si sbizzarrisce con i tagli all'ultimo grido sulle loro chiome bionde (ma solo Yuri è biondo naturale, si mormora che Luca faccia qualche colpo di sole per non sfigurare accanto al suo amico).

Giorgio è al settimo cielo, è evidente che la loro presenza fa guadagnare punti alla festa. Li blocca al volo e si mette a raccontare barzellette.

«Sembra una festa di prima media», sta dicendo Chiara a Giada. Poi mi saluta squadrandomi da capo a piedi. «Che bella gonna, Allegra. Ne avevo una uguale tre anni fa.»

Faccio finta di non aver sentito per via della musica e non le rispondo.

Continuiamo a ballare. Non si diverte nessuno.

Giorgio si dimena in modo ridicolo e, chissà perché, capita sempre nei miei paraggi e mi si appiccica addosso come se fossimo su una pista affollata, mentre qui siamo solo in dodici perché metà degli invitati gli ha dato buca.

Poi, piano piano, le coppiette ufficiali se ne vanno.

Yuri e Luca hanno portato le ragazze in camera di Giorgio con la scusa di giocare a Trivial Pursuit. È da un'ora che sono là dentro e non ne vogliono sapere di uscire. Giorgio bussa forte e li chiama, ma la porta è chiusa a chiave.

Nessuna traccia di Gabriele. Ed è già l'una e mezza. Sono rimasta sola e non so che fare. Provo ad avvicinarmi al buffet, ma la crema di tonno sui cracker sta già cominciando ad annerirsi.

«Giorgio, io vado a casa.»

«Di già?»

«Beh, non c'è più nessuno.»

«Ti accompagno.»

«No, grazie.»

«Ma come ci arrivi dai tuoi nonni? Ti porto io, non ti fidi? Guarda che ce l'ho, la patente. Da ventitré giorni.»

Ma l'ultima cosa che vorrei è ritrovarmi da sola in macchina con lui, quindi gli dico che mi viene a prendere mia nonna ed esco.

Quando sono per strada chiamo nonna, ma il telefono suona a vuoto.

Non ho i soldi per il taxi, così riprovo una decina di volte. Nel frattempo passeggio sul Lungotevere e per distrarmi e allontanare la paura mi metto a fantasticare su un terrorista che irrompe nella nostra classe e sequestra Giorgio, Giada e Chiara e mi obbliga a dirgli chi ammazzare per primo.

Nonna non risponde, probabilmente si è addormentata con la testa sul tavolo della cucina, ubriaca come al solito.

Potrei sentire Gabriele, ma lui non si è fatto vivo e io ci tengo a conservare almeno un po' di dignità.

Così cammino senza meta, sperando che arrivino presto le cinque e mezza per poter prendere il primo treno.

Aspetto l'alba seduta sotto una pensilina.

Miracolosamente riesco ad arrivare a casa senza essere vittima di uno scippo o di qualche tratta delle bianche.

Sono le sei e mezza. Sistemo la mia poltrona letto e mi accorgo che è bagnata. Probabilmente il nonno ha approfittato della mia assenza, si è riappropriato del suo territorio e, tanto per stabilire confini certi, si è pisciato addosso.

Sono troppo stanca per pulire e mi corico in terra.

Vaffanculo a tutti, è l'ultima cosa che penso prima di addormentarmi.

---

«Hai una faccia da schifo.»

Luisa alza gli occhi dal piatto e guarda l'amica, esterrefatta.

Barbara, reduce da una coda sfinente al banco dei secondi piatti, posa il vassoio e rimprovera Silvia. «Te, più invecchi più diventi maleducata.»

«Dico solo quello che penso. È così che dovrebbe andare tra vere amiche, no? Oppure volete che sia falsa?»

«No no, io sono contenta se sei sincera. È solo che a volte sei un po' troppo... diretta», risponde Luisa riprendendo a mangiare con molto meno appetito di prima.

«Insomma, potevi anche usare un eufemismo. Tipo, non so, hai l'aria molto stanca», dice Barbara mentre inizia a tagliare la sua bistecca ai ferri ben cotta.

Luisa lascia cadere le posate. «Sono proprio così brutta?»

«Ma che brutta, sei carina come sempre. È solo che sei giù.»

«Secondo me ti faceva bene una vacanza. Guarda come sei pallida», insiste Silvia avvicinando il braccio abbronzato a quello di Luisa.

«Non ero proprio dell'umore. E poi dove andavo, con un mutuo trentennale?»

Silvia e Barbara non ribattono e per un po' tutte e tre mangiano in silenzio.

«Beh, vuoi mettere la soddisfazione di avere la tua bella casa? Del resto avrai tutto il tempo di viaggiare quando sarai più tranquilla economicamente», prova a buttare là Barbara in tono conciliante.

«Come no, ventisette anni in fondo passano in fretta. Sto già sfogliando i dépliant delle Maldive.»

Finalmente si fanno una risata tutte insieme.

«Devi trovare il modo di tirarti un po' su, eh?» Silvia sembra più morbida di prima.

«Io un suggerimento te l'ho dato», dice Barbara.

Luisa sorride ma non risponde.

«Guarda che ti farebbe bene. Basta che ti decidi!»

«Non so se me la sento. È un impegno troppo grande.»

«Sì, ma vuoi mettere la gioia?»

La signora del tavolo accanto dà un'occhiata furtiva alla pancia di Luisa, poi le sorride con tenerezza.

Luisa intercetta il suo sguardo e si tira giù la maglia di cotone per coprirsi. Tutto il dolore degli ultimi mesi non l'ha fatta dimagrire di un etto. Si affretta a chiarire l'equivoco, parlando a voce alta. «Lo so, lo so, ma non so se prendere un gattino adesso sia una buona idea.»

«E invece è proprio il momento giusto! I piccoli di Milù hanno aperto gli occhietti già da tre settimane. Vuoi vedere le foto?»

Silvia alza gli occhi al cielo. «Per piacere, stiamo mangiando.»

«Embè? Non sono mica ratti.»

Luisa declina più gentilmente. «Lo so che sono belli, ci hai già fatto vedere l'album...»

«Tre volte», precisa Silvia, che è una attenta ai dettagli.

«E allora? E poi guarda che io te lo regalo. Lo sai quanto costa un siamese?»

«Ma non è mica per quello. È che ho paura.»

Silvia annuisce energica. «Fai bene ad avere paura! Lo sai che se gli si comprime il cervello nella scatola cranica il siamese può impazzire e diventare aggressivo?»

«Quelli sono i dobermann!»

«Ho paura di affezionarmi», dice Luisa a bassa voce.

«Paura? Ma se li hanno inventati apposta, gli animali domestici», afferma Barbara accalorandosi. Evidentemente fatica a trovare altri acquirenti per i suoi micini.

«Lo so, però... So che sembra stupido, ma ho paura di soffrire troppo quando muore», risponde Luisa.

«Giornata Mondiale dell'Ottimismo?» sbotta Silvia

mentre estrae il pacchetto di sigarette dalla borsa e inizia a giocherellarci, impaziente di poter essere fuori per fumarsene una in pace.

Ma Barbara non ha finito. «Quando il mio gatto Tom è morto, ho pianto per tre giorni. Non sono nemmeno andata al lavoro. E ho giurato a me stessa che non avrei mai più tenuto un animale in casa, perché non ne volevo sapere di stare così male un'altra volta.»

Luisa e Silvia fanno segno di sì con la testa guardando l'ora perché la pausa pranzo sta per terminare.

«E non volete sapere come è andata a finire?»

«Okay.»

«Una settimana dopo sono passata davanti a un negozio di animali e c'era un gattino che mi guardava. E sapete cosa dicevano i suoi occhioni? Dicevano: 'Eccomi, sono il tuo nuovo gatto'. E così, prima ancora che me ne accorgessi, lui era a casa mia ed era ricominciato tutto da capo. Un po' come quando ti innamori.»

«Eh?»

«Ma sì, quando ti innamori e poi finisce e tu pensi che non potrai mai più amare nessuno e che non rimetterai più insieme i pezzetti del tuo cuore infranto. E invece un bel giorno... *puf*! Ti accorgi che ci sei cascata di nuovo.»

«Ma per me non è la stessa cosa. Federico mica mi ha mollata, è morto.»

«E tu prova a far finta che ti abbia solo mollata.»

«Ho provato, ma non funziona. Dico davvero, ho sofferto troppo. E adesso l'unico modo per non soffrire ancora è non voler più bene a nessuno.»

«Brava stronza, e noi?»

Luisa sorride. «A parte voi.»

«E il cucciolo di Milù.»

Luisa sospira e guarda Barbara. «Non lo so... »

«Insomma, io non posso mica tenermelo. O forse vuoi che lo faccia sopprimere dal veterinario?»

Barbara fa la tragica, ma ha capito che deve insistere. Sa che Luisa è una che non riesce a dir di no, basta fare leva sulla compassione e metterla alle strette senza che se ne accorga.

«Ma sei sicura che mi farebbe bene?»

«Potrai buttare nel water tutti gli ansiolitici. Hai presente come ti rilassa dormire con un micio che fa le fusa sul tuo cuscino?»

«Il giorno che vi sveglierete senza un pezzetto di naso non venite a lamentarvi con me», se ne esce Silvia con una smorfia disgustata. Poi si alza e va fuori a fumare senza nemmeno dire ciao.

# Nove

GABRIELE mi chiede se alla festa mi sono divertita. Io dico di sì e che sono tornata a casa tardissimo. Senza precisare il perché, naturalmente.

Lui mi racconta che era a una festa di laurea. Pensava che sarebbe stata una toccata e fuga, invece le cose sono andate per le lunghe e si sono fatte le quattro.

«Ma non ti annoi a stare sempre con i vecchi?» gli chiedo con un tono acido che stupisce anche me.

«No, anzi. Tante volte mi rompo con quelli della mia età. Di solito quelli grandi hanno argomenti più interessanti.»

Io la prendo come una cosa personale. E, come mi capita spesso quando sono arrabbiata, inizio a dire tutto il contrario di quello che vorrei davvero. «Per questo ti trovi così bene con Nicoletta.»

Lui si stringe nelle spalle, un po' spiazzato. Non risponde e io rincaro la dose.

«Vi vedo proprio bene insieme. Si capisce lontano un miglio che le piaci.»

Mi guarda stupito. Allora mi viene il dubbio: magari la storia dell'amicizia era vera e adesso sono io che, con la mia uscita infelice, gli faccio guardare Nicoletta sotto una luce nuova.

Vorrei mordermi la lingua e, per non fargli vedere che ho le lacrime agli occhi dalla rabbia, invento che devo ripassare per l'interrogazione di italiano e me ne torno in fretta in classe.

L'interrogazione, la prima dell'anno, va bene. Prendo sette e mezzo.

Che poi in realtà sarebbe sei e mezzo più un punto di bonus orfana. È questo che si sussurra nel gruppo delle Brutte, me l'ha appena riferito Giorgio.

«Ti parlo da amico, eh», mi dice, convinto di farmi un piacere.

Invece non fa che aumentare il mio malumore. Mi chiedo perché debba dare tanto fastidio se prendo un bel voto.

All'uscita ci accoglie un sole meraviglioso. E l'idea di tornare nella casa puzzolente dei nonni mi fa venir voglia di vomitare.

Vedo Giada e Chiara che confabulano, sedute sui loro motorini affiancati. Le guardo insieme e penso che le detesto sempre, ma forse un po' meno della settimana scorsa. Sarà perché mi sento sola ma, anche se sono due stronze, il pensiero di passare un pomeriggio con loro mi sembra comunque preferibile all'ennesima televendita.

Mi avvicino.

Giada è al settimo cielo perché ora tutta la scuola sa che lei sta con Luca.

Infatti, dopo la festa di sabato, lui ha scritto nel bagno dei maschi «Giada 4 in orale», e lei lo ha interpretato come una specie di ufficializzazione del loro rapporto.

Non voglio fare la guastafeste ed evito di dirle cosa penso davvero. Perciò mi tengo sul vago. «Cosa fate oggi pomeriggio?»

Si guardano.

«Chiara mi ha invitato a casa sua per studiare», risponde Giada come se avesse dovuto rifletterci su.

Sorrido e resto in silenzio. Stanno zitte anche loro.

Allora mi umilio definitivamente e chiedo se posso andare anch'io.

Giada concentra la propria attenzione su uno strappo dei suoi jeans.

Chiara mi guarda e prende fiato mentre le sue labbra diventano sottili. «Veramente studiamo italiano. E visto che tu sei appena stata interrogata...»

Non infierisco oltre.

«Okay, magari allora un'altra volta.»

«Assolutamente sì.»

Assolutamente vaffanculo, penso allontanandomi senza salutarle. Come posso essere stata tanto stupida da implorarle?

In fondo quello che mi frega è solo il bisogno di

parlare con qualcuno. Per la psicologa devo aspettare fino a giovedì, e di certo non vado a confidarmi con nonna, che ha già i suoi problemi.

Mi avvio svogliatamente alla fermata. Ma non riesco a rassegnarmi a un altro pomeriggio davanti alla televisione. Così, senza sapere bene cosa voglio davvero fare, prendo l'autobus nella direzione opposta a piazzale Flaminio.

E arrivo a Monte Mario.

So dov'è la casa di cui lei è tanto orgogliosa. So che è a pianterreno e conosco anche il numero civico. Mi siedo sul gradino della lavanderia che sta proprio lì di fronte (dove le hanno negato il rimborso dopo averle rimpicciolito di due taglie la sua giacca di renna preferita) e aspetto.

Chissà perché, ma la riconosco subito.

Parcheggia la macchina, una Renault Clio di un colore difficile da indovinare sotto uno spesso strato di polvere. Forse verde chiaro.

Luisa sembra agitata, parla da sola.

Non sarà mica diventata matta? Magari il dolore per la morte di papà l'ha fatta andare fuori di testa.

Ma poi scende e io tiro un sospiro di sollievo: in realtà si rivolge a una gabbietta di plastica dalla quale provengono miagolii disperati.

La poveretta posa la gabbietta in terra. Ha le lacrime agli occhi. Poi dà un'occhiata desolata all'interno dell'abitacolo. «Oh, no, anche il sedile. Aspettare cinque minuti proprio no, eh?»

Corre in casa con la gabbietta, poi dopo un minuto

torna, armata di stracci e giornali, e si mette a trafficare in macchina, sbuffando.

Lavora per un po', poi le viene in mente qualcosa e si precipita ad aprire il bagagliaio dell'auto, prende due borse della spesa piene di surgelati, un sacchetto di sabbia per gatti e rientra in casa. Ma lascia lo sportello della macchina aperto.

Infatti non ha finito, si è solo procurata altri stracci.

Finalmente vinco la timidezza e mi avvicino. «Succo di limone», le dico.

«Scusa?»

Fa ancora molto caldo e la sua faccia è arrossata e piena di goccioline di sudore.

«Per pulire il sedile puoi usare acqua e succo di limone. Se non ce l'hai, va bene anche l'aceto.»

«Grazie... »

Mi guarda stupita. Io sorrido.

«Mio nonno è incontinente. L'altra sera ha pisciato sul mio letto.»

Lei fa una smorfia per dimostrarmi solidarietà.

«Ti do una mano?»

«Non è il caso, grazie», risponde. Ma si capisce benissimo che le fa piacere.

Io prendo la carta di giornale sporca e vado a buttarla via, mentre lei torna in casa a cercare il limone. Lo trova e riprende a strofinare.

«Sei di qua? Non ti ho mai visto.»

«No, abito a Riano. Ma ho degli amici in zona, li stavo aspettando.» Poi cambio discorso per distogliere l'attenzione dalla mia bugia. «Come si chiama il tuo gatto?»

Lei si ferma per un secondo e si porta una mano alla fronte. «Non lo so, è appena arrivato. Devo ancora decidere. A proposito, io sono Luisa.»

«Piacere.»

Si strofina le mani sporche sul tailleur prima di stringere la mia. Mi guarda e alza le sopracciglia. Evidentemente si aspetta che io le dica il mio nome. È così che vanno le presentazioni. Non avevo considerato questo particolare. Mi conviene tenermi sul vago.

«Giada.»

«Bel nome, ti si addice.»

Insieme finiamo il lavoro. Il sedile era ridotto proprio male, sembra impossibile che in quella gabbietta ci fosse solo un gattino e non un branco di cani selvatici.

Luisa mi offre un caffè e io accetto.

La casa è proprio come me l'aspettavo. Grande, luminosa, disordinata. Piena di libri, riviste, dvd. Con tende e copridivano dai colori accesi. In una parola, accogliente.

Luisa mi fa sedere al tavolo della sua cucina, che è molto piccola e si affaccia su un soggiorno molto grande.

La guardo mentre prepara il caffè. Mi fa effetto perché mi sembra di conoscerla già. Eppure devo fare come se niente fosse.

Chissà cosa avrebbe detto mamma, che s'ammazzava di diete, se avesse saputo che mio padre andava a letto con una molto più cicciona di lei.

Luisa avrà sei o sette chili di troppo, ma non le stanno male, e di seno come minimo ha una quarta, anche se cerca di nasconderla sotto la camicia larga. E gli occhi azzurri risaltano sul suo viso tondo, con poche rughe per una della sua età. È proprio il tipo che mi aspettavo. Il tipo che ti fa sentire che puoi avere fiducia.

Sentiamo un miagolio di protesta provenire dal salotto. Luisa si ricorda del gatto e corre a sistemare la cassettina con la sabbia in un angolo del soggiorno.

«Provvisoria, eh.»

Io prima spengo il gas, per evitare che il caffè schizzi di fuori, poi la raggiungo di là e insieme apriamo la gabbietta.

Il gatto, un bel cuccioletto siamese, ci sta guardando risentito.

Provo a fargli una carezza ma lui mi graffia e si dà alla fuga. Luisa corre a prendere il disinfettante mentre io dico che non mi ha fatto niente, anche se mi esce un sacco di sangue.

Il micio si rifugia sotto la libreria e, per manifestare il suo dissenso, vomita sul pavimento un po' di saliva mista a pelo.

Poi, diffidente, annusa l'aria intorno a sé.

Io lo chiamo «Min, min», facendo segno con la mano sana.

In fin dei conti mi è simpatico. Anche lui è un ribelle, mi fa pensare a quando mi hanno portato da nonna e io non volevo.

Arriva Luisa con due bottigliette di disinfettante e una scatola di cerotti.

«Giada, preferisci alcol o acqua ossigenata?»

Io sto cercando di acchiappare il gatto che adesso è andato a infilarsi sotto la poltrona e mi sta soffiando con un'aria molto feroce per una bestiola tanto piccola, e non le faccio caso.

«Giada?»

Avevo già scordato il mio nome di battaglia.

Mi giro e la vedo lì in piedi, con la scatola dei cerotti, le boccette e un'espressione dispiaciuta e apprensiva. E mi pento subito di averle raccontato una bugia.

«Devo dirti una cosa. Non mi chiamo Giada.»

«Come?»

«Mi chiamo Allegra. Sono la figlia di Federico.»

Luisa lascia cadere la boccetta di acqua ossigenata. Il vetro si infrange.

Peccato, aveva solo il cinquanta per cento di probabilità di fare danni. Se lasciava andare l'alcol, non succedeva niente perché la bottiglia era di plastica.

Resta lì a guardarmi con la bocca semiaperta. Trema.

Io sono mortificata, tengo la testa bassa e, anche se in fondo non ne ho motivo, mi sento colpevole.

Il gatto capisce che siamo troppo prese dalle nostre emozioni per badare a lui, coglie al volo l'occasione e, dopo una rapidissima ma devastante scalata sulle tende di voile arancione, guadagna la finestra che avevo aperto e salta fuori.

Faccio in tempo a vedergli la coda prima che lui si dilegui del tutto.

«È scappato il micio!»

«Oh, no!»

Luisa si riscuote e si precipita fuori.

* * *

Un quarto d'ora dopo ce ne stiamo sedute al tavolo della cucina, entrambe pallide e sottosopra.

Io ho bevuto un sorso di caffè ormai freddo, Luisa non ha toccato il suo.

Le spoglie terrene del micio giacciono in giardino, provvisoriamente in una vecchia scatola da scarpe, in attesa di sepoltura. Un furgoncino, che passava sulla Trionfale senza rispettare i limiti, ha messo bruscamente fine alla sua corsa verso il miraggio della libertà.

«È tutta colpa mia», mormoro.

«Ma che dici, ero io che dovevo fare più attenzione.»

«Però la finestra l'ho aperta io.»

«Sì, ma solo perché volevi aiutarmi.»

«Mi dispiace tanto.»

«Dai, non è così grave. In fondo lo conoscevo appena.»

Luisa si sforza di sorridere. È sconvolta per la fine del gatto e si capisce benissimo che, se non ci fossi io, sarebbe già scoppiata in lacrime da un pezzo. Se si trattiene è solo per rispetto nei miei confronti, che in fondo in un incidente ho perso la famiglia intera e non c'è proprio confronto.

Stiamo zitte per un po'. Io fingo di bere e lei si rigira in mano la tazzina ancora piena.

È lei che rompe il silenzio. «Come hai fatto a trovarmi?»

La guardo e sorrido. «Beh, è stato facile, mio padre...»

Mi interrompo. Devo proprio dirle che ho letto le sue mail?

Come reagirei al suo posto, se sapessi che una sconosciuta ha violato la mia privacy?

Magari, se le racconto come sono andate davvero le cose, finisce che mi scambia per una ficcanaso o una piccola pazza in cerca di chissà quale vendetta. Non so davvero cosa dirle.

Ma è lei che mi suggerisce la risposta giusta.

«Ti... ti ha parlato di me?» chiede con la voce che è una specie di soffio. Da come mi guarda capisco benissimo che spera più di ogni altra cosa al mondo che io le dica di sì. Incredibile, è ancora innamorata di papà.

Così alla fine parlo, ben sapendo quanto sia importante quello che sto per dire. «Sì», rispondo a testa bassa.

Luisa inizia a piangere, deve posare la tazzina perché la mano le trema troppo. «E co... cosa ti ha detto?»

«Mi ha raccontato un sacco di cose su di te. Per lui eri importante, sai?»

Ora Luisa è una fontana. Non riesce nemmeno a parlare. Io cerco di consolarla accarezzandole una spalla poi, non sapendo più cosa fare, taglio una fetta di torta e ne addento un pezzetto, anche se mi sento lo stomaco attorcigliato.

Non posso più tornare indietro.

E poi, cos'altro potrei fare? Dirle la verità? Dirle che mio padre non aveva nessuna intenzione di separarsi? Che mentre vedeva lei aveva anche una storia con la cameriera del bar all'angolo? Dirle che le frasi carine che ogni tanto le scriveva erano copiate dalle mail di qualche cliente invaghita di lui?

O magari raccontarle qualcosa sul curriculum sessuale del mio papi? Del tipo che, quando io ero piccola, mia madre lo aveva sorpreso a letto con la babysitter, che a occhio e croce aveva la mia età di adesso?

Non le farebbe bene. Né a lei né a nessun altro.

Così non mi resta che andare avanti con la favola che lei ha voglia di ascoltare. «Voleva che tu e io ci conoscessimo.»

Luisa sorride tra le lacrime e mi prende la mano. E io ho la chiara sensazione che, ancora una volta, la mia vita stia per cambiare.

«Cosa hai fatto?!»

L'urlo di Silvia fa voltare tutti i clienti seduti nel déhor del bar.

«Ssh, vuoi che lo sappiano tutti?» sussurra Barbara.

«Parli come se avessi commesso un reato. Ma non ho mica ammazzato nessuno», le fa notare Luisa.

«A parte il gatto di Barbara», puntualizza Silvia. Non vorrebbe, ma le scappa da ridere.

«Non scherzare, guarda che ci sono rimasta malissimo», dice Luisa.

«Eh, pensa io. Insomma, l'hai adottata. Ti rendi conto?» Barbara gesticola con enfasi. Ancora non ha deciso se congratularsi con l'amica oppure fare una sfuriata.

«Ma che adottata. Starà da me per un po', tutto qui. Mi paga l'affitto, eh.»

«Quanto?» chiede Silvia accendendosi una sigaretta.

«Trecento euro al mese. Vitto e alloggio.»

«C'avrei scommesso che ti fregava.»

«Perché?»

«L'hai data un'occhiata a *Porta Portese*? Per una stanza vicino al centro sono minimo cinquecento euro. Solo alloggio, spese escluse», dice Barbara.

«E lo sai quanto mangiano a quell'età? Con quegli ormoni impazziti...»

«Ma riuscite a pensare solo ai soldi? Allora non capite proprio. Quella ragazzina è sola al mondo. I genitori sono morti, la nonna beve, il nonno è demente...»

«E appena l'hai vista t'è morto il gatto. Non sarà che porta un po' sfiga?» dice Silvia scrollando la cenere nel fondo del suo tè verde.

Luisa si sta arrabbiando davvero. «Con te non si può proprio parlare.»

Silvia si passa una mano tra i capelli corti e modera i toni. «Scusa, è solo che mi hai sconvolto. Il mio analista diceva sempre che l'eccesso di sarcasmo non è altro che un meccanismo di difesa.»

«Diceva? Perché usi il passato, non ci vai più?» le chiede Barbara storcendo il naso.

«Ha voluto a tutti i costi interrompere l'analisi. Credo che si fosse innamorato di me.»

«Forse potevi metterti delle gonne un po' più lunghe quando andavi da lui. E parlare meno di sesso», dice Barbara.

«Perché, tu di cosa parli con l'analista? Dei tuoi progressi nell'arte del découpage?»

«Io non ce l'ho un analista.»

«Beh, forse ne avresti bisogno.»

Barbara sta per replicare, ma Luisa riporta bruscamente l'attenzione su di sé battendo il palmo della mano sul tavolino. Bicchieri e tazzine tintinnano. I clienti si voltano di nuovo, questa volta con sguardi decisamente poco benevoli.

«Insomma, mi state a sentire oppure no?»

«Okay. Scusa. Però secondo me stai facendo una bella cazzata.»

«Avrei voluto vedere voi al posto mio. Le avreste detto di no?»

Barbara abbassa la testa.

Silvia annuisce. «Certo. Con tatto, delicatezza, però...»

«E chi ce l'aveva il coraggio? In fondo sono tutto quello che rimane della sua famiglia.»

«Eehh?» Silvia e Barbara si sporgono in avanti. Poi si guardano tra loro, sconcertate.

«Federico voleva che noi due ci incontrassimo, lo capite? Stava per lasciare sua moglie per me!»

Altro giro di sguardi, e questa volta nessuna delle due ha voglia di essere la prima a commentare. Barbara, che ha smesso di fumare da cinque anni, prende una Marlboro Light dal pacchetto di Silvia, senza chiederle il permesso.

«Così, per curiosità, secondo te per lasciarla aveva bisogno di andare fino in Kenya? Non andava bene il divano del soggiorno?» chiede Silvia dopo un bel sospiro. Non vorrebbe essere così acida, ma è solo che, nonostante la sua brutta fine, Federico continua a starle antipatico. E a questa storia della separazione non crede proprio per niente.

Ma ormai Luisa sta sguazzando nella sua nuova e personalissima soap opera privata. «Purtroppo non lo saprò mai... Insomma, ragazze, possibile che non ve ne rendiate conto? Noi tre potevamo diventare una nuova famiglia! E ora che è rimasta solo Allegra, secondo voi che dovrei fare? Rispedirla a casa?»

«Allegra? Che razza di nome!»

«L'ha scelto sua madre. Già da quello capisci che non ci stava tanto con la testa.»

«Un po' di rispetto per i morti», esclama Barbara, che in materia di etichetta ha le idee chiare, anche nelle situazioni di emergenza.

Luisa chiede scusa.

«E raccontaci un po', com'è? Il tipo tossico da centro sociale oppure il tipo velina?»

«È una normale. Educata, un po' timida. Alta, magra, capelli lunghi castano chiaro. Somiglia vagamente a Jessica Alba.»

«Uhm, praticamente Miss Simpatia!»

«Ma no, sembra proprio una ragazza a posto. La dovevi vedere quando mi ha chiesto se avevo una stanza libera. Sembrava un cucciolo di cerbiatto.»

«E scusa, sua nonna la lascia andare via così?»

«Veramente Allegra dice che le fa un piacere, se va via. Povera piccola, sembra che nessuno la voglia. Ha un disperato bisogno di qualcuno che si prenda cura di lei.»

«E sei proprio sicura di essere tu la persona adatta?» chiede Barbara con tutta la delicatezza possibile.

Luisa cerca di dissimulare con un sorriso l'ondata d'ansia che all'improvviso la sta assalendo. «Perché, secondo voi non sono in grado?» domanda in un sussurro.

«Luisa, in casa tua un gatto è sopravvissuto quindici minuti.»

«È pazzesco. Voi non avete nessuna fiducia in me.»

«Ma cosa dici, sei una ragazza in gamba, è solo che sei un po' troppo...»

«Troppo...»

Barbara e Silvia cercano di aiutarsi a vicenda per trovare le parole giuste senza rischiare di offenderla.

«Troppo distratta, disordinata... Sregolata nel mangiare...»

«Troppo single, ecco!» esclama Barbara, soddisfatta per avere trovato la definizione adatta.

Silvia conferma con un cenno della testa.

«Quindi secondo voi sono destinata a vivere sola per sempre?»

«Non è mica da tutti, eh?» fa notare Silvia, che da sempre vive la propria condizione di nubile nullipara come un raro privilegio. Da ragazzina, quando le chiedevano cosa avrebbe fatto da grande, rispondeva decisa: «La single in carriera». Il suo proposito si è avverato a metà, sempre che non si voglia considerare «carriera» un posto da impiegata all'Ufficio Fidi, con stipendio di milletrecento euro al mese.

Luisa sbuffa, prende lo scontrino dal tavolo e si alza. «Oh, basta. Non ho intenzione di stare qui a sentire voi che affondate la mia autostima. Sapete che vi dico? Chiamatelo sesto senso, ma sento che quella ragazza ha davvero bisogno di me e io sto facendo la cosa giusta. Vedremo tra un po' di tempo chi aveva ragione.»

Con piglio deciso Luisa va alla cassa e paga per tutte. Le altre due sono così stupite da questo rigurgito di orgoglio che non fanno nemmeno il gesto di mettere mano al portafoglio.

Poi Luisa prende le amiche sottobraccio e si avvia con loro verso la fermata dell'autobus. È contenta di sé, questo bel discorso è il primo segnale che, se vuole, sa anche essere combattiva.

Si volta prima verso Barbara, poi verso Silvia e alla fine sorride. «Voi però me la date una mano, vero?»

# Dieci

È UNA notte di luna piena.

Il che in un certo senso è una fortuna, perché possiamo fare tutto senza bisogno di torce. Però è anche vero che con questa luce si vede benissimo cosa stiamo combinando, e se ci becca un vigilante rischiamo una bella multa, se non addirittura qualche giorno di galera come punizione esemplare.

Chiedo a Luisa se il micio non era meglio sotterrarlo in giardino.

«Che schifo! Cioè, voglio dire, mi farebbe un po' impressione, e poi metti che tra qualche tempo devo scavare per qualcos'altro, tipo mettere un gazebo o piantare un albero, e mi imbatto nel suo scheletrino!»

Rabbrividisco anch'io al pensiero.

Lei continua: «E poi in fondo era un gatto che amava la libertà, i grandi spazi. Di sicuro Villa Borghese gli sarebbe piaciuta».

Luisa si guarda in giro soddisfatta e si lascia accarezzare il viso dal vento tiepido della notte.

Io penso che non dovremmo sprecare tempo con le commemorazioni e mi offro di fare il palo.

Lei dice okay e inizia a scavare ai bordi del prato con una paletta da giardinaggio di plastica.

Come prevedevo, è un lavoro molto lungo.

Ma per fortuna non passa nessuno, così, dopo l'ultimo saluto al piccolo defunto, torniamo alla macchina (che ha ancora un odore strano) e ce ne andiamo a casa.

Durante il viaggio nessuna delle due parla molto, a parte qualche commento sulla serata ancora calda oppure sulla nostra fortuna/sfortuna a trovare il semaforo verde/rosso.

In effetti non abbiamo molti argomenti. Anzi, l'unica cosa che abbiamo in comune per adesso è mio padre, e direi che non è il caso di passare il tempo a parlare di lui. Non c'è nemmeno bisogno di scomodare la psicologa per questo: sappiamo benissimo che farebbe male a tutte e due.

E poi a me non dà fastidio stare zitta, ci sono abituata. Così mi metto a guardare dal finestrino le luci della città che stiamo lasciando sotto di noi. Ogni tanto lei mi dà un'occhiata per controllare che io sia a posto, e per tranquillizzarla le faccio un bel sorriso.

Oggi pomeriggio Luisa si è presa un permesso dal lavoro ed è venuta da nonna a prendere me e tutte le mie cose.

Nonna non ha fatto domande e ha preparato il caffè.

Si è accontentata della mia spiegazione, in cui presentavo Luisa come una generica cara amica di famiglia. Per convincerla non c'è stato nemmeno bisogno di tirare in ballo gli altri argomenti che avevo già pronti, tipo la comodità con la scuola o il fatto che trecento euro, al giorno d'oggi, sono pochissimi e il vitto era compreso.

«Ricordati di venirci a trovare, mi raccomando», è stato l'unico commento alla mia decisione.

Io mi sono quasi commossa, le ho dato un bacio sulla guancia e tutte e tre insieme ci siamo fatte un affogato al Grand Marnier per festeggiare l'evento.

Alla fine di questa giornata intensa posso finalmente disfare i bagagli e sistemare tutto nella mia nuova camera.

Mi sento stanca e anche un po' confusa. Penso che forse, in qualche strano modo, mi ero affezionata persino alla poltrona letto, e adesso ritrovarmi qui mi dà una specie di disagio. Chissà se un giorno questa stanza con le pareti dipinte di giallo chiaro potrà diventarmi familiare.

Mi siedo sul letto, non so che fare. Sono solo le dieci e mezza, avrei voglia di vedere un po' di tv. Ma in questa casa c'è solo un televisore e sta di là.

Provo ad avventurarmi lungo il corridoio, e in soggiorno trovo Luisa con un libro in mano, seduta in modo troppo rigido e sotto una luce troppo fioca perché qualcuno possa credere che si stia davvero rilassando.

Appena mi vede scatta in piedi. «Vuoi qualcosa prima di andare a dormire? Ti preparo un po' di latte e biscotti?»

Al solo pensiero mi viene un conato. Mi porto una mano alla bocca, poi mi accorgo che sembro maleducata. «No, grazie, sono a posto così.»

Lei sorride, si siede e mi fa cenno di sedermi sul divano di fronte a lei.

Ce ne stiamo un po' senza parlare. Inizio a temere di essere stata invadente e inopportuna a chiederle di ospitarmi, è evidente che la mia presenza la mette a disagio.

«Come ti senti?» mi chiede in tono dolce.

«Strana.»

«Anch'io», dice, e lo sguardo le diventa un po' triste.

Altro silenzio. Poi io prendo coraggio.

«Tu la guardi, la tv?»

«Adesso?»

«Beh, in generale.»

«Ogni tanto. E tu?»

«Ogni tanto, anch'io. Quando non so cosa fare.»

«Come me.»

Mi studio per un po' le unghie. Poi ritorno sull'argomento. «Il fatto è che non so quasi mai cosa fare.»

Luisa si appoggia allo schienale del divano. Sembra già più rilassata. «Quindi, in pratica, ne guardi un sacco.»

«Sì.»

«Allora confesso: sono teledipendente dai tempi di *Ufo Robot*!»

«Cos'è *Ufo Robot*?»

«Uh, madonna, come sei giovane! Allora, cosa c'è di interessante?»

«Beh, ci sarebbe l'ultima puntata di *Mai dire reality.*»

Luisa fa un balzo e si impadronisce del telecomando. «Come, l'ultima?»

Tiriamo tardi davanti alla tv, ridiamo e facciamo commenti sui concorrenti e siamo indecise su chi sia il più scemo.

Alla fine, Luisa si fa una camomilla e io le tengo ancora un po' di compagnia in cucina.

«Anche con Federico guardavamo tanta tv, sai? A volte veniva qui, e dopo aver fatto l'amore...» Si morde le labbra, come se si accorgesse solo ora con chi sta parlando. «Scusa.»

«No, no, vai tranquilla, non mi dà fastidio.»

«Beh, dopo che l'avevamo fatto io preparavo qualcosa per cena e intanto giocavamo insieme al quiz di Gerry Scotti. Vincevo quasi sempre io. Però lui era più bravo con le domande di sport.»

Inizio a capire perché papà non riuscisse a buttare giù la pancia, nonostante si fosse comprato persino la macchina dimagrante con gli elettrodi. Chissà quante volte mangiava cena doppia, prima da Luisa e poi a casa, con me e mamma.

Sorrido, un po' per cortesia. Spero che Luisa non prenda l'abitudine di ricordare ogni sera gli episodi della vita di papà. Nemmeno nonna arrivava a tanto, e dire che anche lei lo amava, forse anche di più, visto che era sua madre.

«Ma non voglio stare qui a farti una testa così su tuo padre.»

Oddio, mi legge nel pensiero?

«Figurati, a me piace starti a sentire...» le dico. Basta che non esageri, vorrei aggiungere.

Lei si siede al tavolo della cucina e mette un altro cucchiaino di zucchero nella sua tazza.

La guardo. L'amante di papà. La parola amante mi ha fatto sempre venire in mente pizzi neri, reggicalze e sguardi assassini. Non certo ragazze cicciottelle che bevono camomilla in tazze a forma di mucca e passano le serate davanti alla televisione.

Ci diamo la buona notte. Io vado in camera mia e finalmente dopo tanto tempo dormo in un vero letto, con il profumo delle lenzuola fresche di bucato che si mescola a quello leggero dei bastoncini di incenso che si sono appena spenti in corridoio.

# Undici

«Ce l'hai il ragazzo?»

Aiuto! Questa Silvia mi sta tempestando di domande. Se ne sta seduta di fronte a me, sul divano del soggiorno, fuma una sigaretta dietro l'altra e intanto mi fissa dritto negli occhi per capire se le mie risposte sono sincere oppure no. Manca solo la lampada puntata in faccia e poi sarebbe un perfetto interrogatorio.

Luisa è uscita a comprare qualcosa per cena.

«Così nel frattempo voi due fate amicizia», ha detto con un sorriso che né io né la sua amica abbiamo ricambiato.

Ed eccomi qua, senza avvocato della difesa, a fronteggiare il fuoco di fila di domande di questa donna elegante, bruna e longilinea, che il più delle volte, quando mi chiede qualcosa, usa il plurale.

«Che musica ascoltate?»

«Vi piace il cinema? E il teatro?»

«Li usate ancora i congiuntivi?»

«Come mai siete tutte così magre? Non mangiate proprio oppure prima vi abbuffate e poi andate a vomitare?»

Come se io arrivassi da una lontana galassia, il pianeta delle adolescenti, in cui tutte dicono e pensano le stesse cose e si muovono allo stesso modo.

A volte, guardando certi gruppetti di ragazze della mia scuola, mi viene il sospetto che questo pianeta esista davvero. Però evidentemente nessuno mi ci ha mai invitata.

Così, quando rispondo a Silvia, uso il singolare, perché non mi sento parte di un branco e posso parlare solo per me.

Per fortuna, proprio sulla domanda più difficile, si apre la porta e ricompare Luisa, carica di borse della spesa. Insieme a lei c'è Barbara, che completa il terzetto delle amiche strette.

Barbara mi corre incontro, le porgo la mano per presentarmi, ma lei mi anticipa e mi bacia sulle guance.

«Finalmente ci conosciamo», esclama, e sembra commossa.

Io cerco di mostrarmi altrettanto felice e ricambio l'abbraccio, anche se detesto le smancerie con gli sconosciuti. Però non voglio che Luisa faccia brutte figure a causa mia.

Barbara, così piccolina e rotonda, con i capelli biondi, gli occhi verdi e un profumo che sa di cipria, è tutto il contrario di Silvia.

Si offre di preparare lei la cena e sparisce in cucina.

Luisa non insiste e si siede con noi. «Allora, cosa vi raccontavate di bello?»

«Le stavo chiedendo del suo ragazzo.»

«Ma perché non ti fai i fatti tuoi?» la rimprovera.

Però poi mi guarda con gli occhi spalancati, impaziente di sentire la risposta. Secondo me è molto più curiosa di Silvia ed è troppo contenta che sia arrivata qualcun'altra a fare la figura dell'impicciona al posto suo.

«Beh... non proprio.»

«Non mi dire che alla tua età già ti fai quelli impegnati», dice Silvia severa.

Luisa la colpisce su un braccio con l'ultimo numero di *Astra*.

A me viene da ridere. «Ma no... È solo che a me piace uno, ci eravamo quasi messi insieme e poi...»

«Poi?»

Poi di certo non glielo racconto cos'è successo la sera in cui io e Gabriele stavamo per fare l'amore, perché non voglio rovinare la cena a nessuno.

«Poi ci sono stati dei contrattempi. E adesso ho paura che gli piaccia un'altra.»

«Ma va'. E dove la trova un'altra bella come te?» urla Barbara, che dalla cucina sta tenendo le orecchie ben tese.

«Ce ne sono tante di belle, in giro. E poi dovreste vedere lui.»

«Non ce l'hai una foto?» chiede Luisa.

Mi vergogno un po', ma vado a prendere il telefonino e mostro qualche scatto fatto di nascosto, nei corridoi del liceo.

«Ha una bella nuca, non c'è che dire», dice Silvia alzando un sopracciglio e accartocciando un pacchetto vuoto di sigarette.

Luisa si lamenta sempre perché resta grassoccia nonostante sia perennemente a dieta.

«Questione di metabolismo», non fa che ripetere.

Ma stasera la guardo mangiare e inizio a spiegarmi un po' di cose.

«Per me solo due crespelle, che sono a dieta.»

«Prendo solo un'altra mezza fetta di torta al prosciutto perché sono a dieta.»

E via di questo passo. Deve essere una specie di dieta immaginaria, che consiste solo nel dire «sono a dieta» prima di fare il bis di patate al formaggio.

Quando Giada si mette a dieta, invece, fa sul serio: per un mese mangia un'insalata e una fettina di petto di pollo al giorno. È capace di perdere anche cinque o sei chili. Poi però deve smettere perché sviene in classe e suo padre la porta dallo psicologo.

Per non parlare di mamma, che ogni tanto si eclissava in una beauty farm e tornava con una taglia in meno e un'ombra triste negli occhi. Che poi, se avesse saputo che la sua vita finiva così male e così presto, forse se la sarebbe goduta un po' di più invece di stare lì a torturarsi con digiuni e clisteri.

Per tutta la cena Luisa e le sue amiche mi mettono al centro dell'attenzione e io non sono tanto abituata, però mi diverto.

Fanno a gara per darmi consigli per conquistare il mio Gabriele, si parlano sopra una con l'altra, ridono e discutono. Sembra che si divertano un mondo, forse perché si ricordano di quando erano giovani anche loro.

Silvia mi dice che per prima cosa devo neutralizzare la mia rivale. «Prima osservala e poi distruggila», mi consiglia. «Lo dicevo sempre a Luisa quando...»

Si interrompe di colpo. Nel caso di Luisa la rivale da distruggere era mia mamma. Luisa diventa rossa mentre Silvia stringe le labbra e chiude gli occhi, soffocando un lamento. Deve essersi presa un bel calcione sotto il tavolo.

«Ma no. L'unica cosa che funziona davvero con gli uomini è la tattica *Zelig*», interviene Barbara, forse anche un po' per cambiare discorso.

Silvia si china a massaggiarsi la caviglia dolorante.

«Cioè? Devo farlo ridere?» chiedo io, interessata.

«No, no. Dico *Zelig*, il film di Woody Allen. Cioè, cambiare in base all'uomo che vuoi conquistare. Praticamente diventi quello che vuole lui. Non è difficile. Funziona, e io ne ho le prove. Non a caso qui dentro sono l'unica sposata», afferma con una punta di orgoglio.

Barbara mi racconta di quando ha conosciuto il suo futuro marito. Lei, che soffriva di mal di mare anche solo a salire su un materassino gonfiabile, si era iscritta a un corso di vela pur di passare l'estate con lui. Poi aveva cominciato a interessarsi al reiki, aveva letto decine di libri di filosofia orientale e, affondo finale, lo aveva seguito in India con «Avventure nel mondo». Laggiù, mentre lei si contorceva tra gli spasmi di una gastroenterite contratta mangiando le frittelle di un romantico chioschetto di Calcutta, lui aveva chiesto la sua mano.

A sentirla raccontare ridiamo tutte come delle matte e lei si arrabbia, perché in fondo è la sua storia d'amore, mica una barzelletta.

Le «ragazze» se ne vanno che è quasi mezzanotte.

Aiuto Luisa a riordinare. Poi lei mi ricorda che domani mattina mi presento volontaria in storia ed è meglio che vada a dormire.

«Solo un attimo», le dico sedendomi al tavolo della cucina armata di vasetto della Nutella e fette biscottate.

«Ma come fai a mangiare ancora?»

«Questo non è mangiare, è coccolarsi.»

Si siede anche lei. «Ti sei divertita?»

«Sì», rispondo, e sono sincera.

«Sono strane le mie amiche, eh?» mi domanda con il tono di una che fa un complimento.

«Sei strana anche tu.»

«Grazie!»

«Siete amiche da tanto?»

«Sì. Io e Silvia dividevamo l'appartamento quando eravamo a Giurisprudenza.»

«E Barbara?»

«Barbara usciva con lo stesso ragazzo di Silvia. Senza saperlo, naturalmente. Quando si sono incontrate si sono quasi prese a botte, poi lui è scomparso e alla fine loro sono diventate amiche. Però continuano a litigare ogni cinque minuti.»

Rido. «E lavorate insieme?»

«Sì, praticamente sì. Prima stavamo in tre banche diverse, poi la mia banca ha comprato quella di Silvia. E dopo un po' quella di Barbara ha incorporato la nostra.» Guarda l'ora e alza gli occhi al cielo. «Madonna mia, e chi ci va a lavorare domani?» Ma lo sguardo le resta incollato al barattolo di Nutella.

Io non faccio commenti per non incoraggiarla.

Lei si morde il labbro, poi si decide e va a prendere un cucchiaino. «Ma sì, hai ragione tu. Se non ci coccoliamo da sole, chi ci pensa a noi? E poi al diavolo la dieta!»

Le porgo il barattolo e intanto penso a tutto quello che si è mangiata stasera. «Io però peso cinquantacinque chili», le faccio notare con tutto il tatto possibile.

Luisa resta con il cucchiaino pieno a mezz'aria. C'è rimasta male.

Ma non volevo essere cattiva, solo farle notare che io non ho nessuna dieta da mandare al diavolo, perché per fortuna di diete non ne faccio. Con tutto quello che mi succede ultimamente, ci mancherebbe pure non poter mangiare.

Lei dà una leccata timida al cucchiaio e poi corre a lavarlo, buttando un sacco di cioccolato giù per lo scarico del lavandino. Delitto! Prometto a me stessa che non parlerò mai più di peso o diete in questa cucina.

«Dormi bene», le dico.

«Anche tu. E in bocca al lupo per l'interrogazione.»

Io sorrido e incrocio le dita.

# Dodici

«VUOI sapere la novità?» mi chiede Gabriele mentre dividiamo una bevanda al gusto di cappuccino.

In un solo secondo mi vengono in mente le uniche novità che vorrei sentirmi dire da lui. Nell'ordine:

«Ho scoperto di amarti.»

«Da oggi e per sempre sarò il tuo fidanzato.»

«Un'astronave di alieni ha appena rapito Nicoletta!»

Naturalmente non è nulla di tutto questo.

«Mi hanno chiesto di collaborare al giornalino scolastico.»

«Uau.»

Chiara la Bella avrebbe fatto un commento più profondo del mio. Ma proprio non so che altro dire. L'unica cosa che mi ritrovo a pensare è che, con questo nuovo impegno, rischio di non vederlo più nemmeno durante l'intervallo.

«Già, uau», ripete lui, e capisco che è deluso.

Cerco di rimediare e gli chiedo di raccontarmi meglio.

Mi spiega che avrà una rubrica fissa dedicata al cinema. «Ogni settimana andrò in giro per la città a caccia di novità in campo cinematografico. Set aperti, nuove idee, giovani registi...»

Il primo giovane regista da intervistare si chiama Mauro Costantini e ha trentadue anni (per me se definiamo giovane uno di trentadue anni, allora possiamo anche iscrivere Giorgio a Mister Universo, ma Gabriele mi spiega che nel cinema è così che vanno le cose). Domani sera ci sarà la prima del suo film, *Non so che dire, non so che fare*.

Gabriele è emozionatissimo all'idea: non ha mai parlato di persona con un vero regista. Io lo incoraggio e gli dico che, se non vuole sentirsi in soggezione, un ottimo trucco è di immaginarsi il suo intervistato seduto sul water. Lo diceva sempre papà, pare lo avesse letto in qualche articolo su come chiedere un aumento di stipendio. Ma decido di omettere la fonte e faccio finta che sia un'idea mia.

Gabriele si fa una bella risata. «Ci proverò.»

Poi dice che al giornale sono sempre alla ricerca di nuovi collaboratori con idee originali. «Potresti proporti. Se non sei originale tu...»

Io mi metto a ridere e cambio discorso.

«Perché gli hai detto di no?»

«Perché secondo me scherzava. E poi non scrivo mica bene, lo dice sempre anche Martinetti.»

«Invece per me saresti adatta.»

Siamo nel reparto psicologia della libreria di largo

Argentina. Luisa sta sfogliando da un quarto d'ora *Le donne e la stima di sé*.

«E su cosa scrivo? Come sopravvivere da orfana minorenne senza finire in mano ai servizi sociali?»

«Uhm, un po' troppo impegnativo. Scrivi qualcosa su quello che ti piace, no?»

Faccio un rapido elenco mentale delle cose che mi piacciono davvero.

La Nutella.

Guardare la televisione.

I gatti, i cani e tutti gli animali meno le galline.

Ascoltare la musica. Soprattutto Robbie Williams (quando sono triste) e Pink (quando sono arrabbiata).

Mi piaceva fare spinning dopo che avevo litigato con mia madre.

Insomma, sono una persona mediamente noiosa. Altro che originale come dice Gabriele.

«Non sono portata», le dico. «E poi sarebbe una specie di tattica *Zelig*, no?»

«Forse. Però sai che ti dico? Che io domani sera all'anteprima del film di Costantini ci andrei proprio volentieri. E se vuoi venire anche tu... Però si parte presto, eh?»

Ma allora è proprio un'amica! Per ringraziarla la abbraccio lì davanti a tutti.

Proprio in quel momento si avvicina una signora incinta, alla guida di un passeggino doppio contenente due pupi dai polmoni potenti.

Luisa la riconosce quando è troppo tardi per fuggire.

È Caterina, compagna di scuola delle magistrali

nonché vicina di casa quando Luisa stava ancora al paese.

Caterina bacia Luisa sulle guance, poi la aggiorna su numero esatto, età e imprese leggendarie dei suoi figlioletti. Dice che è sempre stanca, sempre di corsa. Poi, urlando per sovrastare la voce dei piccoli, esclama: «A volte sapessi quanto invidio quelle sole come te!»

Luisa cambia colore. Anche se la conosco ancora poco capisco che in questo momento vorrebbe picchiarla, ma evidentemente si trattiene perché il paese è piccolo e ci sono rapporti di buon vicinato che bisogna mantenere.

Allora provo a intervenire in sua difesa. «Ma Luisa non è sola, vive con me.»

E sto quasi per raccontare tutta la storia di lei e papà, della loro grande passione, solo per far capire a Caterina che Luisa non è sola proprio per niente.

Però mi rendo conto che non è il caso di spiattellare in giro i suoi fatti privati, così non vado oltre.

Ma Caterina è diventata pallida e si allontana in fretta portando con sé la prole e una borsata di libri di puericultura e mormorando qualcosa che non colgo a proposito dei Pacs.

Quando usciamo, Luisa è nervosa e se la prende con me. «Brava, adesso Caterina racconterà a tutti al paese che io abito con una donna. Minorenne, per giunta.»

«Guarda che tra due giorni compio diciott'anni!»

«Ecco, allora forse è ora che capisci quando è il momento di stare zitta.»

Ci resto un po' male, le spiego che volevo solo aiutarla. Lei si calma e, mortificata per lo scatto d'ira, mi spiega che Caterina era la più pettegola del paese e sicuramente adesso non vedrà l'ora di raccontare a tutti che Luisa la zitella è diventata lesbica.

A casa, Luisa tira fuori le foto del liceo per mostrarmi com'era bella Caterina e farmi notare quanto si è sciupata.

Io guardo ben bene tutte le ragazze della foto e mi trattengo dal fare commenti sulle loro orribili camicie con mille volant e spalline imbottite.

«Tu eri assente?»

Luisa si mette a ridere. «Ma no. C'ero, c'ero. Non mi riconosci?»

Per quanto mi sforzi, non trovo proprio nessuna che le somigli anche solo vagamente. Alla fine, tiro a indovinare. «Sei questa qui in piedi, vicino alla cicciona con i riccioli?»

Luisa fa una faccia tristissima.

Oh, no. Oggi non ne dico una giusta.

«Ero io la cicciona con i riccioli», confessa con una voce da funerale.

Le dico che è molto più carina adesso. Tutto il contrario di Caterina, che era bella una volta e ora dimostra cinquant'anni.

«Magari le è cambiato anche il carattere...»

«Nel senso che magari ha imparato a farsi i fatti suoi?»

Luisa non ha il tempo di finire la frase che già il nome «mamma» lampeggia imperioso sul display del suo telefonino.

Luisa sospira. «No, non l'ha imparato.»

La mamma di Luisa parla ininterrottamente per circa quindici minuti, senza dare la possibilità a sua figlia di aprire bocca.

Luisa riesce solo a dire qualcosa del tipo: «No, mamma. Ha capito male...» e «Certo, alla mia età. Però le cose non sono sempre come sembrano».

E alla fine, dopo venticinque minuti, perde la pazienza.

«No, mamma. Non mi piacciono le donne. Allegra è la figlia del mio amante. Sì, mamma, per sei mesi ho avuto una storia con un uomo sposato, poi lui è morto in un orribile incidente in Africa e con lui è morta anche sua moglie. Io prima mi sono curata l'esaurimento nervoso, poi ho deciso di ospitare sua figlia a casa mia.»

«Sia ringraziato il cielo», è il commento sollevato della mamma.

# Tredici

DISCUTO un po' con Luisa, perché lei vorrebbe partire da casa alle sette.

Le ripeto cento volte che il film inizia alle dieci e se ci presentiamo là con troppo anticipo faccio la figura della sfigata. Ma lei non sente ragioni.

«Allora vuoi restare fuori? Guarda che la sala è piccolissima e Mauro Costantini è un nome, ormai. Ci sarà un sacco di gente.»

Mi dice di sbrigarmi e io sbuffo. Però è lei che guida, quindi mi rassegno.

«Sono quasi pronta.»

Ma è una bugia perché sono ancora in mutande. Questo è uno di quei momenti in cui mi pento di non andare mai a fare shopping con Chiara. Che avrà tutti i suoi difetti, ma è sempre informatissima sulle ultime tendenze della moda.

Voglio essere carina per piacere a Gabriele, ma devo anche tenere conto che sto andando in un cinema d'essai e non in discoteca. Ci vorrebbe qualcosa di sexy e intellettuale. Ma nell'armadio ho solo jeans e un paio di gonne che di intellettuale non hanno proprio niente.

Va a finire che mi vesto come sempre: jeans, maglietta e giubbotto. Però mi do da fare con il trucco e quando esco dal bagno Luisa mi dice che dimostro diciannove anni.

«Dovrei dimostrarne almeno venti per farmi guardare da Gabriele.»

«Ma va', scema, che sei bellissima.»

Anche Luisa non è male. Lei sì che è adatta alla serata, in tailleur pantalone nero, camicia bianca scollata e stivali di pelle. Mentre ci dirigiamo alla macchina mi sembra persino che cammini in un altro modo. Saranno i tacchi, oppure solo la sensazione, che fa sempre piacere, di sentirsi carina.

Arriviamo con un'ora e mezzo di anticipo, ma devo ammettere che Luisa aveva ragione. Davanti al cinema c'è già un bel po' di gente. Dentro, un agitatissimo Gabriele sta mostrando qualche foglio al gestore del cineclub.

Quando mi vede, fa solo un cenno di saluto e poi continua a parlare. Sento che il sorriso mi appassisce sulle labbra.

Luisa mi strizza un braccio e sussurra: «Chissà com'è teso per l'intervista. Andiamo a sederci, gli parli dopo».

In pochissimo tempo la sala si riempie.

Io tengo un posto per Gabriele e continuo a guardare l'entrata sperando di vederlo arrivare. Tutti mi chiedono se possono sedersi, io dico di no, ma c'è un sacco di gente in piedi e se continuo a occupare la sedia ancora per molto rischio il linciaggio.

Poi mi sento male quando mi accorgo che nelle ultime file si è seduta Nicoletta, insieme a Nando e ad altri amici. Anche accanto a lei c'è un posto libero.

«La vecchia non molla l'osso...» mormoro.

Luisa mi chiede di indicarle la mia rivale. Quando la vede fa una smorfia. «Secondo me c'ha la forfora», sentenzia e riesce a farmi sentire leggermente meglio.

E poi succede una cosa bellissima. Arriva un ragazzo alto con i capelli rossi e occupa il posto accanto a Nicoletta, che lo abbraccia e gli dà un bacio sulla bocca.

Evviva! Forse il nemico è fuori dai giochi, almeno per il momento.

Quando finalmente Gabriele entra in sala, io mi faccio trovare con un bel sorriso rilassato. Si siede accanto a me senza nemmeno chiedermi se quel posto era per lui. Devo avercelo proprio scritto in faccia che gli muoio dietro.

Gli presento Luisa e da come si stringono la mano capisco che tutti e due erano curiosi di conoscersi.

Poi Mauro Costantini fa finalmente il suo ingresso in sala. Saluta e ringrazia, senza il minimo cenno al suo ritardo di quaranta minuti.

Lo accoglie un boato. Qualcuno si alza persino in piedi urlando «Bravo!» Applaudo anch' io, ma sulla fiducia, perché non ho mai visto un suo film in vita mia.

Luisa dice che è uno molto bravo, oltre che bello.

A me non pare bello proprio per niente, con quegli occhi piccoli dietro agli occhiali dalla montatura nera.

E poi i dreads andranno anche bene a vent'anni, ma alla sua età iniziano a essere un po' ridicoli.

Inizia il film.

Parla di quattro trentenni che vanno a un addio al celibato. Durante la nottata insieme si confidano tra loro, piangono, si abbracciano e si chiedono scusa. Uno ha appena scoperto di avere l'Aids, l'altro ricorda tutto d'un botto di essere stato molestato da piccolo, mentre il festeggiato dichiara di essere gay. Finisce che l'unico normale del gruppo torna a casa e trova la moglie a letto con un altro, allora va a bussare alla porta della vicina di casa figa (interpretata da una che l'anno scorso faceva la Letterina), lei gli sorride e gli dice: «Finalmente ti sei accorto di me. Hai mai fatto il bagno nudo?» Così vanno al mare in moto e si tuffano alla luce dell'alba.

Non so agli altri, ma a me fa vomitare. Quando le luci si accendono, la gente applaude, ma sembra meno convinta di prima.

Gabriele è pallido e si rosicchia un'unghia.

Vorrei chiedergli se gli è piaciuto il film, ma non oso dire niente perché lo vedo nervoso e imbarazzato mentre continua a guardare e riguardare la scaletta dell'intervista.

Luisa invece ha gli occhi lucidi e non fa che ripetere: «Bellissimo, bellissimo».

Forse io non l'ho capito perché sono troppo giovane. Magari tra quindici anni provo a rivedermelo in dvd.

Ma ecco che arriva l'atteso momento delle domande al regista.

Nessuno osa alzare la mano, nemmeno Gabriele, che resta a testa bassa, tutto intento a cancellare un bel po' di righe dalla sua scaletta.

Poi finalmente si alza una signora che a occhio e croce avrà l'età di Luisa. Credo che anche lei lo consideri un bell'uomo, perché è tutta agitata e rossa e fa un sacco di giri di parole prima di arrivare al punto. «È vero che si tratta di una storia autobiografica?»

Mauro Costantini conferma.

«Poveraccio», mi lascio scappare a bassa voce.

Gabriele mi sente e gli viene da ridere. Poi depenna una delle ultime domande che rimanevano in scaletta.

«E adesso che gli chiedo, a questo?» mormora.

«Ssh», fa Luisa.

È la volta di un giornalista musicale alto e brizzolato che fa una domanda sull'uso sperimentale della colonna sonora.

Mauro Costantini divaga, dice ancora due parole sulla destrutturazione, poi gli suona il cellulare, risponde lì davanti a tutti e si mette a discutere con il suo agente.

Il pubblico lo considera il segnale che la serata è terminata. Dopo un ultimo tiepido applauso, la gente inizia a uscire dalla sala.

Gabriele schizza in piedi perché ha appuntamento con Mauro all'uscita per l'intervista.

«Allora ci vediamo domani a scuola», dico io.

Lui annuisce ma sta già guardando verso la porta, ormai totalmente immerso nella sua missione giornalistica.

Luisa mi dà una gomitata nel fianco. «Perché non gli chiedi se gli serve una mano?» sussurra.

Io arrossisco. Ma Gabriele ha sentito e, gentile, mi propone di reggergli il registratore, il che non è esattamente un incarico di fiducia, ma quello che conta è che mi stia chiedendo di andare con lui.

Guardo Luisa con occhi imploranti. Lei anticipa la mia domanda. «Vai, vai. Io ti aspetto in macchina.»

Mi sento un po' in colpa perché è già tardi e domattina deve andare a lavorare, ma mi fa segno che non le importa e che posso andare tranquilla.

«Un quarto d'ora e gliela riporto, okay?» le dice Gabriele sfoderando il suo bel sorriso da attore.

«Dammi pure del tu», risponde Luisa con gli occhi che le brillano.

Il fascino di Gabriele ha colpito anche lei. Certo che con uno così non potrò mai stare tranquilla. Ha sempre gli occhi di tutte addosso. Se mi innamoro un'altra volta, giuro che sarà di qualcuno molto più brutto.

Corriamo fuori e ci lanciamo all'inseguimento di Mauro Costantini, che sta per salire su un'auto.

Gabriele lo chiama. «Mauro! Aspetta, Mauro, l'intervista!»

Mauro si volta, scocciato. Gabriele è un po' in soggezione, ma è deciso a portare a termine il suo incarico.

«Ne abbiamo parlato prima al telefono, ti ricordi?»

«Di che giornale sei?» vuole sapere il regista squadrando Gabriele da dietro i suoi occhiali spessi, come se cercasse di metterlo a fuoco.

«*Il Grande Cocomero*», risponde Gabriele in tono solenne, come se avesse detto *Il Sole-24 Ore*.

«Io sto andando a cena con la troupe.»

«Ma... E la nostra intervista?»

Mauro sbuffa. Poi mi dà un'occhiata. Evidentemente si è accorto solo ora che ci sono anch'io. Gli faccio uno dei miei sorrisi migliori e sbatto un po' le ciglia. Lui si sistema gli occhiali sul naso e si mette a leggere con attenzione la scritta di strass sulla mia maglietta.

«D'accordo, sai che facciamo? Venite con noi a cena, così intanto facciamo due chiacchiere.»

Gabriele trattiene un urlo di gioia. Mi guarda, io resto lì con la bocca semiaperta. Se fossi davvero una valida collaboratrice, adesso farei qualche battuta brillante per fargli fare bella figura, ma non mi viene in mente niente se non: «E Luisa?»

«Perché non le chiedi se vuole venire anche lei?» dice Gabriele.

Naturalmente non ho bisogno di insistere. Quando Luisa si rende conto che domattina potrà raccontare a tutto l'ufficio che è stata a cena con Costantini, non gliene frega più niente di quanto sia tardi e accetta al volo.

Ci infiliamo in macchina e, tutte emozionate (per due motivi diversi, però, perché a me del regista non me ne può fregare di meno), ci dirigiamo verso il ristorante.

Al momento della scelta dei posti a sedere, resto ammirata a guardare Gabriele che con mille acrobazie diplomatiche riesce ad accaparrarsi il posto accanto a Mauro. Farà strada, il ragazzo. Infatti, non lo amo mica solo perché è bello.

Io mi ritrovo seduta tra Gabriele e Luisa, come poco fa al cinema, e non mi potrebbe andare meglio.

Il regista, per una mezz'ora buona, riprende la telefonata con il suo agente. Urla e si arrabbia per una questione di soldi e noi tutti intorno a lui ce ne stiamo a testa bassa, in imbarazzo, facendo finta di non sentire ma senza nemmeno il coraggio di metterci a parlare d'altro.

Alla fine Mauro chiude la conversazione, dopo aver gridato cose irripetibili su alcuni suoi celebri colleghi, e finalmente possiamo cominciare a mangiare.

È l'una e mezza.

Guardo Luisa accanto a me, che si sforza di non sbadigliare mentre la sua dirimpettaia, l'attrice che nel film fa la postina, non fa che lamentarsi perché dopo i trentacinque un'attrice ormai è vecchia.

Gabriele, che ha dovuto rinunciare al suo registratore perché non sarebbe educato tirarlo fuori a tavola, tiene il blocco per gli appunti nascosto sotto il tovagliolo e prova a fare qualche domanda a Mauro.

Ma lui pare non abbia nessuna voglia di rispondere, perché si sporge in avanti e, senza degnare Gabriele di uno sguardo, si mette a parlare con me.

«E tu da dove arrivi? Non hai l'accento di Roma.»

Gli spiego del trasferimento dei miei e quando sente che faccio il liceo si avvicina di più e appoggia il gomito sulla tavola.

«Davvero sei così giovane? Io pensavo che c'avevi vent'anni...»

«Hai il braccio nel mio piatto», lo avverte Gabriele in tono gentile ma freddo.

L'altro toglie il braccio ma non desiste. «Sto raccogliendo materiale sugli studenti di liceo.»

«Allora è vero che il tuo prossimo lavoro tratterà dell'occupazione dei licei romani?» si intromette Gabriele. Poi gli chiede se è corretto che sta costituendo una società di distribuzione per sfuggire ai meccanismi spietati dello show business. Mauro risponde di sì e gli dà anche l'indirizzo. Poi torna a rivolgersi a me e mi chiede se conosco la zona.

«Sì, lì vicino ci sta la mia psicologa.»

Mauro ride. «Una ragazza così solare che va dalla psicologa? È proprio vero che viviamo in un mondo di bisogni indotti. Che problemi avrà mai una bella fanciulla come te?»

«I miei genitori sono morti sei mesi fa.»

Suppongo che un uomo normale, a fronte di una simile gaffe, si sarebbe chiuso in bagno, avrebbe infilato la testa nel water e sarebbe rimasto così per tutta la sera. Invece lui no. Anzi, gli si illuminano gli occhi e mi chiede i dettagli. Forse vuole rubare la mia storia per il suo prossimo film.

Per farlo contento gli racconto del Kenya, ma in fondo non ne so poi molto, così aggiungo particolari inventati e mi lancio in descrizioni dettagliate di cosa è successo al cranio di mamma e allo sterno di papà.

Luisa ogni tanto mi lancia qualche occhiata sbalordita. La smetto quando vedo che impallidisce. Per fortuna l'attrice quarantenne la coinvolge di nuovo nella conversazione, raccontandole che poco tempo fa ha perso un bambino al quarto mese di gravidanza e ora si sente finita sia come donna sia come professionista.

Luisa resta ad ascoltarla con aria afflitta e nemmeno si accorge che accanto a lei è seduto il giornalista musicale che prima in sala si era alzato a fare la domanda, che tra l'altro non è per niente brutto, e continua a guardarle la scollatura.

Gli altri della troupe, ora che hanno alzato il gomito, iniziano a discutere e si addossano l'un l'altro le responsabilità di tutti i difetti del film.

Gabriele si agita sulla sedia. Ha ritirato il suo block notes e ha l'aria scocciata.

Mauro, che qui dentro è rimasto l'unico entusiasta, si sta asciugando il sudore dalla fronte.

«Sei incredibile. Con tutto quello che ti è successo sei rimasta una ragazza così dolce, radiosa... Così... Così pura, ecco!»

Sulla p di pura gli parte una gocciolina di saliva che si deposita dritta dritta sulle mie penne alla carbonara.

Il cameriere che viene a ritirare i piatti mi chiede se la pasta non era di mio gradimento, io mento e rispondo che sono abituata a mangiare poco.

«Te lo dico io che c'aveva, era geloso!»

«Tu credi?»

«Si vedeva lontano un miglio.»

Sono le tre di notte e Luisa, che per ingannare la noia deve aver esagerato con il rosé in caraffa, è euforica, guida come una pazza e parla a voce molto alta.

«Secondo me era solo seccato perché la sua intervista stava andando a puttane», dico scettica.

«Non dire parolacce. E comunque era geloso, dammi retta. Non hai visto come ti guardava?»

«No.»

«Ma va', si capiva benissimo! E non dimenticare che sono molto più vecchia di te e di queste cose me ne intendo.»

Mi verrebbe voglia di crederle. Ma poi penso che sto parlando con una che era sicura che mio padre volesse sposarla e non riesco a convincermi fino in fondo.

Però vado a dormire di buon umore e faccio un sogno in cui la troupe di Costantini batte il ciak e io e Gabriele ci baciamo.

# Quattordici

Il film di Costantini, nonostante le enormi aspettative create da una furba campagna pubblicitaria, purtroppo ha seminato noia e perplessità tra il pubblico che, fiduciosamente, aveva affollato la sala.

Ci si ritrova di fronte all'ennesima pellicola (dichiaratamente autobiografica!) sui trentenni indecisi, uomini-bambini incapaci di azioni e parole adulte (esemplificativo il titolo fiacco), paralizzati da imprecisati traumi del loro passato, destinati a trovare consolazione, o addirittura salvezza, nel corpo plastificato di una irrealistica ventenne.

Il regista sostiene di essere il portavoce della sua generazione, ma purtroppo Costantini non è Klapisch, e i suoi personaggi non sono altro che tristi macchiette del tutto prive di fascino e spesso deprimenti.

Certo che Gabriele non ha usato mezzi termini. Strano per uno come lui, sempre così equilibrato e capace di affrontare con garbo tutti gli argomenti, anche quelli più delicati. Sembra quasi che dietro questo articolo ci sia qualche questione personale.

Sorrido tra me e me.

«Non si legge a tavola», mi dice Giada con tono da maestrina.

Metto giù il giornale.

Oggi è il mio compleanno e, dopo la scuola, ho invitato Giada, Chiara e altre due compagne del gruppo delle Belle a mangiare il gelato.

Però il gelato l'ho ordinato solo io. Loro si sono spartite due porzioni di frutta e yogurt, perché stanno seguendo la dieta per essere perfette in costume da bagno. Mi chiedo se ci sia proprio bisogno di iniziarla a fine ottobre.

Naturalmente non impazzivo dalla voglia di passare il pomeriggio con loro, ma ho deciso di dare retta alla psicologa, che continua a dirmi che è molto bello che Luisa si prenda cura di me, ma non devo dimenticare di frequentare le mie coetanee.

Così eccomi qui, alla ricerca di argomenti.

Non ne trovo molti e per lo più mi limito a mangiare il mio gelato al caramello e panna, mentre le ragazze parlottano tra loro e intanto inviano e ricevono decine di sms. A un certo punto ho persino il sospetto che se li mandino anche tra loro, i messaggi, ma poi penso che non è il caso di essere paranoica.

Giada è triste perché Luca l'ha lasciata. Però ci tiene a precisare che la colpa è sua, che lo ha tradito. Con uno molto più grande, dice. Lei e le altre lo chiamano

«Voi Sapete Chi» e, tanto per cambiare, in quel «Voi» non sono inclusa. Mi chiedo se non sia un professore. Martinetti, magari? Se fosse lui, un po' mi farebbe impressione, ma in fondo non mi stupirei troppo, perché, da come ci guarda durante le interrogazioni, secondo me con il pensiero è stato a letto un po' con tutte, Brutte comprese.

Poi, dietro richiesta di Chiara e delle altre, il racconto assume tinte sempre più hard. Secondo me Giada si sta inventando quasi tutto, però mi diverto a starla a sentire.

Dice che con uno più vecchio è tutta un'altra cosa, e ci spiega il perché, con tutti i dettagli. Alla fine parla solo lei, mentre noi stiamo a sentirla senza fiatare, attente e un filo invidiose, con i cucchiaini a mezz'aria e le guance rosse.

Poi mi chiedono se mi sono messa con qualcuno.

«Niente di serio», rispondo.

«Gabriele sta ancora con l'universitaria?» chiede Giada, e mi dà fastidio, perché le ho sempre chiesto di non raccontare in giro i fatti miei.

«Guarda che sono solo amici.»

«Beh, non è quello che si dice in giro... Ma perché non ti metti con Giorgio?»

«Che Giorgio?»

«Giorgio Antinori, no? Il tuo vicino di banco. Lo sanno tutti che ti muore dietro.»

«State scherzando, spero.»

«Perché no? Tante ragazze non resistono al fascino dell'intellettuale.»

«Giorgio non è un intellettuale, è un secchione con i capelli grassi!»

So che non dovrei alzare la voce, ma mi stanno veramente facendo arrabbiare. Come possono pensare che io mi metta con uno così? Davvero sembro tanto sfigata?

Lo sapevo che era meglio se andavo a fare una passeggiata in via del Corso, a guardare le vetrine per conto mio e magari farmi qualche bel regalo, invece di stare qui con queste oche. Che, tra l'altro, ora che mi stanno salutando con i loro bacetti falsi sulle guance, non accennano a tirare fuori nemmeno un pacchettino. Eppure glielo avrò ripetuto dieci volte che era il mio compleanno.

Mi dirigo verso casa contando i giorni che mi separano dalla fine della scuola (non voglio più vedere quelle facce da stronze), quando suona il cellulare. Penso che sia Luisa che mi chiede a che ora arrivo, invece è Gabriele.

Gabriele!

Lascio fare tre squilli e poi rispondo.

«Ciao, Allegra. Dove sei?»

«Per strada. A Ottaviano.»

«Lo sai che ieri sera hai scordato una cosa al ristorante?»

«Cosa?»

Lui ride, stupito.

«Davvero non ti viene in mente? Ma dove ce l'hai la testa?»

Mi dice di trovarmi tra un quarto d'ora davanti alla

gelateria di via Leone Quarto, così mi restituisce quello che ho scordato.

Controllo nella borsa, ma mi sembra che ci sia tutto. Chissà perché quando una è innamorata diventa così distratta. Spero solo che non si tratti di qualcosa di molto personale, tipo un assorbente interno. Potrei morire di vergogna.

Quando lo vedo faccio quella sicura di sé e gli dico che ho letto la sua recensione.

«Mi è piaciuta.»

«Già, però il caporedattore mi ha detto di moderare i toni la prossima volta. Se no mi buttano fuori.»

«Dice così perché non ha visto il film. Faceva proprio schifo.»

Poi gli chiedo cosa ho scordato ieri.

Mi mostra un sacchetto di tessuto. Io smetto di sorridere.

«Non è mio», dico. Ci sono rimasta male, di sicuro ha confuso la roba di un'altra con la mia.

«Sei proprio sicura? Guarda meglio.»

Mi dà il sacchetto, io lo apro e dentro ci trovo un girocollo con il laccio di cuoio e un piccolo ciondolo d'argento a forma di scorpione. Il mio segno zodiacale.

Glielo porgo, sforzandomi di fare la brillante e di non fargli capire quanto sono scocciata per il suo errore.

«Guarda che ti sei sbagliato. Non l'ho perso io. Mi sa che devi continuare a sfogliare la tua agendina per capire chi l'ha perso. Magari prova alla lettera B.»

Lui sorride e non fa nessun gesto per riprendersi la collana.

«Buon compleanno!»

«Grazie. Comunque questo dovrai restituirlo a qualcun'altra.»

Se continua così rischio di perdere la pazienza anche con lui.

«Ho detto buon compleanno, scema!»

Mi sorride. Poi mi prende il ciondolo dalla mano e delicatamente me lo lega al collo.

Oh!

Divento rossa e non riesco a spiccicare parola. Mi sembra persino che mi manchi il fiato da quanto sono contenta.

Ora dovrei dire una cosa semplice, tipo «è bellissimo» oppure «grazie di esserti ricordato» e fare un enigmatico sorriso da Gioconda, per fargli capire che non basta un regalino per conquistarmi.

Certo, dovrei.

Invece faccio tutta un'altra cosa: gli butto le braccia al collo e lo stringo fortissimo.

E poi è normale che le nostre facce si avvicinino e le nostre labbra si cerchino.

E all'improvviso questa via affollata, con il traffico delle sette e il rumore di clacson e di frenate improvvise, con la gente che cammina e intanto parla forte al cellulare, per noi due diventa il posto più romantico del mondo.

Camminiamo abbracciati, chiacchierando del film di ieri sera, spettegoliamo sui nostri compagni di scuola e facciamo commenti buffi quando per strada incrociamo qualche turista vestito in modo assurdo.

Gabriele mi dice che in questi mesi un sacco di volte avrebbe voluto chiedermi di uscire, ma aveva paura che per me fosse troppo presto.

«Dopo tutto quello che ti è successo... E poi eri così strana, un giorno sembravi dolcissima, il giorno dopo cercavi di farmi mettere insieme a Nicoletta.»

Insomma, gli sembrava di non essere mai abbastanza sicuro.

«Ma poi ieri sera, quando ti ho visto parlare con Costantini, ho capito: non potevo essere così scemo da lasciare che qualcun altro ti portasse via!»

Mi bacia ancora e a me non sembra vero.

Spero che tutto questo non sia una candid camera organizzata da qualcuno come sorpresa per i miei diciotto anni.

Gabriele mi offre un trancio di pizza (vorrei buttarmi su quella con broccoli e salsiccia, ma vista l'occasione opto per una delicata margherita) e poi ce ne andiamo al Pincio, su una panchina poco in vista.

Ce ne stiamo lì per un bel po' a baciarci e a infilarci le mani sotto i vestiti.

«Perché non andiamo a casa tua?» mi chiede lui in un sussurro.

«Non possiamo. C'è Luisa.»

Luisa! Aveva promesso di preparare la torta per il mio compleanno e mi sono scordata di avvisarla.

Non senza sforzo, mi stacco da Gabriele e mi alzo in piedi.

Guardo l'ora, sono le dieci.

«Devo scappare.»

«Due ore prima di Cenerentola? Ma con chi sono capitato?» dice lui, però sta scherzando. Infatti non protesta più di tanto, si alza e, camminando un po' strano, mi accompagna alla fermata dell'autobus.

# Quindici

Sto pensando al modo migliore per comunicare a Luisa la bella notizia. Potrei farle uno scherzo, tipo entrare in casa fingendomi triste e poi dirle tutto all'improvviso. È talmente sensibile sugli affari di cuore che sarebbe anche capace di commuoversi.

Entro in soggiorno con il sorriso delle grandi occasioni e mi ritrovo davanti tre facce da funerale. La tavola è stata apparecchiata con i piatti buoni, ma la cena è finita e Silvia ha già usato il suo piattino da dolce come posacenere.

Barbara e Silvia mormorano ciao con l'aria di chi ha appena visto un lampo e aspetta il tuono da un attimo all'altro.

Faccio in tempo a vedere un po' di invitanti pacchetti regalo ammassati sul tavolino, che già Luisa è scattata in piedi.

«Potevi dirmelo che arrivavi così tardi!»

Non l'ho mai vista veramente arrabbiata. Quindi ci

metto qualche secondo prima di capire che sta facendo sul serio.

«Scusa», riesco solo a dire.

«Mi hai fatto preoccupare, sai? Ti abbiamo aspettato per tutta la sera. C'era una cena a sorpresa.»

«Grazie. Ma io mica lo sapevo. E poi non mi sono accorta dell'ora...»

«Abbiamo delle regole, no? Se qualcuno arriva tardi, deve avvisare.»

«Non ci ho pensato...»

A questo punto dovrei dirle di Gabriele e tutto quanto, ma è evidente che l'atmosfera non è quella giusta. Provo a guardare le sue amiche in cerca di solidarietà, ma Barbara scuote la testa stringendo le labbra e Silvia non alza nemmeno gli occhi, tutta intenta com'è a leggere le scritte portasfiga sul suo pacchetto di sigarette.

«Non ci hai pensato?!» ripete Luisa alzando la voce.

Deve essere una specie di legge fisica: quando ti succede una cosa bella, ne capita subito un'altra di segno opposto, che annulla l'effetto della prima.

«Guarda che non puoi fregartene così delle persone che vivono con te», continua lei con un tono che non le ho mai sentito e che mi fa impressione, perché mi ricorda certe liti di quando c'erano ancora i miei.

Sto diventando nervosa anch'io. Mi imbarazza che mi sgridi come una bambina, davanti alle sue amiche, poi.

E, più di tutto, a sentirla fare la predica con quel tono petulante, ho la spiacevole sensazione che qualcosa stia andando fuori posto.

«Sembri mia madre.»

Luisa diventa rossa, poi bianca. E quando mi risponde ha la voce che trema. «Ma non lo sono. Non sono tua madre, lo so benissimo.»

Poi ci molla lì come delle sceme e va a chiudersi in camera sbattendo la porta.

«Vaffanculo», mormoro io.

Restiamo in silenzio tutte e tre per un po'.

«Buon compleanno, eh!»

Barbara e Silvia, come se camminassero sulle uova, vanno a prendere i pacchettini con i fiocchi colorati e me li porgono.

Io li prendo senza riuscire nemmeno a dire grazie, e loro, quatte quatte, mi danno la buona notte ed escono.

Sparecchio la tavola e lavo i piatti sporchi della mia cena a sorpresa. È avanzata un po' di torta ma mi è passato l'appetito. Resto con le orecchie tese, sperando di sentire qualche rumore provenire dalla stanza di Luisa. Ma deve essersi addormentata, perché è tutto silenzioso.

Vado in camera mia e guardo l'ora: è mezzanotte e mezza, il mio compleanno è già finito. Sono ufficialmente maggiorenne, ma non è che mi senta molto diversa da prima. L'unica differenza è che in questo momento mi sento un po' più di merda. Sarà per questo che la gente odia invecchiare.

Ma poi arriva un messaggio di Gabriele che dice: *Buonanotte stellina. Vorrei essere lì con te.*

E mi torna il sorriso.

Decido di non rispondere, per non sembrare troppo appiccicosa. Però, prima di spegnere la luce, lo leggo almeno trenta volte.

# Sedici

QUANDO apro gli occhi, per qualche secondo penso di essermi sognata tutto.

Così provo ad allungare la mano verso il mio collo: ed eccolo lì, il ciondolo a forma di scorpione. Allora è tutto vero! Sorrido, mentre nella mia testa ancora annebbiata dal sonno riaffiorano pian piano, uno dopo l'altro, tutti i ricordi del pomeriggio di ieri.

Mi alzo e guardo l'ora: le sei e mezza.

Mi svegliavo così presto solo quando stavo a Riano da nonna, e ogni mattina era una tragedia. Invece adesso eccomi qui, ad aprire le finestre canticchiando vispa come un grillo e con una gran voglia di arrivare a scuola. È proprio vero che l'amore fa miracoli.

Vado a lavarmi e passo davanti alla camera di Luisa, così mi vengono in mente la discussione e le brutte parole di ieri sera. Ma la luce di questa mattina serena e tiepida mi ha reso ottimista. Vado in cucina e preparo la colazione per due, con il tè, il caffellatte, le fette biscottate e l'immancabile barattolo gigante di Nutella.

Poi mi siedo e aspetto.

Luisa si presenta preannunciata da uno strascicare lento di ciabatte e con una faccia che non promette niente di buono. Si capisce che ha dormito poco e male.

Guarda la tavola apparecchiata, poi guarda me, che sono già pronta per uscire, sistemata di tutto punto e con un po' troppo profumo addosso. E poi, stupita, dà un'occhiata all'orologio. Capisce subito che mi è successo qualcosa di bello e mi sorride. Si siede e non ci chiediamo scusa, ma facciamo finta di niente ed è come se ripartissimo da ieri sera, prima del mio ingresso in soggiorno.

«Mi ha baciato.»

«Noo. Dove?»

«In via Leone Quarto.»

«Ma no, voglio sapere se ti ha baciato sulla bocca.»

Che domanda. Come se un bacio sulla guancia facesse notizia. A volte questa donna è proprio antica.

«Beh, secondo te?»

«Allora adesso state insieme?»

Non lo so ancora se stiamo proprio insieme, le dico. In fondo non abbiamo mica ufficializzato niente.

Luisa si fa raccontare tutto per filo e per segno, poi emette la sentenza. «Ma certo che state insieme. Vi siete baciati in pubblico, avete girato mezza città abbracciati. Di quale conferma hai ancora bisogno? Cosa pretendi, una domanda in carta bollata?»

E intanto, sovrappensiero, tuffa una cucchiaiata di

Nutella nel suo caffelatte. Si accorge dell'errore ma poi sorvola e sorridendo si trangugia questa cioccolata calda improvvisata. Lo dico sempre, io, che è un'inguaribile ottimista. Però spero che in questo caso abbia ragione.

Chiacchieriamo ancora un po' e alla fine Luisa fa tardi al lavoro. Mi dispiace che debba sprecare un'ora di permesso a causa mia, ma in fondo la cosa importante è che abbiamo fatto pace.

In classe trascorro le prime ore a guardare l'orologio. Quando finalmente arriva l'intervallo esco di corsa e subito ci resto un po' male, perché in fondo in fondo speravo di trovare Gabriele davanti all'aula, insieme al gruppo dei fidanzati storici delle mie compagne di classe. Invece sono io che devo andarlo a cercare, come sempre. Quando lo vedo sta parlando con i suoi amici. Con loro c'è anche una ragazza (per niente brutta, purtroppo). Il mio primo istinto è quello di tirarle un calcio negli stinchi urlando: «Lascialo stare, è mio!» Invece le faccio un sorriso da amica, mi avvicino e resto per un po' in silenzio a sentirli parlare della prossima edizione del giornale. Gabriele, nonostante la delusione di Costantini, non si è perso d'animo e si sta proponendo come inviato alla presentazione di un documentario sui call center.

Si gira verso di me, mi abbraccia davanti a tutti e dice: «Vieni con me? Però ti avverto che stavolta il regista non ti farà la corte, perché è una donna».

E poi mi bacia sulle labbra, come se niente fosse. Gli altri non battono ciglio e continuano a discutere tra loro, come se sapessero benissimo che io e lui stiamo insieme. Tutta contenta penso che forse aveva davvero ragione Luisa: non serve la carta bollata.

Suona la campanella e devo tornare in classe, Gabriele mi saluta con un altro bel bacio serio, proprio mentre in corridoio stanno passando, a braccetto, quelle sceme di Giada e Chiara, che ovviamente fingono di non vederci.

«Domani pomeriggio hai da fare?» mi chiede Gabriele.

«Perché domani? E oggi?»

«Oggi vado a nuoto», continua lui, come per giustificarsi. «Ma se domani ci sei, quando usciamo da scuola ti porto in un bel posto.»

Quando arrivo in classe, mi piazzo davanti a Giada con un bel sorriso fiero. Lei fa l'indifferente e mi chiede se ho già il secondo voto di filosofia.

«Mi sono messa con Gabriele!» le dico, nel caso fosse proprio vero che non se n'è accorta.

«Quale Gabriele?»

«Gabriele Ferrari, no? Quello della B.»

Giada assume un tono distratto e mi parla senza guardarmi in faccia. «Ah, sì, me lo hanno detto che Nicoletta lo ha lasciato. Ma ti piace lo stesso anche con i capelli corti? Per me sta malissimo.»

Niente da fare, Giada non cambierà mai. Anzi, qualcosa mi dice che invecchiando rischia di peggiorare. Già è molto più stronza adesso dell'anno scorso.

Però me ne frego, perché so bene che la sua è tutta invidia. Sono talmente contenta che mi offro volontaria per l'interrogazione di chimica. Sbaglio tutto e prendo cinque, ma non mi importa.

Ho chiesto a Luisa un consiglio su cosa mettermi domani, lei è arrivata in camera mia per aiutarmi e ci è rimasta un po' male nel vedermi passare in rassegna otto diversi completini di biancheria intima.

«E io, ingenua, che pensavo che volessi un consiglio su che maglia abbinare al giubbotto.»

Io rido e intanto rifletto. Pizzo nero (seducente ma impegnativo) oppure microfibra giallo pallido (sportivo ma microscopico)?

«T'ha detto che ti porta in un bel posto, mica a letto.»

«Perché, secondo te non è scontato?»

«Magari vuole fare una gita romantica.»

«O magari no e io mi presento con le mutande rosa scolorite.»

Luisa si arrende e mi aiuta nella delicatissima selezione. Dopo mezz'ora di discussione proclamiamo il vincitore: un completino bianco, trasparentissimo, con un po' di pizzo ma non troppo, che fa tanto prima notte di nozze.

Ma Luisa non è convinta, secondo lei dovrei farlo aspettare ancora. «Guarda che gli uomini diventano pazzi per quelle che dicono di no.»

«Tu hai fatto così con mio padre? Per quante volte gli hai detto di no?»

Luisa diventa rossa e dice che sono cose private e che quella era una situazione a parte.

Scommetto che lui ha schioccato le dita e lei gli è volata tra le braccia. Ma non infierisco oltre, anche perché non me la sentirei di ascoltare proprio adesso il resoconto delle imprese amatorie di mio papà.

«Hai già scelto le scarpe?» mi chiede Luisa, tranquilla, come se non avessimo cambiato argomento. Da ciò deduco che il tempo di attesa prima di fare sesso non è tanto più importante della scelta delle calzature.

Ma per le scarpe un'idea ce l'ho. Salgo in solaio, dove abbiamo messo gli scatoloni ancora da aprire, quelli con la roba dei miei genitori.

Trovo un paio di stivaletti a punta di mia madre. Veramente li aveva comprati per me, però io li odiavo, così erano finiti nel suo armadio. Ogni tanto aveva ancora provato a convincermi a metterli, diceva che ad andare sempre in giro con le scarpe da ginnastica mi sarebbero venuti i piedi troppo larghi.

Chissà come sarebbe contenta se mi vedesse adesso.

Con i jeans stretti i suoi stivaletti stanno d'incanto. Sembro una della tv.

Quando mi vede, Luisa alza gli occhi al cielo. «Quello ti salta addosso appena sali in macchina, altro che gita.»

«Sai che dispiacere.»

«Però ricordati, niente ragazzi in casa se io non ci sono. E non tirare di nuovo fuori la storia che faccio la mamma. Mi dà fastidio, punto e basta.»

«Okay.»

# Diciassette

Quando entro in classe vestita per l'appuntamento, a Martinetti si appannano gli occhiali, mentre dalle ultime file qualcuno lascia partire un fischio.

«Che figa!» mormorano Luca e Yuri, e intanto sento gli occhi di Giada che mi trafiggono la schiena.

In effetti con queste scarpe sono alta più di uno e ottanta, e tra la fine della mia maglia bianca e l'inizio dei miei jeans a vita ultra bassa ci sono almeno dieci centimetri di spazio espositivo per il mio pancino piatto.

Ho un freddo cane vestita così, però pazienza.

Sorrido, faccio la misteriosa e, con un passo nuovo ed elegante (miracoli dei tacchi alti), immaginando di essere Gisele Bündchen alle Giornate della Moda, raggiungo il mio posto.

Giorgio fa finta di niente, ma si capisce che è seccato. Forse è proprio vero che ha una cotta per me e gli dà fastidio vedermi messa così in tiro per qualcun altro.

* * *

L'unico che sembra non notare la differenza è proprio Gabriele.

Quando stiamo per salire sulla sua macchina mi dice solo: «Sei alta quasi quanto me!»

«C'è il trucco», dico ridendo e gli mostro il mio tacco dieci.

Lui fa una faccia un po' preoccupata e mette in moto senza fare commenti.

Spero che non sia un feticista delle Converse.

Vorrei chiedergli dove andiamo, ma me ne sto zitta perché so che vuole farmi una sorpresa.

Quando imbocchiamo la strada per Ostia, credo di avere capito: i suoi genitori hanno una casa al mare, dalle parti di Fiumicino, se non ricordo male. Forse è proprio lì che stiamo andando.

E pensare che stavo per dare retta a Luisa e mettermi le mutande stinte.

Chissà se ha portato i preservativi.

Certo che se li ha portati ci resto un po' male, perché sarebbe la dimostrazione che sapeva benissimo fin dall'inizio che saremmo finiti a letto. Però dovrebbe dispiacermi di più se non li ha portati, perché vorrebbe dire che è un irresponsabile e dovrei anche chiedergli di andarli a comprare (questo ce lo dice sempre Martinetti, balbettando, quando il consiglio di classe lo costringe a farci qualche ora di educazione sessuale).

Comunque cerco di rilassarmi e penso che in fondo non devo preoccuparmi troppo, perché tanto prendo la pillola.

Era stata un'idea di mamma. Avevo quindici anni.

La mia scuola aveva organizzato una gita a Parigi e, un paio di mesi prima della partenza, lei mi aveva caricato in macchina e aveva annunciato: «Ti ho preso appuntamento dal ginecologo».

Mi era venuto un colpo. Le mie compagne di classe che c'erano già state ne facevano resoconti raccapriccianti. Avevo provato a trovare scuse con mamma, facendole notare, per esempio, che in quel momento non avevo nemmeno il ragazzo, ma lei non aveva voluto sentire ragioni.

«Sempre meglio evitare i guai.»

Così, senza trovare il coraggio di dirle che ero ancora vergine, perché a quel punto temevo che restasse delusa, avevo smesso di protestare e l'avevo seguita nella sala d'aspetto del medico. Qui lo sguardo severo di mamma mi aveva indicato una ragazzina più piccola di me con un bel pancione al settimo mese.

«Vedi? Vorrai mica diventare così anche tu?»

Il dottore era stato gentile e delicato e io avevo pensato che, nonostante quello che diceva sempre mia madre, nei maschi si poteva anche avere fiducia. Così avevo iniziato a prendere quelle pastigliette colorate, con la mamma che si stupiva perché non mettevo su neanche un etto («Io l'ho dovuta smettere, da quanta cellulite mi era venuta», diceva un po' seccata).

Poi finalmente ero andata in gita. La terza o la quarta sera, al ritorno dalla discoteca, mentre eravamo tutti a parlare nella hall, visto che ero un po' brilla e quindi particolarmente coraggiosa, mi ero avvicinata a uno carino che stava due anni avanti a noi. Avevamo parlato per un po' del più e del meno, poi gli avevo detto, così, di botto: «Lo sai che prendo la pillola?»

Lui lo aveva interpretato come un segnale e mi aveva invitato a salire in camera sua. Così, la mia prima volta aveva avuto come colonna sonora le botte alla porta e le imprecazioni dei suoi compagni di stanza che erano rimasti chiusi fuori. Il che, a pensarci, è sempre meglio delle canzoni di Eros Ramazzotti, come è successo a Giada.

Naturalmente non era stata una cosa da scrivere in stampatello rosa sul diario segreto. Siamo stati insieme sedici giorni, ci sentiamo ancora per gli auguri di Natale. Chissà se adesso è fidanzato.

«Ehi? A che stai pensando?»

Oh, no. Non solo non stavo ascoltando il mio ragazzo, ma addirittura stavo pensando a un altro! E dire che usciamo insieme solo da due giorni.

«Pensavo a Parigi. Mi piacerebbe andarci insieme a te», gli dico, mentendo per salvare la reputazione.

Mi faccio proprio schifo. Prometto che d'ora in poi non gli racconterò più bugie e non mi perderò in inutili ricordi di ex, soprattutto in sua presenza.

Intanto mi accorgo che Gabriele sta entrando in un grosso parcheggio.

«Sei già stata a Ostia Antica?»

«No.»

Gabriele ferma la macchina e fa una faccia soddisfatta. Era questa la sua sorpresa, portarmi a vedere gli scavi. E io cretina a pensare che mi volesse portare a letto. Evidentemente non ho ancora capito bene cosa significhi uscire con un intellettuale.

Gli scavi di Ostia Antica sono bellissimi ma c'è un sacco da camminare. La cosa di per sé sarebbe super romantica, perché passeggiamo abbracciati e Gabriele mi spiega un sacco di cose su ogni singolo resto che incontriamo e trova anche il tempo di sbaciucchiarmi tra una tappa e l'altra e accarezzarmi il sedere quando non ci vede nessuno. Purtroppo i miei tacchi continuano a infilarsi nell'erba e tra le pietre e dopo mezz'ora mi rendo conto che i miei meravigliosi stivaletti si sono trasformati in trappole micidiali. Rimpiango le mie scarpe da ginnastica e quando finalmente ci sediamo un po' sulle gradinate del teatro vorrei cantare per il sollievo.

Resto lì in silenzio, con gli occhi chiusi, ad ascoltare il dolore che piano piano si allontana. Vista da fuori devo sembrare impegnata in una specie di meditazione trascendentale, e credo che userò questa scusa se Gabriele mi chiede qualcosa. Giuro che sarà la mia ultima bugia.

Ma Gabriele non mi chiede niente. Quando riapro gli occhi lo trovo lì che mi guarda, serio.

«Avrei voluto portarti qui tanto tempo fa... Appena ci siamo conosciuti. Ti ricordi?»

E chi se lo dimentica.

Mi ero trasferita da poco ed ero andata a una proiezione di *Moulin Rouge* durante l'occupazione della scuola. Le canzoni romantiche del film e la storia d'amore triste mi avevano riempito di malinconia. Pensavo alla mia scuola di Varese e a quanto mi sentivo sola. Quando si erano accese le luci avevo il volto rigato di lacrime. Gabriele si era avvicinato porgendomi un fazzoletto, poi mi aveva confessato che anche lui si emozionava ogni volta che il protagonista cantava *Your Song*. Mi aveva spiegato tutto sul regista-genio, sulla musica, sulla manipolazione del colore e la sottrazione di fotogrammi. E a guardarlo parlare avevo sentito una sensazione strana nello stomaco e avevo pensato che forse il nuovo liceo non era poi tanto male.

«Allora perché hai aspettato così tanto?»

Gabriele diventa rosso e non vuole dirmelo. Devo insistere un po' per farlo parlare.

«Beh, avrei voluto, ma... ero in crisi, non ero mai stato con nessuna. Non l'avevo mai fatto, ecco. E tu mi sembravi così sicura di te...»

Lo so che è assurdo, ma mi sento stupidamente felice. Lo bacio con una dolcezza nuova, quasi materna.

«Davvero?»

«Sembra strano, eh? Eppure sono un timido, in fondo.»

Chissà che effetto fa essere la prima. Non sono mai stata con uno vergine. Sempre che vergine sia la parola adatta anche per i maschi. Devo chiederlo a Luisa quando arrivo a casa.

Però Gabriele continua a raccontare e mi tira bruscamente giù dalla mia nuvoletta rosa. Sono strani i ragazzi: ci metti una vita per farli parlare delle loro cose intime, ma quando cominciano non la smettono più.

«E poi... Poi invece è successo.»

Mi sforzo di mantenere un atteggiamento da amica-confidente.

«E con chi?» chiedo con un tono di voce schifosamente finto.

«Indovina», mi dice senza guardarmi.

No, non ci posso credere. Nicoletta alla fine ce l'ha fatta. Quella vecchia iena ha colpito mentre io ero occupata a elaborare i miei lutti. Più scorretta di così non si può. Meno male che il suo ragazzo è tornato in fretta dall'Erasmus e lei ha chiuso quella che amava definire una «amicizia più».

«Ci sei stato male?»

«No. Siamo troppo amici. È stato una specie di esperimento.»

E non è finita qui. Dopo Nicoletta il ragazzo ha cominciato a darsi da fare: mentre era a Londra è stato con una francese che studiava Sceneggiatura (una sera, ubriaco lui), con una cameriera italiana (due sere, ubriaca lei) e poi due settimane con Ingrid, una svedese di quindici anni.

«Ho recuperato il tempo perduto.»

Cerco di ridere, anche se trovo insopportabile l'idea di immaginarlo a letto con qualcun'altra. Lo so che sono cose successe quando in fondo non stavamo ancora insieme, ma mi dà fastidio e non ci posso fare niente.

«Chissà come ti sei divertito», dico mentre cerco di controllare la delusione e la gelosia.

«Non tanto, e sai perché? Non ero innamorato di nessuna di loro.»

Lo dice guardandomi negli occhi. Poi mi stringe forte e a me passa un bel po' di incazzatura.

Camminiamo di nuovo tantissimo per tornare alla macchina. Quando arriviamo a destinazione sono pallida per il dolore. Comincio a capire perché mia madre era sempre d'umore nero. Il mio passo da modella, strada facendo, si è trasformato in quello di un'anziana con problemi di sciatica. Per fortuna che ha iniziato a piovere e non abbiamo potuto concludere il giro, altrimenti sarei caduta tramortita tra le braccia del mio ragazzo.

«Non stai bene?»

«Non ti preoccupare, è solo un calo degli zuccheri.»

Lui mi prende in giro, dice che il calo degli zuccheri è una cosa da vecchie di trent'anni. In effetti, è un modo di dire che ho preso da Luisa. Lei lo dice sempre prima di abbuffarsi di marmellata di fichi alle undici di sera.

Gabriele mi bacia e mi chiede se voglio andare a mangiare qualcosa.

«Ti piace la Nutella?» gli chiedo.

«Sì!»

«A casa mia ne ho sempre due barattoli di riserva. Però dobbiamo fare in fretta, perché alle sette e mezza arriva Luisa.»

Gabriele non se lo fa ripetere due volte e guida come un pazzo fino a Monte Mario. E così, in barba ai calcoli e alle strategie per farlo innamorare di più, mando al diavolo tutti i buoni propositi e praticamente gli salto addosso appena apriamo la porta e lo facciamo subito, lì in corridoio, sospirando e ridendo, calpestando i nostri vestiti buttati in terra e baciandoci così forte da farci male.

Poi lo rifacciamo, questa volta in camera mia, con lo stereo acceso e le canzoni di Robbie Williams, proprio come me lo immaginavo da tanto tempo, fermandoci solo per qualche secondo perché abbiamo paura di avere sentito i vicini picchiare contro il muro.

«Ssh, è colpa tua che urli troppo», mi dice ridendo Gabriele, e io gli tiro una cuscinata.

E non penso a niente, me ne frego di Nicoletta e Ingrid e di quello che gli hanno insegnato, non mi faccio paranoie sul modo giusto di togliermi il reggiseno o su quello che si può fare o no al primo appuntamento.

Forse è proprio da queste cose che ti accorgi che sei davvero innamorata: non stai troppo a pensare, le cose le fai e basta.

Alla fine, merenda la facciamo per davvero, spettinati e ancora mezzi svestiti, alle sette di sera. Gli faccio assaggiare la mia specialità delle grandi occasioni: Nutella & mascarpone. Lui dice che sono matta a mangiare quella poltiglia nauseante, dolce da far schifo, però poi fa il bis.

«Non mi dirai che li lasci scopare in casa tua?»

«Beh, non è che gli do la mia benedizione, però sono sicura che lo fanno mentre io sono al lavoro.»

«Nel tuo letto, scommetto.»

«Spero di no. Oddio, perché mi ci hai fatto pensare?»

Luisa e Silvia devono gridare per riuscire a sentirsi in mezzo al frastuono.

«Capirai. Tu non lo facevi nel letto dei tuoi?» chiede Silvia.

«Ma scherzi?!»

«Uh, che adolescenza deprimente devi aver avuto!»

«Pensa alla tua. E comunque sempre meglio a casa, quando io non ci sono, piuttosto che in macchina in mezzo ai maniaci, no?»

«Beh, ma ingegnarsi per trovare un posto stimola la creatività, lo spirito di iniziativa. Non gli fa mica bene trovarsi sempre la pappa pronta.»

«Me ne frego della creatività, io sono più tranquilla così. Ma dov'è Barbara?»

«È stata inghiottita dall'infernale ressa alla cassa, le sue ultime parole sono state: 'Un daiquiri alla fragola con poco rhum'.»

«Lo sapevo che dovevo restare a vedere *Dr. House.*»

«Ma dai, adesso vuoi dirmi che questo posto non ti piace?»

«Non lo so se mi piace, non riesco a vederlo, ci saranno cinquemila persone in cento metri quadri.»

«Beh, vuol dire che è davvero il top, no?»

«Forse, ma qui se inciampi sei finita. Se finisci lunga distesa in terra nessuno sente le tue richieste di aiuto perché la musica è troppo alta. E vieni calpestata dalla folla.»

«A me però piace lo stesso. Guarda quanti bei ragazzi!»

«Sì, è un vero peccato che siano minorenni.»

«Che noiosa che sei, stai sempre a cercare il pelo nell'uovo.»

«Ma perché non me ne sono rimasta a casa?»

«Perché ci stai già tutte le sere, mummia! Oh, ecco Barbara.»

Barbara arriva con le lacrime agli occhi e il make up sciolto che le riga le guance. «Mi hanno appena toccato il culo», esclama con tono scandalizzato e sorpreso.

«Ed è il caso di versarmi il daiquiri sulla camicia?»

«Scusami, mi hanno spinto.»

Provano a fare qualche passo per visitare un po' il locale. Luisa tiene la testa bassa per individuare gradini killer, mentre Barbara lancia occhiatacce a chiunque la sfiori accidentalmente, perché ormai si è convinta che il posto sia pieno di maniaci sessuali.

L'unica disinvolta è Silvia, che si aggira sicura con il suo bicchiere coloratissimo in mano e ogni momento si ferma per salutare qualcuno.

«Guardala lì», sta dicendo Barbara a Luisa. «Riesce a trovare una battuta tagliente e divertente con tutti quelli che incontra. Incredibile, eh? Secondo me se le studia prima a casa.»

«Più che altro è incredibile che qualcuno possa sentirla.»

«Già, con questa musica...»

«Ma che ore sono? Le due?» chiede Luisa, sfinita.

«Le undici e cinque», urla Barbara, mentre Silvia sta comunicando qualcosa con il linguaggio del corpo a un suo compagno di thai chi fermo all'angolo opposto della sala.

Alla fine provano a uscire, ma solo per scoprire che fuori c'è ancora più ressa. Prevedibile, visto che all'interno non c'è la sala fumatori.

«Perché dovrei trovare divertente una serata trascorsa in piedi facendo l'equilibrista tra bicchieri, sigarette e cellulare?»

«Luisa ha ragione. Alla nostra età dovremmo essere a casa ad allattare bambini», mormora Barbara controllando nel riflesso di una vetrina lo scempio del suo trucco.

«Appunto. E perché tu non lo fai? Sei sposata da tre anni.»

«Infatti ci stiamo provando. Perché pensi che voglia essere assolutamente a casa entro l'una?»

Silvia e Luisa fanno la stessa smorfia. A loro il marito di Barbara non è mai piaciuto troppo, e sono sempre un po' disgustate quando sono costrette a immaginarseli a fare sesso.

«Ma state diventando proprio noiose, eh? Una che deve arrivare a casa per il coito dell'una e un quarto, l'altra che si è messa a fare la vice mamma...»

«Attenzione, non pronunciare quella parola...» avverte Barbara, memore della scenata di qualche settimana prima.

«Comunque è così. Non siete mai stati mostri di

mondanità, ma almeno una volta, al sabato, riuscivo a trascinarvi fuori senza essere costretta a implorare...»

«Oh, senti, io non ho più voglia di uscire. Non mi piace più venire in posti come questo, ho trentacinque anni, me lo posso permettere. Tanto poi mi sento a disagio tutta la sera», piagnucola Luisa.

«Ma se non esci, come lo trovi un nuovo fidanzato?»

«E chi ha detto che voglio un nuovo fidanzato?»

«Beh, quella è una legge di natura», dice Barbara in tono cauto.

«Pensavo che tu fossi dalla mia parte. Comunque non ci penso nemmeno. Non voglio più uscire con nessuno!»

«Tanto non ci crediamo. Che cos'hai nel bicchiere?»

Luisa guarda e poi fa una faccia desolata. «Noo! Penso che qualcuno abbia spento una cicca nel mio cocktail. Adesso basta, voglio andare a casa», urla fregandosene di chi la sente. Poi tuffa la mano nel bicchiere per capire quale oggetto misterioso sia capitato proprio lì dentro.

«Ciao.»

Luisa alza gli occhi e nasconde la mano gocciolante dietro la schiena.

Davanti a lei c'è un uomo affascinante, alto e magro, con i capelli appena brizzolati. Il tipo d'uomo che sembra un po' più vecchio dei suoi anni, ma che indubbiamente ritiene che l'aria vissuta e un po' sciupata sia uno dei principali elementi di fascino in un maschio adulto metropolitano.

«Ogni volta mi faccio convincere a venire a serate come questa, e poi mi pento di non essere stato a casa, con un bicchiere di vino, un paio di amici...» dice l'uomo, accendendo una sigaretta e porgendo il pacchetto a Luisa.

Luisa sorride, confusa. «No, grazie.»

L'uomo alza un sopracciglio, scrutandola con aria scherzosamente sospettosa. «Non sarai per caso una salutista?»

«Oh, no, per niente. Cioè, sì, ci provo. Ho smesso due anni fa e... Vabbè, una ogni tanto...»

Luisa prende la sigaretta, così ha la scusa di posare a terra il bicchiere sporco.

«È da molto che conosci Mauro?»

«Chi?»

«Mauro Costantini. Eravamo a cena con lui, un mesetto fa. Ero seduto accanto a te, ti ricordi?»

Luisa si porta una mano alla fronte. «Oddio, lo sai che ti avevo scambiato per un mio cliente?»

«Come?»

«Un cliente. Nel senso di correntista. Lavoro in banca.»

«Ah, sì? Io pensavo che fossi del giro di Mauro.»

Luisa nota con dispiacere l'accenno di delusione nella voce del suo interlocutore. Probabilmente l'ha abbordata solo perché la credeva un'artista. «No, no, io ero lì per caso, con un'amica, il suo ragazzo doveva intervistare Mauro e...»

«Anche lui giornalista?»

«No, studente di liceo. E tu, sei un giornalista?»

«Diciamo di sì. Mi occupo di musica, per lo più. A proposito, mi chiamo Giovanni. Mauro ha tante qualità, ma non è certo un esperto di galateo. Non ci ha nemmeno presentati l'altra sera.»

«Beh, sai, eravamo in tanti. Nella confusione...»

Giovanni sorride mettendo in mostra una dentatura bianca e deliziosamente irregolare. «Non giustificarlo. Se ci avesse presentato, magari potrei avere il tuo numero di telefono già da un mese. Allora, come ti chiami?»

Mentre Luisa gli porge la mano, arrossendo come una damina d'altri tempi e mormorando il proprio nome, si accorge di Silvia e Barbara che, alle spalle di Giovanni, si sbracciano verso di lei e fanno facce buffe. Lei fa un segno con la mano, come per dire «adesso arrivo» e continua a parlare con il bel giornalista, mettendo su un sorriso che nessuno le vedeva più da tanto tempo.

# Diciotto

DA quando sto con Gabriele non detesto più le domeniche. Mi piace ancora dormire un po' di più al mattino, ma ho smesso di esagerare. Prima mi capitava di svegliarmi anche all'una o alle due del pomeriggio e poi restavo rimbambita e di cattivo umore per tutto il giorno. La psicologa era convinta che fosse uno dei sintomi della mia depressione post trauma, ma le ho spiegato che ero così fin da piccola e che anche mio padre alla domenica non si schiodava dal letto prima di mezzogiorno.

Ora le cose sono cambiate. Stamattina, per esempio, mi sono svegliata alle otto e mezzo. A dire la verità sarei rimasta volentieri a poltrire per un altro po', ma un rumore insolito e vagamente minaccioso di mobili spostati in soggiorno ha scoraggiato ogni mio ulteriore tentativo di relax. Mi chiedo come mai Luisa sia già sveglia: anche lei di solito non è esattamente un'allodola.

Vado a vedere che succede e me la ritrovo in salopette e fascia colorata nei capelli, con Tori Amos nello stereo, per fortuna a volume accettabile, tutta intenta a dare la tinta nel soggiorno.

«Lo sai da quanto dovevo farlo?» dice con il fiatone. «Se non approfittavo di questa bella giornata...»

Guardo fuori: a mio modesto parere sta per piovere, però non la contraddico. Con uno slalom attento tra giornali e secchi di vernice vado in cucina a prepararmi la colazione.

Lo so bene cosa prevede l'etichetta: a questo punto dovrei chiederle se vuole una mano, ma davvero non posso, perché ho un appuntamento importante con Gabriele e vorrei evitare di presentarmi con i capelli intrisi di vernice.

Certo, non è che non mi ponga il problema. Mi chiedo se posso fidarmi a lasciarla qui tutta sola. È in bilico su una vecchia scala traballante e, nonostante stia cantando piena di entusiasmo, si vede lontano un miglio che non ha nessuna confidenza con questo lavoro. Per adesso ha dipinto non più di un metro quadro di muro ed è già tutta ricoperta di arancione.

In compenso ha una grinta da leonessa e una luce strana negli occhi.

Mi chiedo se ieri in quel nuovo locale non abbia fatto qualche stupidaggine. Magari, ingenua com'è, ha accettato qualche pasticca da uno sconosciuto. Li leggo i giornali ogni tanto, lo so benissimo che non sono solo gli adolescenti a drogarsi. Anche i trentenni in libera uscita ci vanno giù pesante. Un po' preoccupata, provo a indagare. «Com'è andata ieri sera?»

«Bene. Un posto pieno di bella gente. Indovina chi ho incontrato?»

«Riccardo Scamarcio.»

«Macché. Te lo ricordi il giornalista della sera di Costantini? Quello che era seduto accanto a me?»

«Ah, sì, quello carino?»

La scala di Luisa ondeggia paurosamente. Se non corro a reggerla è solo perché non voglio scalfire l'autostima della mia amica, che stamattina deve aver raggiunto il massimo storico.

«Davvero secondo te è carino?» mi chiede con un sorriso che mette i brividi. Per un pelo non le casca il secchio sul pavimento.

Confermo, e intanto mi arriva un messaggio. Mi alzo e faccio per andare in camera a prendere il mio telefono. Sarà Gabriele che mi augura buon risveglio, spero.

Altra oscillazione della scala. Questa volta di grado inferiore, ma comunque percepibile a occhio nudo.

«È il tuo?» domanda Luisa con un leggero tremito nella voce.

«Sì, è il mio.»

La guardo un po' stupita, lei arrossisce e torna a occuparsi del secondo metro quadro di parete. Facendo un rapido calcolo, se va avanti con questo ritmo, finirà la prima mano tra tre giorni e mezzo.

Di sicuro si aspetta che le chieda qualcosa di più sul bel giornalista, ma io preferisco rimandare la conversazione e vado in bagno a prepararmi.

* * *

Gabriele mi aspetta a Ottaviano.

«Sei strana, cos'è successo?»

Rispondo che sono solo stanca perché Luisa mi ha svegliato presto. Quello che non gli dico è che ho rimuginato un bel po' mentre ero in autobus, e ora mi sento addosso una specie di fastidio, perché non avevo preso in considerazione l'idea che un giorno Luisa si potesse interessare a qualcuno. Qualcuno che non fosse mio padre, intendo. Lo so che è assurdo, ma è come se dentro di me ci fosse una vocina stupida che non riesco a far tacere e che continua a urlare «Tradimento! Tradimento!» E non serve a niente ripetermi che sbaglio tutto e che in fondo papà è morto da più di sei mesi.

«Vado a comprare un po' di gelato?» gli chiedo per cambiare discorso.

Gabriele dice di no, ma io insisto, perché Luisa mi ha insegnato che non si deve mai arrivare a mani vuote a casa di qualcuno.

Sono emozionata. Sto andando a pranzo dal mio ragazzo. E non come le altre volte, quando la casa è libera, a mangiare panini in mutande in camera sua e a riguardare abbracciati il dvd di *Moulin Rouge*.

Oggi Gabriele mi presenta alla sua famiglia.

Per quel che riguarda la mia, di famiglia (o almeno quello che ne resta), Gabriele ha già incontrato mia nonna. Un pomeriggio di qualche settimana fa, nonna (che, una volta certa che non sarei più tornata a occupare abusivamente la sua poltrona letto ha ripreso a lamentarsi perché non vado mai a trovarla) aveva deciso di farmi un'improvvisata. Io e Gabriele eravamo a casa mia, lui aveva finito di aiutarmi con la versione di latino (veramente era stato un po' più che un aiuto: l'aveva fatta tutta lui mentre io guardavo i *Simpson*), e io lo stavo inseguendo per tutte le stanze con il telefonino, nel tentativo di fotografarlo senza vestiti. Lui non ne voleva sapere perché, distratta come sono, diceva, avrei di sicuro fatto un bell'invio della sua foto a tutta la mia rubrica.

Quando era suonato il citofono ci eravamo rivestiti in fretta e avevo fatto le presentazioni.

«Trattala bene la mia nipotina, eh?» gli aveva detto lei dandogli una vigorosa pacca sulla spalla e avvertendolo che si era infilato il maglione al contrario. Poi gli aveva chiesto cosa voleva fare da grande e, quando aveva saputo che intendeva studiare Cinema, gli aveva detto di non farsi troppe illusioni, perché ormai se non sei omosessuale non ti fa più lavorare nessuno. Da queste premesse avevo capito che era reduce da un provino fallito ed ero corsa a dare un doppio giro di chiave all'armadietto dei liquori. Dopo quell'episodio, Gabriele non mi aveva lasciato e ciò mi aveva fatto pensare che allora forse è proprio vero che mi vuole bene.

Sto ancora sorridendo a pensare a quanto è matta mia nonna, quando entriamo nel cortile del palazzo di Gabriele, uno dei più belli nel quartiere Prati. Qui si respira un'atmosfera particolare: persino il custode sembra diverso dagli altri, ha sempre sul naso un paio di occhiali con la montatura colorata e ogni volta che lo vedo sta leggendo *l'Unità*.

Nel portone ci raggiunge di corsa una signora magra e abbronzata con i capelli corti e bianchissimi, in tuta da ginnastica, che sorride e ci parla un po' affannata. «Non ho resistito, d'altronde se non approfitto della domenica per andare un po' a correre...»

Io richiamo alla mente le lezioni di buone maniere di Luisa e mi presento porgendole la mano.

«Piacere, Angela», dice lei con un altro bel sorriso che le fa risaltare il reticolo di rughe intorno agli occhi verdi e vivaci.

Mi piace subito questa donna dall'aria intelligente e forte, che ci tiene a mantenersi in forma ma sembra libera dal terrore di invecchiare.

Angela dice che non pensava arrivassimo così presto. Se lo avesse saputo si sarebbe sbrigata e avrebbe provveduto a sistemarsi meglio.

«Lo so che non è un granché accogliere gli ospiti in tuta da ginnastica...» si giustifica scherzando.

«Ma si figuri, vorrei avercela io una nonna così in gamba!»

Il sorriso le muore sulle labbra, per poi ritentare subito di tornare in superficie senza però riuscirci del tutto. Il risultato è una specie di smorfia tesa. Impallidisco e dentro di me inizio a tremare.

«Lei è mia madre», mi avverte Gabriele arrossendo.

All'improvviso vorrei che le corde di questo vecchio ascensore si spezzassero e che il mio corpo sfracellato, trasformato in scudo, salvasse miracolosamente le loro vite. Forse solo così potrei essere perdonata per questa gaffe spaventosa.

Non riesco a dire una parola per tutta la mezz'ora

successiva e mi limito a sussurrare intimorita il mio nome quando gli altri componenti di questa ingarbugliata famiglia mi stringono cordialmente la mano.

Durante il pranzo apprendo che la mamma di Gabriele ha sessant'anni, insegna Storia dell'Arte all'università ed è stata sposata due volte, la prima con un professore americano e la seconda con Sergio, suo attuale marito nonché padre di Gabriele. Sergio, che ha qualche anno in meno di lei, la barba brizzolata e l'aria distratta, di mestiere fa il sindacalista (per peggiorare ancora la mia posizione potrei sempre riferire le espressioni pittoresche usate da papà riguardo la categoria). Gli altri ospiti di oggi, oltre a me, sono Agata, concertista d'arpa, nata dal primo matrimonio di Angela, con la sua bambina taciturna (come la capisco!) avuta dall'ex marito, il quale ora vive con un uomo ed è atteso per il caffè. Io ascolto tutto facendo finta di capire e di non stupirmi e intanto penso che sono finita in una specie di campo minato, in cui ogni mio gesto o parola può trasformarsi in una clamorosa figura di merda. Parlo il meno possibile, cosa che non mi riesce difficile, perché ci pensano già loro a parlare un sacco: del sindacato dei musicisti, dei fondi della Regione destinati alla cultura, di psicanalisi junghiana. L'ansia di essere interrogata all'improvviso su qualcosa di cui ignoro l'esistenza mi fa passare l'appetito. Però mi sforzo ugualmente di mangiare un po', se no faccio la figura dell'anoressica e so bene che questa è una cosa che le mamme dei ragazzi proprio non sopportano.

Quando arriviamo al dolce (bavarese di cachi che

davvero non riesco a buttare giù), la sorella di Gabriele gli chiede se si è ricordato di scaricare da Internet un impronunciabile film cinese che le aveva promesso.

Lui dice di sì e si alza per andare a prenderlo in camera. Mi assale il panico e in pochi secondi immagino le cose più strane: che una volta sola mi facciano a pezzi e mi seppelliscano in giardino oppure, come succede a volte nelle soap del pomeriggio, che mi offrano dei soldi perché io sparisca per sempre dalla vita di Gabriele. Ma forse il mio ragazzo sa leggermi nella mente, infatti mi prende per mano e mi porta di là con lui.

In camera sua mi siedo sul letto con la testa tra le mani. Mi sento stanca e mortificata.

«Sono stata un disastro, vero?»

«Ma cosa dici? Sei stata bravissima. Beh, a parte lo scivolone iniziale sull'età di mamma. Ma quella è stata colpa mia, dovevo dirtelo che ho una mamma un po' agé.»

«A... che?»

«Un po' in là con gli anni. Agé. È francese.»

«Ecco, adesso mettitici anche tu a farmi sentire un'ignorante...»

Gabriele, stupito, si avvicina e mi abbraccia. «Ma che ignorante. Tu sei solo un po' matta. E se non eri matta mica te la facevo conoscere la mia famiglia. Ci vuole un briciolo di follia per affrontarli tutti insieme.»

«Ma non gli sono piaciuta. Non sono piaciuta a nessuno. Tranne forse alla tua nipotina, ma solo perché era interessata alla mia borsetta Hello Kitty.»

«Invece secondo me hai fatto a tutti una bella impressione.»

Io piagnucolo e dico no, no, no. Ma in realtà lo faccio anche un po' apposta, perché mi fa piacere che lui ripeta che non è vero e intanto mi riempia di coccole.

Continuiamo a baciarci e ci scordiamo del film per Agata.

«E poi dovrai piacergli per forza, perché sei la ragazza che amo», sussurra Gabriele.

Lo stringo forte. Sono così contenta che me l'abbia detto che non ho nemmeno la prontezza di rispondergli con una frase normalissima del tipo: «Ti amo anche io», che non sarebbe difficile. L'unica cosa che riesco a fare è baciarlo ancora, anche per non fargli vedere che mi viene da piangere dalla felicità.

Non parliamo più, finiamo coricati sul suo letto e, dopo che Gabriele ha dato un silenzioso giro di chiave alla porta, facciamo l'amore, attenti a non farci sentire, mentre dalla stanza accanto arrivano le voci degli altri, tutti presi in una discussione animata sulla nuova lottizzazione della Rai.

Quando mamma Angela ci chiama per il caffè, mi sento così bene che riesco persino a sostenere una conversazione decente con l'ex di Agata a proposito delle ultime revisioni nei libri scolastici.

Più tardi, a casa, ritrovo i secchi per terra, una sola parete dipinta a chiazze arancione e Luisa addormentata sul divano. In mano tiene ancora stretto il suo cellulare. Sul tavolino basso c'è un sacchetto di patatine vuoto e alla tv il programma della domenica pomeriggio con gli esclusi da tutti i reality che giocano a mosca cieca. Sorrido tra me, spengo la tv, copro Luisa con un plaid, cerco sulle pagine gialle il numero di un'impresa di tinteggiatura in zona, lo annoto su un foglietto e glielo lascio accanto al cuscino.

«Barbara, tu che sei un'esperta, quali sono di preciso i giorni fecondi per una donna?» chiede Luisa subito dopo avere ordinato un succo d'arancia al bancone del bar.

«Cosa? Ti manca poco alla menopausa e ancora non li hai imparati?» si intromette Silvia e poi chiede se possono andare a sedersi fuori.

Luisa e Barbara fanno fronte compatto: hanno solo dieci minuti per la pausa e non vogliono affrontare il vento tagliente di inizio dicembre solo per permettere a lei di rovinarsi la salute con la quinta sigaretta della mattina.

«E comunque sono dal quattordicesimo all'undicesimo prima del ciclo», sentenzia Barbara, quasi li avesse inventati lei.

«Ecco, non mi ricordo mai se prima o dopo», si lascia scappare la cameriera ventenne, come se parlasse tra sé. Poi arrossisce perché si rende conto che non sono fatti suoi. Ma Luisa le sorride, complice, per farle capire che anche lei si confonde sempre.

«Ma scusa, perché ti interessa tanto? Non prendi la pillola?» chiede Silvia a voce un po' troppo alta.

«No, no. Ho smesso da un bel po'. Mi faceva ingrassare e mi metteva di cattivo umore.»

«Uscivi con uno stronzo sposato. Passavi le serate ad aspettare una sua chiamata e intanto ti ingozzavi di biscotti. E pensi ancora che fosse la pillola a trasformarti in una cicciona depressa?»

«Ma dai, non hai idea di cosa combinano gli ormoni, me l'ha detto anche il dottore. E poi non esiste mica solo la pillola.»

«L'importante è che ti decidi in fretta, perché mi sa che tra un po' con quel Giovanni ci finisci a letto.»

«Beh, veramente...»

«Veramente cosa?»

«Lo abbiamo già fatto. Ieri sera.»

«Devo fumare», dice Silvia avviandosi in fretta all'uscita.

Le altre si consultano con un rapido sguardo, poi decidono che la situazione è abbastanza seria da richiedere un vertice a tre, così si stringono nelle giacche e si rassegnano a seguire Silvia fuori.

«Lo hai fatto al primo appuntamento?» chiede Barbara, contrariata.

«Avrete almeno usato il preservativo, spero», mormora Silvia soffiando fuori il fumo.

Luisa si morde le labbra. Per un attimo sarebbe quasi tentata di raccontare una bugia. Ma poi guarda le sue amiche e pensa che ormai sanno leggere il suo sguardo anche a distanza di cento metri.

«No. Ed è la risposta a tutte e due le domande.»

Poi, dietro insistente richiesta, prova a condensare gli avvenimenti degli ultimi giorni nei rimanenti tre minuti a disposizione.

Dopo averla lasciata soffrire per l'intera domenica, lunedì mattina Giovanni le ha mandato un messaggio spiritoso («Scommetto che ci ha messo anche uno smiley! Santo cielo, ha quarant'anni, una telefonata vera mica lo uccideva!» dice Silvia disgustata, ma Barbara la zittisce perché non c'è tempo per divagare) e l'ha invitata a cena, in una trattoria romantica poco lontana dalla Farnesina. Lì hanno parlato per ore, come due vecchi amici. Giovanni, che ha un grande senso dell'umorismo, le ha raccontato del suo lavoro, con aneddoti molto divertenti a proposito di alcuni musicisti molto in voga tra i giovani. Luisa ha riso fino alle lacrime. Poi lui ha voluto sapere tutto di lei. Luisa in tutta la sua vita non ha mai incontrato un uomo che la ascoltasse con tanta attenzione. È riuscito a vincere tutte le sue difese e lei si è ritrovata a raccontargli cose che non aveva mai confessato a nessuno. («Cioè gli hai detto qualcosa che non sappiamo nemmeno noi?» «Ma va', ho detto *nessuno*, mica *nessuna*.»)

Fuori dal ristorante lui le ha detto che era radiosa e l'ha baciata. Per strada, come fanno i ragazzini. («Non bella, eh! Ra-dio-sa!»)

L'ha stretta in un abbraccio forte e sensuale, inebriandola con il suo profumo di tabacco misto a note leggere di Acqua di Parma.

«Ti desidero», le ha sussurrato in un orecchio.

Lei si è persa nei suoi occhi e avrebbe voluto urlargli di sì, ma all'improvviso si è ricordata di Allegra a casa sua. («Scusa, perché non ti ha chiesto di andare da lui?» «Non poteva, abita con un amico.» «Quindi è un eterno adolescente oppure gay. Difficile dire cos'è peggio.» «Ma no, esce da un periodo difficile. Si è separato da poco.» «Lo sapevo che c'era la fregatura.»)

Così Luisa si è morsicata la lingua e si è sforzata di dirgli che non si poteva. Avrebbero dovuto aspettare. Giovanni l'ha guardata con lussuria e poi, da perfetto gentiluomo, l'ha presa a braccetto e portata a passeggiare a Trastevere. Infine l'ha accompagnata a casa salutandola con un bacio carico di promesse.

«E poi alle sette del mattino dopo già era lì a mandarmi messaggi dolci. Ma vi rendete conto?»

«Lo dico sempre io che mandarli in bianco fa miracoli», sospira Barbara saggiamente.

«Stronzate. Cosa avrà poi fatto di tanto speciale? È tornato da te con l'anello di fidanzamento?»

«No, però mi ha portato un mazzo di fiori. Due sere dopo.»

Quella volta Allegra era al cinema con Gabriele, così Luisa non ha resistito e, stordita dal profumo delle rose rosse («E, immagino, anche da sette mesi di astinenza», azzarda Silvia, pragmatica come al solito), ha scordato la cena, si è lasciata sospingere con delicatezza in camera da letto e lì ha ceduto alla passione.

«Ma scusa, non potevi dirglielo che non prendevi la pillola?»

«Gliel'ho detto. Ma, come dire, forse ho aspettato un po' troppo.»

«Gliel'hai detto all'ultimo? Quando l'unica cosa che ti era restata addosso erano gli orecchini?»

«Ancora più tardi, se possibile. Cioè, lui praticamente era...»

«Okay, okay, abbiamo capito.»

«Certo che è sempre un casino scegliere il momento giusto. Hai sempre paura che sia troppo presto...»

Silvia ride. «È vero, del tipo che lui ti invita per un aperitivo e tu già vorresti dirgli: 'Guarda che non prendo niente, pensaci tu!' Però ti vergogni, ti sembra inopportuno e così ti riduci ad avvertirlo all'ultimo, quando nemmeno un monaco zen avrebbe la forza di smettere, alzarsi e andare in cerca di un distributore di profilattici.»

«Comunque mi ha detto di stare tranquilla.»

Silvia fa una smorfia scettica. «Dicono tutti così. Lo avete mai trovato uno che vi dicesse 'Okay, facciamolo senza niente, incrocia le dita, baby'?»

Ridono tutte e tre, formando delle nuvolette di vapore perché fa proprio freddo. Guardano l'ora: hanno sforato la pausa di un bel po'. Ma del resto è per una giusta causa e se ne fregano.

«Beh, tanto si sa che dopo i trentacinque siamo molto meno fertili», conclude Barbara con un sospiro.

# Diciannove

Luisa si è messa a dieta. Davvero, stavolta. Ha perso un chilo e si è decisa a tirare fuori dall'armadio un paio di gonne al ginocchio che non le stanno affatto male.

Seduta al tavolo della cucina, la guardo mentre si prepara per andare al lavoro e vorrei dirle che la trovo proprio in forma. Ma è lei a parlare per prima.

«Stasera sono a cena da Giovanni. Il suo coinquilino è via per un paio di giorni...»

Per me questo significa un'altra serata di hamburger surgelati davanti alla tv. Non che Luisa di solito cucini piatti da gourmet, ma almeno con lei i surgelati li mangiamo sedute a tavola, chiacchierando del più e del meno.

Non dico niente e vedo che ha un'espressione buffa e cerca di trattenere un sorrisino, come se sulle mattonelle della cucina fosse apparsa la foto del David di Michelangelo.

«Mi sa proprio che riuscirà a convincermi a dormire da lui...» sospira con voce scema. «Il che significa un'altra levataccia domattina.»

Giovanni condivide un bilocale con un amico all'EUR. Le poche volte che Luisa si ferma da lui, il mattino dopo è costretta ad alzarsi alle sei per arrivare in tempo in ufficio e quando torna a casa la sera è sempre così stravolta che di solito si addormenta sul divano ancora prima che finisca *Striscia la notizia*.

«E tu digli di no.»

«Uhm, riesce a essere molto persuasivo, sai?»

Luisa mi strizza l'occhio e intanto risciacqua nel lavandino la tazzina dove ha appena consumato la sua nuova colazione-tipo: latte scremato senza zucchero con una goccia di caffè.

Poi finalmente si accorge che continuo a fissarla. «Che c'è?»

«Niente», rispondo. «Stai bene vestita così.»

«Davvero? Giovanni dice che mi preferisce con le gonne.»

Ancora Giovanni. È da settimane che Luisa riesce a inserirlo in ogni sua singola frase. Se continua così finirò per detestarlo. Ormai, di qualsiasi cosa parliamo, dai programmi in tv ai nuovi colpi di sole di Giada, ai dolori mestruali, gira e rigira lei finisce sempre per dire qualcosa sul suo nuovo «ragazzo», come lo chiama lei.

«Lo sai che ultimamente non fai che parlare di Giovanni?»

«Ah sì?»

«Sì. A volte ce ne vuole a sopportarti.»

«Oh, sentila. E tu non parli sempre di Gabriele?»

«Meno di te, e poi in fondo sono giustificata, perché io sono un'adolescente alla scoperta estatica del suo primo vero amore.»

«Estatica? Come parli? Gabriele ti ha finalmente convinto a prendere in mano un libro?»

«Lo dici proprio tu, che in tre mesi non sei nemmeno riuscita a finire *Donne che amano troppo*!»

«Non l'ho finito solo perché ho incontrato Giovanni.»

«Certo, Giovanni. Ero già preoccupata, non lo nominavi da quattro secondi.»

Luisa si fa seria. «Davvero non capisci cosa significhi per me? Quell'uomo mi ha fatto rinascere.»

«Esagerata. Mica stavi in coma.»

«Dai, lo hai visto anche tu com'ero ridotta prima di incontrarlo. Non facevo che lavorare e passare le serate davanti alla televisione. Mi stavo spegnendo. Era vita quella?»

La guardo negli occhi senza dire niente. Penso che c'ero anch'io in quella vita, e a sentirla parlare così mi chiedo se per lei hanno contato davvero qualcosa questi ultimi mesi passati insieme. Tutto a un tratto mi sento stupida per aver pensato che io e lei fossimo diventate quasi una famiglia.

Luisa esce senza accorgersi che mi sono venute le lacrime agli occhi. Io resto ancora un po' ferma, seduta al tavolo, poi mi alzo di scatto, butto le mie tazze nel lavandino senza risciacquarle e me ne torno a letto, tanto sono maggiorenne e le giustificazioni me le firmo da sola.

Mi riaddormento e faccio sogni strani. C'è la mamma arrabbiata con me perché dice che non dovevo fidarmi dell'amante di papà, Gabriele e Luisa che parlano fitto tra loro, poi si abbracciano e non mi vedono. Io vorrei gridare ma non riesco e ho le gambe incollate a terra.

Mi sveglia il telefono. È Gabriele e sono le due. Cerco di camuffare la voce impastata di sonno e fingo di essere in piedi già da un pezzo. Gli chiedo se viene a trovarmi, ma ho scordato che è mercoledì e che ha gli allenamenti di nuoto.

«Allora puoi venire stasera. Luisa non c'è.»

«Non posso, stellina. Devo studiare, domani ho due verifiche.»

In realtà dovrei studiare anch'io perché ho tre insufficienze da recuperare (per la precisione latino, matematica e inglese, non esattamente materie minori) e sarebbe il caso di approfittare di quello che resta della giornata per mettermi a sgobbare sui libri. Il fatto è che sono troppo triste e agitata, così inizio a piagnucolare. Gabriele mi risponde con quel suo tono adulto e ragionevole, che di solito mi piace perché mi fa sentire protetta e che oggi invece mi fa andare in bestia.

«Tra sei mesi abbiamo la maturità e se non prendo almeno novantotto i miei genitori mi spediscono a cucire palloni in Asia.»

«Almeno tu hai qualcuno a cui importa dei tuoi voti...» gli dico con la mia voce da orfanella, quella che, ormai lo so bene, riesce sempre a fare sentire in colpa le persone.

Lui esita per un secondo. «Beh, tu hai tua nonna. E Luisa.»

«Ma smettila, nonna non ricorda nemmeno in che classe sto, e Luisa... Beh, se prendo un bel voto Luisa forse prepara una torta. Ma, rincoglionita com'è in questi giorni, è capace di lasciarmela pronta in frigo mentre lei va a scopare con il suo 'ragazzo' di quarant'anni.»

«Non essere cattiva. Avrà anche lei il diritto di innamorarsi, no?»

«Alla sua età?»

«Perché? Lo so che sembra strano, ma ci si innamora anche da vecchi. Mia madre dice sempre che il suo vero grande amore è stato papà, e lo ha incontrato che aveva quasi quarant'anni.»

Sbuffo. Più so di avere torto e più mi sale il nervoso. Mi rigiro tra le mani Truffò, l'orsetto che mi ha regalato Gabriele per festeggiare il nostro primo mese, e lo tormento torcendo i suoi occhietti fatti di bottoni.

«Parli come la mia psicologa. Che tra l'altro se ne è appena andata a sciare. In questi giorni fate tutti a gara per lasciarmi da sola.»

«Non dire stupidaggini.»

«Lo sai che ultimamente io e te ci vediamo solo nel weekend?»

Gabriele resta in silenzio, imbarazzato e preoccupato.

Nervosa, mi accanisco su Truffò finché un suo occhio-bottone non mi rimane in mano. Ho la sensazione che sia un segnale cattivo, così butto l'orsetto mutilato sul comodino, proprio mentre Gabriele mormora che questo fine settimana sarà fuori città. Deve accompagnare un amico a fare dei sopralluoghi per un cortometraggio a Napoli.

«Cosa?»

«Lo sapevo che la prendevi male, così ho aspettato a dirtelo, e adesso è ancora peggio. Dai, Allegra, sono solo due giorni.»

Io mi arrabbio davvero: già riusciamo a vederci poco e lui sembra farlo apposta ad aggiungere altri impegni, come se quelli che ha (cinema, giornale, nuoto, tutte cose in cui io non c'entro nulla) non fossero già abbastanza.

«Sono le mie passioni. Sto facendo i salti mortali per riuscire a stare dietro a tutto.»

«Ma io vengo sempre all'ultimo posto.»

Gabriele sta per perdere la calma. «Possibile che non capisci? Non ce l'hai anche tu qualcosa che ti piace fare, che ti richiede tempo, impegno?»

Insomma, gli sembra impossibile che a me non interessi altro che stare con lui o guardare la televisione.

Io, acida, gli chiedo cosa dovrei fare, secondo lui. Mettermi a studiare l'arpa e diventare una musicista svampita come sua sorella, talmente distratta da non accorgersi nemmeno che suo marito era gay? O forse trascorrere i miei pomeriggi al cineclub senza perdermi un solo film in lingua cinese, come fa Nicoletta?

«Scema, lo dico per te, per la tua vita. Ho paura che non ti faccia bene dipendere così da me, dalla nostra storia.»

Mi sento strana, come se iniziassi a correre in discesa e, anche se mi accorgo di sbagliare, non riesco a fermarmi e a tornare indietro. «Come mai proprio adesso ti è presa questa mania della mia indipendenza? Mi vuoi scaricare?»

«Smettila. Lo sai che ti amo.»

«Non ci credo.»

Riattacco il telefono e lo spengo, premendo il pulsante con tutta la mia forza. Resto immobile per qualche secondo, poi butto il cellulare per terra mandandolo in mille pezzi e, rannicchiata sotto il piumone, inizio a singhiozzare.

Mi alzo verso le sette di sera, mangio due mozzarelle in piedi davanti al frigo, poi prendo il libro di autori latini e accendo la tv. Resto lì per una mezz'ora, senza concentrarmi né su Plinio il Vecchio né sul programma in onda (un quiz davvero troppo stupido, persino io so quasi tutte le risposte). Ho la testa pesante e mi sembra di essere tornata a qualche mese fa, quando passavo le mie giornate sulla poltrona letto di nonna. Quando suona il campanello decido di non alzarmi nemmeno. Poi sento da fuori la voce di Gabriele che mi chiama. Allora mi alzo di scatto e, con il cuore che batte a mille, mi do una sistemata rapida ai capelli e vado ad aprire la porta.

Gabriele è pallido per la stanchezza, deve essere corso qui appena uscito dalla piscina, sfidando il traffico delle sette e mezzo.

«È da tre ore che provo a chiamarti. Cosa ne hai fatto del telefono?»

«Mi è caduto.»

Non commenta e mi porge una rosa rossa, con un biglietto piccolo e senza disegni, su cui ha scritto la frase di *Moulin Rouge*: «La cosa più grande che tu possa imparare è amare e lasciarti amare».

Mentre ci abbracciamo mi dice che ha deciso di restare a Roma nel fine settimana, ma a un patto. «Domani andiamo a iscriverti per la patente e dedichiamo il weekend alle lezioni di guida. Non la voglio una fidanzata a rimorchio, quindi per prima cosa ti dai una mossa e inizi a guidare.»

Mi sento schifosamente felice. Lo riempio di baci e poi corro a cercare un vaso per la rosellina, la cui freschezza è stata seriamente compromessa da un'ora di coda sulla Trionfale.

Gabriele si è portato da studiare e si mette a fare i suoi compiti mentre io preparo pasta e cotolette surgelate per cena. Ogni tanto mi affaccio in soggiorno a guardarlo tutto concentrato, chino sui libri. Vorrei che fosse così per sempre e penso che saremmo proprio una bella coppia sposata.

Dopo cena ci infiliamo insieme sotto il piumone, mentre i piatti sporchi restano impilati nel lavandino e io prometto solennemente a me stessa che domattina mi alzerò mezz'ora prima per lavarli.

Per sabato il mio foglio rosa è già pronto, Gabriele è puntuale come sempre e insieme prendiamo il treno per andare a casa dei nonni. Il tragitto mi sembra molto meno lungo del solito, forse perché ci sbaciucchiamo per tutto il tempo.

Nonna è molto contenta di vederci. Nonno è stato

relegato in camera e lo sentiamo cantare al di là della porta chiusa.

Io mi vergogno un po' con Gabriele, anche perché la casa è in uno stato pietoso e mi sembra impossibile di essere riuscita a viverci fino a poco tempo fa. Ma lui sembra non accorgersi di niente, anzi fa i complimenti a nonna per la sua ricetta dell'affogato al Grand Marnier.

Nonna ci resta male quando capisce il vero motivo della nostra visita. Lo so benissimo quanto le costi separarsi dalla Serie 1 di papà, però in fondo la macchina è mia ed è un caro ricordo anche per me. Le giuro che appena avrò la patente verrò a prenderla e la porterò in gita fuori porta almeno un paio di volte al mese.

«Però me la lasci guidare, eh?» mi chiede, e io prometto.

Poi scende in strada per salutarci e mentre ci allontaniamo mi sento un po' in colpa perché riesco a vederla, piccola piccola in fondo alla strada, mentre si asciuga gli occhi con il fazzoletto.

# Venti

Ci sono stati momenti, quest'anno, in cui ho temuto che il giorno di Natale sarei finita a piedi scalzi all'angolo di qualche strada, come la Piccola Fiammiferaia.

Invece, con mia grande sorpresa, mi ritrovo zeppa di impegni.

Il 24 dicembre mi metto alla guida della macchina di papà, con al mio fianco un attento e teso Gabriele che, senza mai perdere il controllo, mi impartisce comandi precisi, dicendomi di volta in volta come comportarmi con frizione, semafori e ciclisti dagli istinti suicidi. Dopo due ore, ma senza incontri spiacevoli con le forze dell'ordine, arriviamo incolumi a casa dei nonni.

Per l'occasione nonna ha stappato tre bottiglie di spumante. Tenuto conto che siamo in quattro ma nonno non può bere per via delle medicine, abbiamo a disposizione una bottiglia a testa. Non male per una merenda.

Quando usciamo, un paio di ore dopo, io e Gabriele non ci reggiamo bene sulle gambe. Nonna naturalmente è ubriaca fradicia e mi dispiace un po' lasciarla lì a casa con nonno che non è di nessuna compagnia. Per una volta però penso che è meglio che l'alcol le stia annebbiando la testa, almeno così, forse, si scorderà che questo è il primo Natale senza suo figlio. La saluto abbracciandola forte e le prometto che tornerò a trovarla a Santo Stefano.

Al ritorno lasciamo perdere le lezioni di guida, e Gabriele mi porta fino a casa dei suoi genitori, dove siamo attesi per la tradizionale cena in piedi che da anni la famiglia Ferrari organizza per la Vigilia.

Spero che Gabriele capisca che ho accettato l'invito solo per amor suo. Infatti mi ritrovo nella stessa situazione da panico del pranzo dell'altro giorno, ma stavolta con le seguenti aggravanti:

a) alle persone del pranzo si aggiungono una decina di ospiti, tutti rigorosamente professori universitari, sindacalisti o politici;

b) si tratta di una cena etnica e sono costretta a destreggiarmi con cuscus e spiedini di montone in assenza di un qualsivoglia punto di appoggio;

c) sono ubriaca.

Però l'alcol mi rende più coraggiosa, quindi riesco a dire anche qualche frase di senso compiuto (solo se interrogata, naturalmente) e poi finisco in un angolo, tutta presa da un'appassionante discussione sugli spoiler di *Una mamma per amica* con la nipotina di Gabriele, che trascorre negli Stati Uniti sei mesi all'anno ed è in grado di rivelarmi un paio di anticipazioni esclusive.

Verso l'una arriva a prendermi Luisa, con la solita faccia avvilita di quando va a trovare sua mamma al paese.

I suoi genitori hanno tanto insistito per conoscere Giovanni, così si è lasciata convincere a portare anche lui per la cena di vigilia. Lì per lì è andato tutto bene poi, quando Luisa è dovuta scappare in bagno per una pipì nervosa, sua madre ha agitato minacciosa il frullino contro Giovanni, ingiungendogli di trattare bene la sua bambina, che in vita sua ha già sofferto troppo a causa di uomini mascalzoni.

«Ti rendi conto? Deve averlo fatto sentire una specie di Dama di carità. Vedessi che faccia aveva quando l'ho accompagnato a casa...»

Io rido, indico le pentole di tutte le forme e dimensioni che affollano il sedile posteriore e le faccio notare che quello è il prezzo da pagare in cambio del catering completo per il pranzo di Natale. Lei risponde che una serata al paese è più sfinente di un giorno intero passato ai fornelli.

Poi mi chiede se mi sono divertita da Gabriele.

«Sì, ma ho bevuto troppo.»

«Oh, guarda che domani devi essere in forma!»

Le prometto di sì e subito dopo crollo con la testa contro il finestrino. Quando arriviamo a Monte Mario mi butto a letto così come sono e mi addormento vestita.

Mi risveglio con il mal di testa. Il cuscus di ieri durante la notte sembra essersi trasformato in una specie di macigno spugnoso che non ha nessuna intenzione di sloggiare dal mio stomaco. Mi trascino giù dal letto solo perché Luisa mi sta chiamando da più di mezz'ora, con la voce che si fa via via più stridula.

Mi sono appena cambiata quando suonano alla porta. È Giovanni, che mi saluta con un preistorico baciamano.

«Ciao, Allegra. Finalmente mi concedi l'onore di passare un po' di tempo con te.»

Non so bene perché, ma il mio primo impulso è quello di ficcargli la faccia dentro l'insalata russa. Invece mi trattengo, faccio un bel sorriso e inclino graziosamente la testa, pensando che dopotutto è Natale e bisogna essere più buoni.

Giovanni entra in cucina con l'aria del padrone di casa e va a baciare sul collo Luisa che, eccitata all'idea di avere ben due ospiti maschi a pranzo, è tutta intenta a lucidare i piatti del servizio buono.

«Ho capito perché non mi inviti mai a cena quando c'è anche Allegra...» le dice il suo fidanzato strizzandomi l'occhio, «...perché sei una gelosona!»

Intanto le sprimaccia scherzosamente il sedere e io distolgo lo sguardo. Mentre sento l'ineluttabile rumore della zuppiera (pezzo forte del servizio) che le sfugge di mano e si infrange nel lavello, mi chiedo quanti minuti dovrò soffrire ancora prima che arrivi il mio principe azzurro a dare un senso a questa lunghissima giornata.

Per fortuna Gabriele è puntuale.

Lui e Giovanni si trovano subito simpatici e già a fine antipasto sembrano due amiconi. Non fanno che parlare di vecchie colonne sonore mentre Luisa corre affannosamente avanti e indietro con i piatti di sua madre e io mi annoio in silenzio e controllo il trucco degli occhi specchiandomi nella lama del coltello.

Poi inizio a fare caso al telefonino di Gabriele. Gli stanno arrivando tantissimi messaggi. E lui non ha nemmeno avuto il buon gusto di togliere la suoneria, come faceva papà quando lo chiamavano le sue amanti.

Vorrei sapere chi ha tutte quelle cose da comunicargli proprio il giorno di Natale. Provo a interrogarlo con lo sguardo, ma lui stringe distrattamente la mia mano sopra il tavolo e poi riprende il discorso con Giovanni sul modo più rapido per ottenere l'accredito stampa al Festival del Cinema Asiatico.

E i messaggini continuano.

Al dolce, quando Gabriele si alza per andare in bagno, invento una scusa e lo seguo. Tanto gli altri due non badano a me: Luisa sta imboccando Giovanni con enormi quantità di tiramisù e lui risponde con disgustosi versetti da bambino ogni volta che il cucchiaio sparisce nelle sue fauci spalancate.

Aspetto fuori e, appena Gabriele riapre la porta, mi precipito con lui nel bagno, chiudo a chiave e gli chiedo di farmi vedere il telefono.

«Ma sei matta?»

«Chi ti manda tutti quei messaggi?»

«Beh, sono i soliti auguri.»

Certo, qualche messaggio l'ho ricevuto anch'io: da Giada (che mi ha mandato una filastrocca su Babbo Natale che molesta sessualmente la Befana), da nonna (che con tutta probabilità ha impiegato mezz'ora per comporre la parola «Aguri») e da qualche compagna della mia vecchia scuola. Ma i suoi mi sembrano davvero troppi.

Insisto per vederli e Gabriele, spazientito, mi consegna il cellulare.

Scorro velocemente i nomi: ci sono quello di Agata, di sua nipote e di tre o quattro amici che conosco anch'io. E, proprio alla fine, quando già sto per ridargli il telefono e chiedergli scusa, arriva un altro *bip-bip*, ed eccolo lì, l'odiatissimo nome di Nicoletta.

«E questo?» chiedo mettendogli il telefono sotto il naso.

«È di Nicoletta», risponde lui con una tranquillità sospetta.

«Lo vedo. Cosa vuole ancora da te?»

«Se mi dai il telefono te lo dico subito.»

«Perché, non posso leggerlo io?»

Gabriele si siede sulla sponda della vasca da bagno e mi guarda. Sembra stanco e preoccupato, come se fosse diventato all'improvviso più vecchio. Quando si decide a parlare capisco che si sta sforzando di mantenere la calma.

«Sì, lo puoi leggere. Anche perché il telefono ce l'hai

tu e io non ho voglia di mettermi a fare la lotta greco-romana per riprendermelo.»

«Allora lo leggo?» gli chiedo con aria di sfida.

«Se vuoi, anche se pensavo che un minimo di diritto alla privacy facesse parte delle nostre regole di coppia», sospira lui, passandosi una mano tra i capelli.

«Ma tra le nostre regole c'è anche il diritto a non essere cornuti, no?» dico cercando di scherzare, perché sento che nell'aria c'è troppa tensione. Ma, come sempre, è difficile tornare indietro.

Infatti Gabriele non mi risponde.

Così, con la mano che trema, premo il comando «Leggi».

*Tantissimi auguri di Buon Natale a te e Allegra.*

Resto ferma per qualche secondo, perché non so cosa fare. Poi gli passo il telefono senza una parola, mortificata. Lui guarda il messaggio e lo cancella, rimettendosi il cellulare in tasca.

«Sei tranquilla, adesso?» mi chiede con un tono un po' più dolce.

«Sì. Scusa.»

Capisco che mi sono comportata come una vera stupida.

«Non capisco proprio perché continui a non fidarti di me», mi dice, accarezzandomi i capelli.

«Perché sono scema.»

Gabriele scuote la testa e mi abbraccia forte, poi fa per aprire la porta. «Dai, andiamo di là.»

«Aspetta», gli dico. Poi lo attiro verso di me, gli

butto le braccia al collo e inizio a strofinarmi contro di lui nel modo che di solito gli fa perdere la testa.

Mi bacia, ma è un bacio frettoloso. Guarda verso la porta e, con delicatezza, cerca di allontanarmi. «È da troppo che siamo chiusi qui dentro, non voglio fare brutta figura con Luisa e Giovanni.»

«E chi se ne frega», sussurro io e torno all'attacco. Per fargli capire in modo inequivocabile cosa ho voglia di fare, lo bacio sul collo e intanto inizio a sbottonargli i pantaloni.

Gabriele mi ferma. «Per favore, Allegra, smettila. Ci stanno aspettando.»

Lo dice in tono irritato e severo, come se si stesse rivolgendo a una bambina capricciosa.

Lo guardo, ferita. Lui ha il respiro affannato, le guance arrossate e un misto di stupore e dispiacere riempie i suoi bellissimi occhi neri. È la prima volta che mi respinge.

Senza dire una parola, esco dal bagno.

Torno in salotto dove i due piccioncini, come prevedevo, non hanno notato la nostra assenza. Ora Luisa è seduta sulle ginocchia di Giovanni e sta ridendo forte in un modo che tradisce che ha esagerato con il vino dolce. Sotto di loro, la sedia di plastica Ikea emette cigolii sinistri.

Subito dopo Gabriele ci raggiunge, e mi stupisco della facilità con cui riesce a indossare una sorridente maschera di cortesia dopo il casino che è appena successo di là. Scambia un paio di battute brillanti con Giovanni e accetta una fetta di pandoro con la panna.

Io me ne resto con loro ancora per un po', ostinandomi in un mutismo risentito, ma sembra che nessuno si accorga che non sto dicendo una parola, così annuncio che mi è tornato il mal di testa (non è una bugia) e mi ritiro in camera mia.

# PARTE TERZA

# Ventuno

SUL pullman, stordita da troppe ore di viaggio, guardo Gabriele che dorme accanto a me e gli faccio una carezza leggera sui capelli. Lui apre gli occhi e mi sorride. È stanco, ha passato settimane tra telefono e Internet per organizzare questa gita di tre giorni al Museo del Cinema di Torino.

È stato lui a proporla e anche a trovare i professori disposti ad accompagnarci. Ha convinto la De Stefanis, sua prof d'italiano, e poi a ruota Martinetti, che di certo non poteva tirarsi indietro di fronte alla possibilità di dormire con un muro sottile, e magari non insonorizzato, tra lui e la bionda e longilinea professoressa.

Quando Gabriele chiude di nuovo gli occhi, ripenso agli ultimi giorni. Dopo il litigio di Natale sono stata io a cercarlo per fare pace. Gli ho regalato la sorellina dell'orsetto Truffò e gli ho promesso che non avrei più fatto scenate. Così, tra alti e bassi, tra gelosie e pianti, paura per la maturità e versioni di latino fatte sotto il piumone, siamo partiti insieme per questa gita di metà gennaio.

Purtroppo, appena arrivati in albergo, riceviamo la prima delusione: non possiamo stare in stanza insieme («È una gita di istruzione, non un viaggio di nozze», ci ricorda Martinetti con un sadico piacere nel suo sorriso ingiallito). Sono vietate le camere miste e nell'assegnare le stanze si sono attenuti alla sezione di appartenenza, per cui Gabriele finisce con il suo compagno Pietro e io con Giada e Chiara, in una branda per bambini sistemata in fretta ai piedi del loro soffice lettone matrimoniale.

Il cuoco dell'hotel si lamenta perché siamo in ritardo di tre ore e alla fine ci serve una cena frettolosa in stile ospedaliero, con tanto di mela cotta per dessert. Poi, nonostante sia tardissimo, i nostri professori hanno la geniale idea di infliggerci una passeggiata notturna con dodici gradi sottozero. Quando rientriamo, ritrovato a fatica l'uso degli arti e della parola, tento ancora il tutto per tutto proponendo alle mie compagne uno scambio segreto tra me e Pietro. Ma le ragazze mi chiedono se sono impazzita: ospitare un maschio nella loro stanza?

Così mi rassegno e, dopo qualche bacio sulle scale, do la buonanotte a Gabriele e raggiungo in stanza le mie «amiche», che mi tengono sveglia fino alle quattro di notte con le loro risatine e i commenti sui ragazzi più o meno carini della scuola.

Vengo così a sapere che Giada e Chiara, che qualche

ora fa inorridivano all'idea di mostrarsi in camicia da notte a un estraneo, sono al corrente di notizie riservatissime circa prestazioni e dotazioni anatomiche di decine di studenti del triennio. E ridono troppo forte per lasciar credere che siano informazioni di seconda mano. Mi coinvolgono nella conversazione solo per chiedere com'è a letto Gabriele. Ma io faccio finta di essermi già addormentata e mi limito a sorridere nel buio.

Il mattino dopo, appena entriamo al Museo nella Mole Antonelliana, ci precipitiamo in massa sull'ascensore panoramico, che fa paura da quanto va veloce. Ma vicino a me c'è Gabriele che mi abbraccia, così mi sento sicura e posso godermi lo spettacolo delle immagini proiettate dentro la cupola. Invece la vista dall'alto delude un po', perché è tutto grigio di nebbia, senza contare che si gela.

Per fortuna scendiamo quasi subito e, mentre Luca e Yuri vengono buttati fuori nel giro di cinque minuti perché hanno scritto il loro numero di telefono su una vecchia locandina, Gabriele inizia estasiato la visita, soffermandosi per almeno un quarto d'ora di fronte a ciascun cimelio.

Io mi diverto abbastanza nella prima parte, quella con le lanterne magiche e gli strumenti antichi con i pupazzetti che si muovono. Poi, al piano superiore, inizio a stancarmi un po'. Gabriele, al contrario, sembra sempre più entusiasta e continua a mantenere lo stesso ritmo. Così, mentre gli altri studenti hanno già visto tutto e probabilmente sono già impegnati in attività più adatte alla loro età (tipo contattare i pusher locali o dedicarsi alla cleptomania nel negozio di souvenir), il piccolo gruppo di cinefili che si è radunato intorno a noi non è nemmeno a metà percorso.

Quando arriviamo all'esposizione dei manifesti, trattenere gli sbadigli comincia a essere difficile.

Gabriele resta fermo almeno dieci minuti davanti al manifesto di un vecchissimo film muto, *Il fuoco*.

«Le didascalie di questo film sono quelle citate in *Dopo mezzanotte*, vero?»

La ragazza con la pelle candida e i lunghi capelli rossi che ha appena parlato non si rivolge a tutti in generale, ma guarda solo Gabriele, come se loro due fossero gli unici scampati a un pauroso naufragio e ora si trovassero su qualche isola deserta.

Solo ora, e solo perché gli ho appena strattonato la mano che non ho smesso di stringergli per tutto il tempo, Gabriele si ricorda di presentarmi Francesca del terzo anno.

«È un nuovo acquisto del giornale scolastico. Si occupa di musica, sai, studia pianoforte al conservatorio.»

Francesca mi sorride gentile. Visto il tipo, mi aspetterei anche l'inchino e una poesia. Ha sedici anni, gli occhi verdi, una bella faccia senza un filo di trucco e una gonna al ginocchio blu da ragazza di buona famiglia. Mi ricorda una bambolina che mi aveva regalato papà per Natale quando ero piccola. Non ci giocavo quasi mai, la prendevo solo quando ero di cattivo umore, per sbatterle la testa contro il muro oppure per chiuderla nel forno quando nessuno mi vedeva. Chissà perché la odiavo tanto. Ora che vedo Francesca parlare fitto fitto con il mio ragazzo, penso che forse il mio era una specie di sentimento premonitore.

Arrivo in albergo talmente esausta che mi schianto sulla brandina senza nemmeno fare caso alla chiassosa riunione di Chiara e le altre Belle, concentrate nella scelta dei vestiti per la serata in discoteca.

Quando scendo per la cena, ho ancora i segni del cuscino sulla faccia.

Nella hall c'è un pianoforte. Gli studenti sono tutti lì, radunati attorno a due ragazzi di quarta che fanno i buffoni e cantano canzoni di Elio e le Storie Tese, picchiando sui tasti senza pietà né senso dell'armonia. Per fortuna il tempestivo intervento dell'impiegato alla reception mette fine allo strazio.

Gabriele mi saluta dicendo: «Era ora, dormigliona!» Io lo prendo per mano e sto per avviarmi con lui in sala da pranzo, quando ecco che dal nulla si materializza Francesca.

«Posso?» chiede con la sua vocina timida, avvicinandosi al pianoforte.

E l'addetto alla reception, che appena tre secondi fa con voce da orco aveva minacciato di morte i ragazzi, le risponde tutto gentile: «Ma prego, signorina».

Guardo Gabriele che le sorride e mi viene voglia di sbatterle il coperchio del pianoforte sulle dita.

Lei si siede composta e posa le mani affusolate sui

tasti, timidamente, con rispetto, come se fosse la prima volta in vita sua che si avvicina a uno strumento musicale. Poi, in sordina, accenna un motivetto, arrossisce e fa per alzarsi. Ma è proprio Gabriele che le dice: «No, dai, va' avanti», e la convince a continuare.

Così lei si mette a suonare sul serio, e lo fa in modo celestiale.

Tutt'intorno, all'improvviso, cala il silenzio e anche i due ragazzi di quarta la smettono con *Cara ti amo* e si avvicinano rapiti.

La sua musica mi commuove. E più mi emoziono, più mi sento male. Chissà cosa si prova a saper suonare come lei. Io non so suonare niente. E non so scrivere, non so disegnare, non so niente di cinema, vado pure male a scuola. Mi chiedo come possa pretendere che uno come Gabriele si innamori davvero di una nullità come me.

Francesca ora ha chiuso gli occhi e non sembra più timida come prima. Si lascia trasportare dalla musica e, a occhi chiusi, dondola lievemente il busto con un'espressione concentrata e serena. Gabriele non le stacca gli occhi di dosso.

Poi lei riesce a fare l'unica cosa che in questo momento potrebbe farmi stare peggio: attacca il motivo di *Your Song*.

La nostra canzone, il nostro film.

Lacrime di rabbia e gelosia iniziano a rigarmi le guance. Lascio la mano di Gabriele e mi dirigo da sola verso la sala da pranzo.

Qui trovo Luca e Yuri, reduci da un paio di aperitivi in centro, che fingono di sputare (per lo meno io mi auguro che facciano solo finta) sul buffet degli antipasti. Luca mi squadra da capo a piedi, poi si avvicina e mi sussurra con il fiato che sa di Negroni: «Ma tu lo sai o no quanto sei figa?»

Faccio finta di niente e cerco di ignorarlo.

Ma lui continua. «Invece di stare sempre appresso a quel frocetto, perché dopo cena non fai un salto in camera nostra?»

E intanto mi stringe un fianco facendo scivolare maldestramente la mano sul mio sedere.

Io dovrei tirargli uno schiaffo e dirgli di farsi i fatti suoi, ma sono talmente arrabbiata e ferita che, sperando in cuor mio che Gabriele possa vedermi, mi sforzo di sorridergli e gli dico che magari faccio un salto.

«Camera 135», dice lui strizzandomi l'occhio.

Finalmente tutto il gruppo si sposta nella sala. Gabriele mi raggiunge, stupito perché me ne sono andata senza dire niente. Mi dice che dobbiamo sederci, insieme a Pietro, al tavolo dei professori. Spera che non mi dispiaccia troppo, ma lo ha promesso a Martinetti oggi pomeriggio. Gli rispondo che a me basta stare vicino a lui.

Ci sediamo, mentre intorno a noi inizia la solita confusione per la scelta dei tavoli.

In mezzo alla sala, Francesca è ancora in piedi e si sta guardando intorno con aria un po' smarrita.

Martinetti, che ha un fiuto infallibile per le belle ragazze, la nota immediatamente. «Chiediamo alla signorina del piano se si siede qui con noi?»

Io guardo Gabriele in cagnesco. «Se viene qui lei me ne vado io», minaccio a denti stretti.

Gabriele esita. Mi fa notare, imbarazzato, che ormai Martinetti si sta sbracciando per attirare la sua attenzione.

«Ti ho detto che non voglio qui quella troia!» dico a voce troppo alta.

Martinetti mi squadra severo al di sopra degli occhiali. Gabriele abbassa la testa. Francesca è già troppo vicina per non avere sentito, ma fa finta di niente e con un bel tono gentile spiega a Martinetti che le sue compagne la stanno aspettando al tavolo in fondo alla sala.

Mangiamo in silenzio e ho la sensazione che l'imbarazzo dei miei commensali non sia dovuto solo al fatto che con i professori non si sa mai di cosa parlare. Dopo cena mi alzo per andare a truccarmi in camera mia. Gabriele dice che mi raggiunge tra poco perché deve aiutare la De Stefanis con le conferme via Internet per il Museo Egizio.

Mi saluta con un sorriso tirato, poi si volta in fretta e comincia a parlare con la prof e io preferirei vederlo arrabbiato piuttosto che così freddo e distante.

Quando entro nella stanza 135, tutti si girano a guardarmi. Ho messo la mia microgonna rossa e mi sono truccata per bene, grazie a un'incursione non autorizzata nel beautycase delle mie compagne di stanza. Da come i ragazzi mi fissano le gambe immagino che a nessuno di loro importi se non so suonare il pianoforte. Sorrido, soprattutto a Giada e Chiara, che si scambiano occhiate eloquenti chiedendosi come avrò fatto a scoprire questo party privato pre discoteca. Da un lettore mp3 collegato alle casse arriva musica a tutto volume. Ovunque ci sono bottiglie di birra e superalcolici e l'aria è satura del fumo di una decina di canne accese tutte in contemporanea.

Luca mi porge al volo un tequila bum bum. Io bevo e, anche se gli occhi cominciano a lacrimare, faccio la disinvolta. Prendo un paio di tiri da una canna che mi passa tra le mani, poi chiedo una bottiglia di Corona.

Mentre bevo sento la mano di Luca sulla mia spalla. «Hai riportato la mummia al museo, finalmente?»

Non gli rispondo e continuo a bere. Luca è già ubriaco perso, mi sposta i capelli per sussurrarmi nell'orecchio cose del tipo che sono troppo bella per un rammollito come Gabriele, poi inizia a passarmi la lingua sull'orecchio e sul collo.

Io mi sposto, scocciata. «Smettila.»

Lui mi dice di non fare la santarellina, che tanto non ci crede nessuno, e mi dà una dolorosissima strizzata al seno. Allora faccio quello che avrei già dovuto fare da un pezzo: gli tiro una sberla e lo allontano con uno spintone. Gli cade la bottiglia di birra e tutti si girano a guardarci.

«Vaffanculo», gli dico prima di uscire.

La risposta di Luca è un sonoro rutto seguito da insulti fantasiosi di cui il meno offensivo è: «Allora è proprio vero che sei malata nel cervello!»

Mi chiudo la porta alle spalle e comincio a correre

lungo il corridoio con la paura che quei deficienti mi possano seguire e arrivo trafelata nella mia stanza. Seduto davanti alla porta c'è Gabriele. Mi guarda seccato e preoccupato. Solo adesso mi rendo conto che ho ancora in mano la bottiglia di birra.

«Si può sapere dov'eri? È da mezz'ora che ti cerco.»

«Sono andata a bere qualcosa da Luca e Yuri.»

«Ma che ci fai con quegli stronzi», dice lui scuotendo la testa, non so se più stupito o dispiaciuto. Gabriele odia Luca e Yuri, dice che sono ignoranti e fascisti. Dentro di me gongolo all'idea che gli dia almeno un po' fastidio che io fossi proprio con loro.

«Allora, andiamo a ballare?»

Lui mi spiega che non siamo obbligati. Il gruppo degli intellettuali ha optato per una passeggiata in centro. Insisto, non ho nessuna voglia di congelare come ieri sera. Voglio andare in discoteca. L'ultima volta che sono andata a ballare abitavo ancora a Varese.

So che Gabriele detesta le discoteche, ma sono anche sicura che Francesca non andrebbe mai a stordirsi di techno in un capannone di periferia. E non ho nessuna intenzione di sopportarla mentre fa gli occhi dolci a Gabriele sul Lungo Po.

Dopo una serie di discussioni Gabriele, forse solo perché si sente in colpa per avermi trascurato per tutto il giorno, me la dà vinta. Saliamo sul pullman con il variopinto gruppo-discoteca, composto per l'ottanta per cento da studenti già completamente ubriachi.

* * *

Il locale, nonostante sia sabato, è quasi deserto. Si capisce che non sono abituati ad avere troppo movimento quando Martinetti tira fuori dalla tasca i suoi tappi per le orecchie: il buttafuori li scambia per pasticche di ecstasy e minaccia di picchiarlo, urlandogli che certe cose non sono ammesse in sala, se vuole drogarsi ci sono i cessi.

Mentre *I Don't Feel Like Dancing* fa precipitare tutti in pista, Luca e Yuri si eclissano in compagnia di due sosia quattordicenni di Paris Hilton. Martinetti, troppo occupato a mantenere pulita la sua fedina penale, non ci fa caso.

«Dai, andiamo a ballare», dico a Gabriele, muovendomi davanti a lui a tempo di musica.

Lui si sforza di sorridermi e mi ripete che ballare proprio non gli piace, lo mette in imbarazzo. «Vai tu, io resto qui a guardarti.»

Così alzo le spalle e raggiungo gli altri, mentre lui rimane su un divanetto con una bottiglia di Becks in mano e l'aria vagamente spaesata.

Mentre ballo mi passano sotto il naso una decina di cocktail che qualche studente ricco ha deciso di offrire al gruppo, e da ognuno bevo una sorsata abbondante. E finalmente i brutti pensieri della giornata se ne vanno. Mi lascio trasportare dalla musica, dall'alcol e dalla confusione. Mi sento bene in mezzo agli altri, come non mi succedeva da troppo tempo.

Quando Chiara e un paio di Belle salgono sulla pedana al posto delle cubiste (che sono già sparite, forse perché hanno il coprifuoco alle due, il che è comprensibile visto che sicuramente sono minorenni), i miei compagni le accolgono con applausi. Poi si voltano verso di me e insistono perché lo faccia anch'io.

«E fallo vedere, 'sto gran fisico!»

Io rido e dico che mi vergogno. Ma quelli mi prendono di peso e mi buttano là sopra e mi accorgo che in fondo non è difficile. Anzi, stare più in alto degli altri ti fa sentire subito più sicura di te. Balliamo per un po' tutte insieme, senza guardarci tra noi, imitando le ragazze della tv in una specie di gara a chi riesce a muoversi in modo più arrapante.

Poi, una dopo l'altra, le ragazze scendono, proprio mentre parte *Sexy Back* di Justin Timberlake. Ora ci sono solo io al centro dell'attenzione. Francesca e il suo pianoforte sono spariti. Comincio a ballare come una pazza, a occhi chiusi, muovendo le braccia sopra la testa e ondeggiando i fianchi sempre di più. Quando riapro gli occhi, vedo che sotto il cubo si è formato un gruppetto di ragazzi che, sudati e ubriachi, cantano e applaudono sbraitando. Mi viene in mente che da quella postazione devono avere una bella panoramica del mio sedere, visto il pezzetto di stoffa che mi ritrovo al posto della gonna. Mi metto a ridere ma smetto subito quando vedo Gabriele che si avvicina al cubo e mi trascina giù a forza, mentre gli ubriachi urlano «Nooo» rivolti a me e «Buuu» rivolti a lui.

«Non lo vedi che Martinetti ti sta aspettando da mezz'ora?» mi urla arrabbiato.

Mi accorgo adesso che le mie compagne sono già scese solo perché i professori ci stavano richiamando.

Sono le tre di notte e dovremmo essere già tutti quanti sotto le coperte.

«Scusa», dico, ma mi viene da ridere a vedere gli sguardi d'invidia che mi lancia Giada. Lei, con il suo naso rifatto e i capelli tinti, non potrebbe mai permettersi di trascinare il suo gran culone su quella pedana.

Sul pullman avrei ancora voglia di ballare e, con la testa appoggiata sulla spalla di Gabriele, continuo a canticchiare i pezzi ascoltati poco fa, mentre le orecchie mi fischiano. Lui guarda davanti a sé con la mascella serrata. Deve essere davvero seccato. Finalmente stasera avrà capito cosa significhi essere trascurati. E forse anche gelosi.

Quando arriviamo all'hotel mi prende per mano con decisione e, senza salire in ascensore con gli altri, mi porta con lui al secondo piano. Bussa per farsi aprire da Pietro, che era nel gruppo-passeggiata ed è a letto da un pezzo. Pietro apre brontolando, ma Gabriele non lo lascia finire. «Mi dispiace, ma devi farti ospitare da qualcuno. Chiedi a Gianni e Marco, erano con noi.»

Io mi lascio sfuggire una risata scema. Pietro dà un'occhiata al mio trucco disfatto e fa un sorrisetto rassegnato. Poi, con una pacca sulle spalle a Gabriele, scuote la testa, raccatta al volo un paio di pantaloni e una felpa e ci lascia soli.

Appena la porta si chiude Gabriele mi spoglia senza rispondere ai miei baci, si toglie i vestiti in fretta e fa l'amore con me, ma in modo diverso dal solito, senza guardarmi negli occhi e senza una parola né un sospiro.

Quando finiamo si stacca subito, spegne la luce e si rannicchia sotto le coperte voltandomi la schiena. Io resto ferma, con gli occhi spalancati nel buio. Poi, anche se non lo vorrei, la stanchezza della giornata e il torpore di alcol e fumo prendono il sopravvento. Chiudo gli occhi e, un secondo prima di crollare addormentata, ho l'impressione di sentirlo piangere.

Mi alzo per prima e passo in camera mia per preparare le valigie. Saluto Giada e Chiara, già vestite e truccate, ma quelle continuano a parlare tra loro e fanno come se io non esistessi.

Salto la colazione e, nella mattinata libera prima della partenza, cammino da sola nella città semideserta e gelata.

Ho bisogno di parlare con qualcuno.

Telefono a Luisa e la trovo nel bel mezzo del pranzo di presentazione ufficiale ai genitori di Giovanni. Facciamo fatica a capirci perché la sua voce è sovrastata da rumore di voci, televisione e pianti di bimbi molto piccoli. Luisa è contenta, ride e dice a Giovanni di smetterla (probabilmente lui si sta esibendo in uno dei suoi numeri a sorpresa, tipo mordicchiarle un seno davanti a quindici parenti), poi mi chiede se mi diverto. Mentre guardo la mia faccia pallida riflessa nella vetrina di un negozio chiuso, le dico di sì, che volevo solo salutarla.

Sul pullman, al ritorno, Gabriele resta seduto accanto a Pietro. Nei sedili in fondo, Luca e Yuri, che sono ricomparsi in hotel solo all'alba, incrementano la loro popolarità mostrando ai compagni il telefonino con il resoconto filmato della notte trascorsa con le piccole Paris torinesi. Io mi metto il più avanti possibile, accanto a Giorgio, che per tutto il viaggio legge avidamente il catalogo del Museo Egizio e, imponendomi di non voltarmi indietro, rimango immobile con la fronte contro il finestrino.

«Io e Giovanni abbiamo deciso di vivere insieme.»

Seduta sul divano di pelle color crema del salotto di Barbara, Luisa chiude gli occhi e, una volta sganciata la notizia-bomba, rimane in attesa di reazioni.

Barbara resta senza fiato per la sorpresa, smette di apparecchiare e si precipita ad abbracciarla e a baciarla sulle guance. «È bellissimo! Silvia, hai sentito?»

Silvia sta leggendo l'edizione speciale di *Astra* con le previsioni per tutto l'anno. Non alza gli occhi dal giornale e, impassibile, volta pagina. Il suo silenzio ostinato vale più di mille commenti. Barbara scrolla le spalle e la manda silenziosamente al diavolo.

«Dai, raccontaci tutto.»

«Beh, l'idea è stata sua. L'altra sera mi ha portato a mangiare il sushi e me l'ha chiesto così, all'improvviso.»

«Ha già traslocato da te?» domanda Silvia continuando a leggere.

«Noo, cosa dici? Ci sono ancora tante di quelle cose da sistemare...»

«Ti aiuta con il mutuo, almeno?»

«Ma non lo so, non abbiamo mica parlato di queste cose...»

Silvia scuote la testa e sospira. «Beh, vediamo cosa ne dice l'oroscopo...»

Mentre Barbara, commossa, continua ad abbracciare la sua amica, elencandole tutti gli elettrodomestici che assolutamente non potranno mancare nella sua nuova vita di donna-in-coppia, Silvia consulta il parere delle stelle.

«*Gemelli: il tuo anno migliore...*»

Il volto di Luisa si illumina.

«*...è stato quello passato. L'influsso benefico di Giove ti abbandonerà a inizio febbraio*... Ehi, praticamente oggi!»

I sorrisi si smorzano e Silvia chiude il giornale.

«Non guardatemi così. È scritto qui, mica lo dico io.»

«Ma dai, non crederai davvero a queste stupidaggini!» esclama Barbara in tono incoraggiante, alzandosi e tornando con rinnovato entusiasmo a rifinire la composizione floreale a centrotavola.

«Veramente sei tu quella abbonata ad *Astra*», borbotta Silvia.

Ma Luisa sembra avere cambiato umore: ha abbassato la testa e sta tormentando il suo nuovo braccialettino d'oro, regalo natalizio di Giovanni.

«Che c'è? Mica ti farai scoraggiare dal transito di Saturno?»

«No, no, è solo che... Devo ancora dirlo ad Allegra.»

«E cosa aspetti? Di farle trovare le sue valigie sul

pianerottolo?» chiede Silvia, che adesso ha lo sguardo serio e severo. Con il passare del tempo, Allegra le è diventata simpatica. Introversa, lunatica e orgogliosa, le ricorda un po' se stessa da ragazzina.

«Ma che valigie... Mica la voglio cacciare di casa.»

«Meno male. Resterà con voi, quindi. E Giovanni lo sa?»

«Non ne abbiamo ancora parlato, ma direi che è scontato.»

«Certo, non avete parlato del mutuo né di dove sistemerete l'orfana diciottenne che vive con te da mesi... Di' un po', quali questioni di vitale importanza avete affrontato? Il colore delle tende in soggiorno?»

Barbara dice a Silvia di smetterla di essere così aggressiva. «Hai paura che Allegra la prenda male, eh?» chiede invece a Luisa con aria dolce.

«Non so. È una ragazza molto matura, in fondo. Sai, ne ha passate così tante... È solo che in questi giorni è intrattabile.»

«Problemi di cuore?»

«Già. Ha smesso di parlare di Gabriele e passa le sere chiusa in camera sua, con Robbie Williams a tutto volume.»

«Povera piccola. Però è così giovane, le passerà in fretta.»

Suona il timer del forno. Per Barbara è come una specie di gong che pone fine a tutti i discorsi poco piacevoli. «Volete accomodarvi?»

Luisa e Silvia prendono posto. Poi restano stupite nel vedere Barbara che, invece di sedersi, posa su un vassoio d'argento porzioni abbondanti di ciascuna portata, insieme a una caraffa d'acqua e a una mela biologica.

«E quello?»

«È la cena per mio marito. Voi iniziate pure, arrivo subito.»

Barbara si avvia con il vassoio verso l'altra stanza, dalla quale proviene un'ipnotica musica new age.

«Ma come, tuo marito non mangia con noi?»

Barbara scuote la testa e sorride comprensiva. Luisa e Silvia si guardano, un po' incredule.

Appena entrate, il padrone di casa le ha salutate senza convenevoli, poi si è chiuso nel suo studio.

«È tanto stressato per il lavoro, quando arriva a casa ha bisogno di qualche ora per decomprimersi», lo giustifica Barbara sottovoce.

Silvia e Luisa non replicano e si limitano a lanciarsi l'ennesimo sguardo perplesso. Chi l'avrebbe mai detto che la giornata lavorativa di un impiegato del catasto fosse tanto logorante!

«E tu continui a trovare eccitante l'idea di vivere con un uomo?» chiede Silvia a mezza voce, non appena Barbara è sparita dietro la porta dello studio.

Luisa cambia subito espressione e sorride con occhi sognanti. «Che c'entra? Guarda che Giovanni è diverso.»

Silvia scuote la testa, si riempie il bicchiere di vino fino all'orlo e approfitta dell'assenza di Barbara per scacciare con una leggera pedata la gatta Milù, che vorrebbe fare amicizia a tutti i costi e si ostina a strusciarsi contro le sue caviglie.

# Ventidue

ME ne sto rannicchiata sul letto. Tremo. Nell'armadio c'è una coperta, ma non ho la forza di muovermi per andare a prenderla. Rimango immobile senza riuscire a piangere. Proprio come subito dopo la morte dei miei, mi fa male tutto: la luce, i rumori che arrivano dalla strada, persino respirare. Avrei solo voglia di scomparire.

Gabriele è stato qui.

A scuola ci siamo evitati per più di una settimana, poi oggi è stato lui a fermarmi e a chiedermi se poteva passare da me nel pomeriggio. Ho fatto la sostenuta e gli ho risposto: «Se vuoi».

«Allora ci vediamo alle quattro», ha detto lui, salutandomi con un sorriso che io stupidamente ho interpretato come un buon segno.

Tornata in classe, sono riuscita a prendere l'ennesimo quattro in latino, nonostante questa volta, con l'aiuto di Luisa, mi fossi preparata almeno un po'. Ma ero così tesa per l'appuntamento che ho scordato tutto e comunque il brutto voto non mi ha fatto nessuna impressione.

Finita la tortura scolastica, sono corsa a casa, mi sono lavata i capelli con il balsamo che li rende lucidi, poi mi sono messa la maglia bianca corta e il completino trasparente che a lui piace tanto.

È arrivato in anticipo. Stavo per salutarlo con un bacio ma lui ha girato rapidamente la testa e mi ha dato un bacino leggero sulla guancia. Poi, per tutto il tempo, è rimasto in piedi, a passeggiare nervoso per la stanza, mentre io restavo seduta sul mio letto come una scema, senza rendermi bene conto di quello che ci stava succedendo.

Mi ha parlato tutto d'un fiato, come se si fosse ripetuto il discorso decine di volte. Ha detto che aveva bisogno di pensare, che è stato malissimo in questi giorni perché si è accorto che ogni sua parola, ogni suo gesto, finisce per farmi soffrire, anche se lui non lo vuole. Non può più uscire con un amico o parlare con una ragazza senza che io mi arrabbi e ha la sensazione che il mio umore, la mia felicità, la mia intera vita dipendano ormai esclusivamente da lui.

«Lo so, penserai che sono un ragazzino, un immaturo. Ma mi fa paura l'idea di addossarmi una responsabilità così grande.»

Io sono rimasta ad ascoltarlo immobile. Dentro di me avrei voluto urlare, piangere e buttarmi in ginocchio implorandolo di non lasciarmi. Ma mi sentivo come immersa in una pozza ghiacciata e non riuscivo a muovere un muscolo. Forse è proprio lì che ho sbagliato: magari, se reagivo e gli facevo capire davvero quanto male mi stava facendo, lui ci avrebbe ripensato.

Invece sono stata zitta e ferma e così avrà pensato che ero d'accordo su tutto quello che mi diceva.

«Credo di amarti ancora, Allegra. Ma non sono più felice. E mi sembra che nemmeno tu lo sia.»

Sono riuscita solo a muovere la testa e a mormorare: «Sì».

Allora i suoi occhi si sono riempiti di lacrime, si è avvicinato, mi ha preso il viso tra le mani e mi ha detto con la voce che tremava: «Ehi, non ci stiamo lasciando. È solo una pausa, okay?» e mi ha stretto forte.

Alla fine ce l'ho fatta a parlare. «Non mi lasciare», ho detto.

E l'ho ripetuto cento volte, prima piano, poi via via più forte, urlando e graffiandomi le braccia fino a farle sanguinare. Ma Gabriele si era già chiuso la porta alle spalle e non poteva sentirmi.

Dopo un'ora o forse due il mio telefono inizia a suonare. Sento il cuore che ricomincia a battere e stringo gli occhi. Vorrei guardare chi è, ma ho anche una paura folle di restare delusa, perché in fondo spero che sia lui, già pentito per quello che mi ha detto, e allo stesso tempo so perfettamente che la mia è una speranza assurda. Perché Gabriele è uno che ci pensa mille volte prima di parlare.

Mi decido e do un'occhiata al display: è Luisa. Poso

il cellulare sul comodino e mi giro su un fianco, schiacciandomi il cuscino sulle orecchie per non sentire la suoneria con *Starlight*, che mi piaceva tanto fino a ieri e adesso mi fa stare malissimo perché mi ricorda Gabriele.

Ma Luisa non molla. E, dopo quello che è successo quella notte di otto mesi fa, niente mi fa salire l'ansia come una chiamata insistente.

Così rispondo, accorgendomi solo ora della mia voce nasale, bassa e rauca, pesante di pianto.

Ma Luisa non ci fa caso: è troppo agitata, del resto come sempre, negli ultimi tempi. «Allegra, avrei bisogno di un favore. Tra poco arrivano quelli della parabola. Tu sei a casa, vero?»

«Come?»

«Non devi fare niente, solo un paio di firme alla fine del lavoro. Poi stasera ti spiego. Scusa, ora devo andare che mi sta chiamando il direttore.»

*Clic.*

Il ragazzo della parabola mi squadra da capo a piedi e dondola il capo rivolgendomi un sorriso compiaciuto.

Mi sento ridicola con la mia maglietta corta e, mentre corro a infilarmi un maglione di Luisa, penso che sono stata una vera scema a vestirmi così illudendomi che con Gabriele sarebbe finita come tutte le altre volte, con i vestiti che volavano via, la promessa di non litigare mai più e il pomeriggio passato a farci le coccole nel mio letto.

Ma che se ne fa Luisa di una parabola?

Un brutto presentimento mi assale. Certo, a lei piace il cinema e con la tv satellitare avremo centinaia di film a domicilio. Ma quando se li vede, se già ora si lamenta che è troppo presa tra lavoro, casa e fidanzato e spesso è costretta a saltare persino l'appuntamento settimanale con *Dr. House*?

Collego tutto all'improvviso. Certe frasi lasciate a metà, il suo recente imbarazzo a parlare di Giovanni. Gli scatoloni magicamente scomparsi dalla stanza piccola, che fino a qualche giorno fa era un disordinatissimo magazzino e che ora ospita una nuova scrivania Ikea (e io, ingenua, che pensavo fosse per me, per il mio esame).

Non credevo che avrei potuto sentirmi peggio di così.

Giovanni viene a stare in questa casa e Luisa non ha ancora trovato il coraggio di dirmelo.

Provo a immaginare.

Giovanni tutte le sere sul divano del soggiorno.

Giovanni in cucina, al tavolo della colazione, con le sue prediche sull'importanza delle proteine nel primo pasto della giornata.

Le risatine di Luisa in camera da letto, mentre lui porta di là i bastoncini di incenso e gli oli essenziali per i massaggi.

Giovanni che lavora per lo più da casa. Niente più stereo a tutto volume. Niente più merende in mutande alle quattro di pomeriggio.

Mi accorgo che il ragazzo della parabola mi sta chiamando per le firme. Mi giro verso di lui e lo vedo tutto appannato per via delle lacrime. Deve indicarmi tre volte dove firmare e io, che tra qualche mese ho l'esame di maturità, sbaglio a scrivere il mio nome e lo costringo a strappare un paio di moduli prima di riuscire a fare tutto giusto.

Quando Luisa rientra trova la porta di camera mia chiusa a chiave.

«Sta arrivando Giovanni per cena! Ci prepara la pizza», mi dice con voce cristallina, come se anch'io considerassi la pizza di Giovanni come una specie di miracolo di san Gennaro.

Non rispondo e alzo il volume dello stereo.

Nelle tre ore che seguono, Luisa prova a bussare a intervalli regolari. Io non faccio una piega, mi limito a dirle una sola volta di lasciarmi stare.

E non le serve a niente insistere.

Poi, verso le undici, dopo un silenzio un po' più prolungato, si sentono altri colpi, seguiti dalla voce di Giovanni in un'inedita versione paterno-autoritaria. «Adesso basta con gli scherzi stupidi. Apri immediatamente questa porta.»

Mi viene quasi da ridere. Non obbedisco a Luisa e dovrei obbedire a lui? Se crede di essere già arrivato a dettar legge, si sbaglia.

Ma il mago del fai-da-te ha deciso di fare sul serio, perché comincio a sentire uno strano sferragliare alla serratura. Poi la porta si apre e io mi faccio piccola in fondo al letto.

Luisa entra di corsa in camera. È pallida, ha gli occhi rossi.

«Stai bene?» mi chiede abbracciandomi.

Io rimango immobile e non dico niente. Sono solo contenta che Giovanni abbia almeno avuto il buon gusto di andarsene in cucina.

Luisa si siede sul letto, mi chiede scusa per avermi trascurato in questo periodo e poi mi dice tutto. Giovanni verrà a stare qui. Non sanno ancora di preciso quando si trasferirà, potrebbe essere questione di qualche settimana. Naturalmente per me non cambierà niente. Io starò con loro fin quando vorrò.

«Ormai sei una di famiglia», dice sorridendo e strofinandomi le mani tra le sue, come se mi avesse appena tirata fuori da una cella frigorifera.

Io continuo a restare muta. Lei sospira e guarda il muro sopra il mio letto, dove fino a ieri era appesa la foto di me e Gabriele sulla spiaggia di Ostia.

«Vi siete lasciati, vero?»

Io faccio segno di sì con la testa.

Lei non aggiunge niente, mi abbraccia forte, mi accarezza la testa e poi si mette a piangere.

Piange per un quarto d'ora, senza riuscire più a parlare, e io resto lì a porgerle i fazzoletti di carta. Ne consuma un pacchetto ogni tre minuti. Ma la conosco bene, quando inizia, Luisa è peggio della Fontana di Trevi e bisogna avere la pazienza di aspettare.

Alla fine si calma e io riesco a raccontarle qualcosa della gita e di oggi pomeriggio. Parliamo per quasi un'ora, poi Giovanni fa capolino in camera.

Luisa gli rivolge un rapido sorriso. «Vai?» gli chiede.

«Veramente si è fatto tardi, cosa ne dici se dormo qui?»

Luisa mi guarda per una frazione di secondo, poi scuote la testa, decisa. Per la prima volta la vedo guardare il suo «ragazzo» come un comune essere mortale e non come un eroe mitologico. «No, non è il caso. Tu stasera dormi a casa tua. Io e Allegra dobbiamo parlare un po' tranquille. Ci siamo viste poco ultimamente.»

È gentile ma frettolosa. Giovanni dice okay, ma si capisce che è scocciato. Per una frazione di secondo, prima che esca, noto sul suo viso un'espressione che mi fa un po' paura, un misto di stizza e gelosia. Una volta tanto è lui a sentirsi messo in disparte.

# Ventitré

«NON ci siamo lasciati, siamo solo in pausa riflessione.»

Giada mi scruta per bene, poi alza le spalle. «Pensavo che fosse finita. Qui a scuola dicono tutti così.»

«Ah sì? E lo sai cosa dicono anche, qui a scuola? Che una buona volta devi andartene affanculo.»

Con questo tocco di eleganza chiudo la conversazione con la mia amica che, appena stamattina sono entrata in classe, ha avuto il buon gusto di farmi notare che Gabriele sembra più bello da quando non stiamo più insieme.

Lascio in bianco il foglio della verifica di latino e quando consegno Martinetti mette su una faccia di circostanza e attacca con la predica, ma io non ascolto nemmeno una parola ed esco in fretta dall'aula, lasciandolo lì a brontolare da solo.

Vedo Gabriele in corridoio. Mi manca il fiato e anche la forza di muovermi. È fermo di fronte alla macchinetta e non sta parlando con nessuno. Non si accorge di me perché tiene gli occhi bassi e, con aria pensierosa, fissa il bicchierino di caffè senza decidersi a berlo. È dimagrito e sembra triste. Forse dovrei ascoltare i consigli di Luisa e provare a parlargli ancora. Senza orgoglio, questa volta, dicendogli tutto quello che provo davvero, quanto sto male senza di lui e che sono pronta a cambiare tutto di me pur di tornare insieme. Mi mordo le labbra e mentre penso alle parole giuste da usare mi accorgo che ho il cuore che batte forte e un nodo alla gola. Passano un paio di minuti prima che trovi la forza di fare un passo nella sua direzione. E proprio quando mi decido, il viso serio di Gabriele si distende in un bel sorriso sereno. Un sorriso che non è destinato a me. Francesca lo ha appena raggiunto e ora gli sta parlando, trafelata e con il solito sguardo limpido e gentile. Di certo si sta scusando per il ritardo. Gabriele le porge il bicchiere con il caffè, lei gli risponde con un sorriso timido e una frase che lo fa ridere con tenerezza.

Esco da scuola due ore prima, con la scusa che sto male.

«Hai la febbre?» mi chiede Giorgio toccandomi la fronte. Ora che ha preso un po' di confidenza, non perde occasione per allungare le mani.

«No, mestruazioni dolorose», gli dico secca, mentre chiudo lo zaino.

Giorgio si tira indietro, impressionato. Va sempre in crisi quando si parla di queste cose da donne.

Appena arrivata a casa, butto nella spazzatura il ciondolo con lo scorpione e faccio in mille pezzi il dvd di *Moulin Rouge*. Poi, sfinita dal troppo piangere, alle quattro del pomeriggio mi infilo la camicia da notte e mi metto a letto.

Dopo nemmeno un'ora sento la porta che si apre.

Non può essere Luisa, è partita stamattina per Milano, lamentandosi perché era costretta a partecipare al convegno più inutile della storia quando avrebbe avuto un sacco di cose da fare a casa, tipo stirare e guardare la prima puntata di un nuovo reality sul satellite. Non tornerà prima di domani sera.

Mi sento gelare il sangue.

Balzo subito in piedi e mi stupisco perché, nonostante la mia intera vita sia a pezzi, un briciolo di istinto di sopravvivenza dopotutto sembra essermi rimasto. Infatti prendo un ombrello e mi apposto dietro la porta, tremando, pronta a colpire senza pietà.

«Allegra? Sei in casa?»

È Giovanni.

Butto l'ombrello e lo saluto senza sorridere, guardando con aperta ostilità il suo nuovo portachiavi d'argento, di sicuro un regalo di Luisa per festeggiare il grande evento. Ha le chiavi di casa adesso. È proprio l'inizio della fine.

Giovanni, senza chiedere permesso perché evidentemente ormai si sente a casa sua, va in salotto a sistemare un paio di componenti del suo impianto home theatre.

Sta pianificando la sua invasione, un pezzetto alla volta, per non dare nell'occhio.

Mi richiudo in camera mia. Ma dopo poco, eccolo di nuovo a bussare.

«Scusa, Allegra, dove hai messo il cavetto per collegare il decoder dolby digital?»

«Eh?»

«Il cavetto per l'ingresso audio ottico digitale!»

Che ne so. Non c'era nessun cavetto. Giovanni insiste, devono avermelo consegnato l'altro giorno insieme al decoder. Brancolo nel buio. Non ricordo nulla. Gabriele mi aveva appena lasciato e della parabola in quel momento non me ne poteva fregare di meno. Però fingo di essere sicura e gli dico che il cavetto non avevano voluto darmelo.

Apriti cielo. Giovanni passa le due ore seguenti a parlare con il numero verde dell'assistenza, minaccia denunce e dice che lui non è uno che si fa prendere in giro. Inizia ad alzare la voce e obbliga la ragazza del call center a dargli il suo nome e indirizzo. Abbandono ogni speranza di riuscire a dormire e metto su il cd di Elisa, che non è di grande aiuto per il mio morale in frantumi, ma almeno serve a coprire la sua voce.

Alla fine Giovanni si è arreso e il cavetto se lo è andato a comprare. Alle otto il collegamento con l'impianto home theatre è completato. Mi chiama, tutto soddisfatto, e mi dice di sedermi sul divano per sentire l'effetto dolby digital surround.

«Meglio che al cinema, no?» mi domanda contento come un bambino.

Mi fa quasi tenerezza. A me non pare nulla di speciale, non mi sembra di essere al cinema perché il televisore di Luisa è un vecchio ventun pollici, ma sorrido e faccio cenno di sì. Poi vado in cucina perché mi è venuta fame e prendo un sacchetto di patatine piccanti al pomodoro.

«E quelle cosa sono?»

«Ne vuoi?»

«Stai scherzando?»

Giovanni inizia con il solito sermone sull'alimentazione corretta.

«E mica solo la tua, eh? Anche Luisa mangia male. Poi si lamenta se ingrassa... Ma adesso io vi metto in riga, eh?»

Ecco, non bastava il dolby surround, ci mancava anche il regime alimentare controllato. Gli elementi per un bell'esaurimento ci sono proprio tutti.

Sgranocchiando imperterrita faccio per ritornare in camera, ma Giovanni mi chiede a bruciapelo: «Vuoi che ti cucini qualcosa?»

«No, grazie, sono a posto così.»

Ma non ce l'ha qualcosa da fare? La sua fidanzata è fuori città, perché non ne approfitta per un bel poker con gli amici e magari una puntatina al night? Non fanno sempre così nei film?

Ma lui insiste, con quel modo di fare che ormai ha sempre più spesso, quello di chi è arrivato a mettere a posto ogni cosa.

«Faccio il risotto ai funghi.»

Alla fine lo aiuto a cucinare. Se lo sa Luisa si arrabbia, perché a lei non do mai una mano e deve insistere anche solo per farsi aiutare a sparecchiare. Invece Giovanni mi dà istruzioni precise, mi spiega come si trita la cipolla, come si fa a mantecare il riso, come si taglia il formaggio. E io eseguo, obbediente.

Apriamo una bottiglia di vino rosso.

Beviamo prima di mangiare. E durante la cena. Finiamo la bottiglia e Giovanni non dice di no quando gli propongo di stapparne un'altra.

Quando si lascia andare e smette di fare il pedante, è molto più sopportabile. Mi chiede quali sono i miei cantanti preferiti, e su ognuno riesce a raccontarmi qualcosa di divertente. Pettegolezzi dell'ambiente, oppure qualche fatto strano accaduto proprio a lui durante un'intervista. Riesce a farmi ridere, e questo non è da tutti, specialmente in questi giorni.

Poi chiede di me, della mia vita. Gli parlo un po' dei miei genitori, ma non voglio scendere nei dettagli, perché non mi scordo che papà andava a letto con Luisa. Lo so che non bisognerebbe essere gelosi degli ex, soprattutto se sono morti, ma penso a quanto sono stata male io per via di Nicoletta e preferisco glissare quando mi dice di spiegargli di preciso come sono arrivata qui. Non vorrei proprio farli litigare a causa mia.

Poi gli racconto di Gabriele, di Francesca e anche di quello che è successo questa mattina. E, senza preavviso, gli scoppio a piangere in faccia. Lui mi accarezza il polso e mi porge un fazzoletto di cotone bianco.

Cerca di consolarmi e mi parla anche del suo matrimonio. «Quando mia moglie mi ha lasciato, mi sono sentito morire. E non avrei mai più pensato di potermi innamorare di nuovo. Invece è arrivata Luisa, e adesso eccomi qui, con la voglia di ricominciare insieme a lei. Succederà anche a te, vedrai, devi solo saper aspettare.»

Mi soffio il naso e lo guardo. Gli poso una mano sulla sua e lo ringrazio. Poi finalmente mi calmo e mangiamo qualche biscotto al cioccolato come dessert.

Quando anche la seconda bottiglia è finita e a me gira piacevolmente la testa, Giovanni dà una rapida occhiata al suo cellulare. «Bene, si è fatto tardi», dice alzandosi e rivolgendomi uno strano sguardo carico di nostalgia.

E all'improvviso l'idea che lui esca da questa casa mi fa paura.

Non abbandonarmi. Non adesso. Non fare anche tu come gli altri.

Rimane senza fiato quando io, con un solo gesto, mi sfilo la camicia da notte e resto ferma in piedi di fronte a lui.

Poi si passa la mano tra i capelli, alzando per un secondo gli occhi verso l'alto. Forse per una specie di ringraziamento al cielo. Saranno passati almeno vent'anni dall'ultima volta che ha visto una diciottenne nuda.

Io non faccio un passo. Lui mi guarda con il respiro che gli diventa più veloce, poi lentamente si avvicina e mi sfiora il collo con le labbra. Poi le spalle, il seno e alla fine arriva alla mia bocca.

Mentre ci baciamo mi chiedo da dove arrivi questo senso di delusione. Ero sola con lui, ho esagerato con il vino e gli ho mostrato come sto con addosso solo le mutandine bianche. Che mi aspettavo? Che mi sculacciasse, mi rivestisse e mi spedisse a letto?

Forse.

Tutto d'un tratto la prospettiva di restare sola, di farmi un bel pianto davanti alla tv, di infilarmi a letto abbracciata all'orsacchiotto e rigirarmi fino alle cinque di mattina prima di riuscire a dormire non mi pare più così terribile.

Ma ormai non posso tornare indietro. Giovanni continua a baciarmi e accarezzarmi, sembra commosso dal suo stesso desiderio, non fa che dirmi «Sei bellissima, sei splendida», con un tono via via sempre più basso, che diventa una specie di singhiozzo.

Poi mi prende in braccio e lasciamo la cucina.

E adesso voglio proprio vedere che fa.

Per consumare il nostro tradimento sarà tanto scellerato da scegliere la camera di Luisa, la donna con cui vuole passare il resto della sua vita? Oppure opterà per la mia camera da bambina, con i peluche, i poster di Elisa e Ligabue alle pareti e lo sguardo guercio ma vigile dell'orso Truffò?

Per fortuna se lo pone, il problema. E, dopo una piccola esitazione, mi deposita delicatamente sul tappeto del soggiorno. Almeno così ha evitato scelte di cattivo gusto e, anche se non è molto, questo resta di sicuro un punto a suo favore.

Non sono mai stata con uno così vecchio. Mi viene

in mente Giada e quello che dice sugli uomini più grandi. Forse non ha tutti i torti, è proprio una cosa diversa, penso, mentre Giovanni mi sfiora, lento e attento, senza lasciare niente al caso. Sembra che conosca il mio corpo millimetro per millimetro.

Però non ce la faccio lo stesso a non pensare a Gabriele. A tutte le volte che lo abbiamo fatto qui in questa casa, alle nostre risate, alle coccole. Mi ripeto che non devo fare confronti e provo ad accarezzare la schiena di Giovanni, però mi fa impressione, perché lui ha un bel fisico per la sua età, ma la sua pelle è sottile e un po' secca, così diversa da quella del mio ragazzo. Non mi fa venire voglia di baciarla o morderla, e comunque a Giovanni non sembra importargliene tanto perché non mi chiede niente. Allora preferisco restarmene ferma e lasciare che sia lui a fare le cose.

Certo, è molto bravo, ma dopo quasi un'ora inizia a venirmi sonno. Penso che domani mattina devo alzarmi presto per andare a scuola. Sarà anche colpa del vino ma, se fosse per me, mi rivestirei e lo manderei a nanna. Però per lui sembra che il bello debba ancora arrivare. Così, per fargli capire che possiamo anche procedere, sono di nuovo io a prendere l'iniziativa, sperando di non essere troppo scortese a interrompere questa piacevole ma estenuante sessione di preliminari.

Sembra stupirsi un po' quando gli faccio capire che voglio andare avanti. Chiude gli occhi, prende fiato, li riapre e mi guarda come se fossi un agnellino pronto al sacrificio su qualche altare. Poi, finalmente, si decide.

Fa uno strano verso in una tonalità ancora più bassa. Roba che se lo sentono i vicini chiamano un esorcista.

«Sei fantastica, piccola. Fantastica...»

La a finale del suo terzo «Fantastica» si trasforma in una specie di grido doloroso e Giovanni si accascia sfinito sopra di me.

Aiuto.

Se non si tira su in fretta morirò soffocata. Con la scusa di una carezza sulle spalle lo sposto delicatamente e restiamo fermi tutti e due a pancia in su, senza dire niente.

L'effetto dell'alcol sta passando. Sento il pavimento freddo sotto il tappeto e inizio ad avvertire dei leggeri crampi alla pancia. Le cose stanno riacquistando le loro dimensioni reali. E la realtà mi appare spaventosa.

Guardo Giovanni, che sta fissando il soffitto con un'espressione concentrata e addolorata. Si gira verso di me con il respiro ancora affannato e la bocca socchiusa. Sembra che stia per piangere.

Sta' a vedere che adesso mi chiede scusa.

Se mi chiede scusa giuro che mi metto a urlare.

Se mi chiede scusa sento che la mia vita sarà orribile, mi bocceranno alla maturità, diventerò brutta e resterò ignorante, non bacerò mai più Gabriele, deluderò tutte le persone che mi vogliono bene, e nessuno si innamorerà mai più di me.

«Scusa.»

Ecco, lo sapevo. Guardo i suoi occhi liquidi e mi sforzo di non urlargli in faccia di sparire per sempre. Non rispondo e gli faccio una carezza stanca sulla faccia. Lui mi afferra la mano, me la stringe, la bacia. Sembra davvero disperato. Forse perché anche lui, come me, si è reso conto solo ora di quello che abbiamo combinato a Luisa. O forse è solo per la figuraccia.

Mi metto a sedere sul tappeto e gli sorrido per fargli capire che sono a posto. Che adesso me la sento di dormire da sola. Che se ne può anche andare, insomma.

Capisce al volo. Perché il «ragazzo» della mia amica sarà anche pieno di difetti, ma di certo non è scemo.

Senza una parola ci rivestiamo.

Lo accompagno alla porta, e prima di uscire lui mi afferra le spalle e mi dà ancora un bacio sulla guancia. Io non vedo l'ora di vederlo scomparire.

Ma, invece di dirmi: «Addio, sarà il nostro segreto e non lo rifaremo mai più», si sofferma, mi annusa per qualche secondo, poi dalla guancia si sposta lento verso il collo e qui riparte con quei sospiri tristi e un po' impostati. Ho paura che voglia ricominciare, anche se penso che è difficile, perché sulle riviste di mamma ho letto che cos'è il periodo refrattario in un uomo e so che con il passare degli anni aumenta. Però, per non rischiare, lo stacco dal mio orecchio con gentilezza, mi sforzo di mettere su un sorriso e gli faccio ciao con la mano.

Poi chiudo la porta e mi lascio cadere seduta, con la schiena contro il legno. Resto lì a mordermi un'unghia. E capisco che ora è tutto molto peggio di prima.

«Lo sai qual è il colmo per un ciclista giapponese omosessuale?»

«Credo di sì, grazie», risponde Luisa al collega Dotta con distratta cortesia.

È stanca per il viaggio e per il frastuono. Come se non bastasse, ha anche lo stomaco in disordine e sogna un brodo caldo davanti alla tv al posto di questa cena interminabile di nove portate per quattrocento persone. Guarda l'ora. L'amministratore delegato ha appena terminato il suo discorso, e l'applauso finale, come sempre, è lo start che segna la fine della parte formale della giornata. Da questo momento in poi i colleghi si sentono finalmente liberi di approfittare della lontananza da casa per scrollarsi di dosso i freni inibitori, esagerare con l'alcol e avventurarsi in palpeggiamenti alle ginocchia di colleghe più o meno consenzienti.

Il ragionier Claudio Dotta, scolorito viceresponsabile dell'ufficio contabilità, solitamente taciturno, in trasferta sembra posseduto dallo spirito di qualche sciamano, e non fa che parlare, ridere e raccontare storielle. Ha insistito per sedersi tra Luisa e Barbara, nonostante Luisa abbia fatto di tutto per evitarlo, perché le sarebbe piaciuto approfittare della cena per chiacchierare un po' con le sue amiche. Ultimamente si vedono così poco.

«Si può sapere dov'è andata Barbara?» chiede alla schiena di Silvia. Non che sia davvero preoccupata. È solo un tentativo per arginare il fiume in piena delle barzellette di Dotta.

Silvia, evidentemente seccata per essere stata interrotta nel pieno di una conversazione con un bel collega molto più giovane di lei, risponde laconica. «L'ha chiamata suo marito ed è salita in camera.» Poi si volta con un sorriso, pronta a riprende il discorso con Enrico della filiale di Londra, fresco di master alla Bocconi, che la sta marcando stretta con eleganza fin dall'aperitivo.

Ma Luisa insiste. «Qualcosa di urgente?»

Silvia sta per perdere la pazienza. «Una precisazione sulla ricetta del tofu alle erbe.»

«E non poteva dargliela da qui?»

«Macché. Lui non sopporta di sentire troppo casino mentre parla di cucina biologica.»

Dopo un'eloquente occhiataccia a Luisa, che sta a indicare che le chiacchiere sono rimandate ad altra sede, Silvia torna a concentrarsi sull'oggetto del suo interesse.

Enrico le sta spiegando che resterà a Milano solo pochi giorni. «Il tempo di andare in ospedale per un piccolo intervento.»

«Oh, mi dispiace...»

Enrico alza le spalle, sorride e riempie il bicchiere di Silvia con un gradevole bianco frizzante. «Niente di grave. Una semplice vasectomia.»

Sul viso di Silvia appare un sorriso incredulo. «Non dirai sul serio?» Di solito gli uomini con cui esce vagheggiano di casa e pargoli già dopo il terzo appuntamento.

«Perché? Ti sembra forse giusto far nascere bambini innocenti in un mondo che tra pochi anni esaurirà tutte le sue risorse?» chiede lui scrutandola serio con quegli occhi penetranti che non l'hanno persa di vista per tutto il pomeriggio.

Silvia approva con un lieve cenno del capo. Inclina la testa e dalla sua espressione si capisce che è pronta a rivedere la sua teoria per cui il colpo di fulmine è solo un'invenzione dei mass media. Gli guarda le labbra e si sporge impercettibilmente verso di lui. E, una volta tanto, resta senza parole.

Luisa li osserva e sospira. Visto che le ragazze l'hanno abbandonata, non le restano che due alternative per sopravvivere fino al caffè: ubriacarsi del tutto e perdere conoscenza oppure rassegnarsi e tentare uno straccio di conversazione con l'incontenibile ragionier Dotta. A malincuore sceglie il ragioniere, che ora sembra aver smesso con le barzellette e le sta facendo i complimenti per la nuova pettinatura.

«Questo colore ti sta benissimo. È da un mese che l'ho notato, non ti dicevo niente, ma avrai visto che non ti toglievo gli occhi di dosso...»

Luisa fa un mezzo sorriso. Dice che il colore nuovo (castano chiaro mielato, per la precisione, perché a Giovanni piacciono le bionde) lo ha fatto solo da tre settimane. Dotta insiste che invece ce l'aveva già quel giorno in cui aveva consegnato i fascicoli al consiglio di amministrazione di fine dicembre. Luisa è sicura di no.

«Scommettiamo una cena?»

«No.»

«Comunque ho ragione io.»

Luisa alza gli occhi al cielo. L'unico modo per farlo smettere è dimostrargli che non c'è stato nessun consiglio a dicembre. Con un sospiro prende la sua agendina dalla borsa e la sfoglia sorridendo. Poi di colpo si ferma. Torna indietro con le pagine, poi va di nuovo in avanti.

«Non è possibile», dice con un filo di voce.

Il collega Dotta si fa una bella risata e le posa un braccio sulla spalla. «C'avevo ragione io, eh?»

Luisa lo oltrepassa con lo sguardo e afferra il gomito di Silvia. «Ti devo parlare.»

«Ed è proprio il caso di staccarmi un braccio?» risponde l'amica, ma lo dice con un bel sorriso gentile, perché di fronte a Enrico non vuole sembrare troppo aggressiva. «Dimmi.»

«Non devi fumare?»

«Veramente sto pensando di smettere. Ehi, sei tutta bianca, non stai bene?»

«Usciamo, per favore», la implora Luisa, mentre gli occhi le si riempiono di lacrime.

Silvia lancia a Enrico un ultimo sguardo denso di rimpianti. Poi si decide. Ha capito che si tratta di qualcosa di serio, quindi si alza e segue Luisa nella hall, mentre Dotta ancora grida: «Ehi, dove scappi? Una scommessa è una scommessa!»

Luisa cammina sempre più veloce.

«Non aspettiamo Barbara?» chiede Silvia.

«Non c'è tempo.»

Silvia alza un sopracciglio e tra sé mormora: «Poveretta, voglio proprio vederla quando rientra in sala e si ritrova da sola accanto a quel rompiballe di Dotta».

Fuori si gela. Luisa cammina avanti e indietro guardandosi intorno con aria smarrita.

Silvia accende una sigaretta. «Adesso mi dici perché mi hai trascinato qui? Fa un freddo cane e soprattutto stavo per dare il mio numero di telefono al primo uomo interessante che incontro dopo lustri.»

Luisa non parla, prende l'agenda e mostra a Silvia una pagina di novembre con un cerchietto a biro intorno al numero venti. «Guarda.»

«Embe'?»

«Sono state le ultime! Solo adesso me ne sono resa conto.»

«Le ultime cosa?»

Poi Silvia capisce e resta paralizzata, con la bocca semi aperta. Per la seconda volta in una sola serata non riesce a trovare la cosa giusta da dire. Si vede proprio che qualcosa sta cambiando.

Luisa è sull'orlo della crisi isterica. «Ho bisogno di una farmacia. Subito!»

Silvia si riprende e si precipita in mezzo alla strada urlando: «Taxi! Taxi!» ma Milano non è New York e l'unico risultato è che rischia di essere investita da una banda di borseggiatori in fuga su una Panda.

Così prende Luisa a braccetto e insieme camminano nella nebbia, sostenendosi a vicenda perché i tacchi dopo un po' cominciano a far male. Per fortuna, grazie alle indicazioni di un paio di prostitute, che per ovvi motivi professionali sono molto aggiornate sui turni di notte delle farmacie, si procurano un test di gravidanza percorrendo in totale non più di tre chilometri e mezzo.

Ritornano zoppicando in albergo. Nella hall non c'è quasi più nessuno, solo un paio di stagiste in lacrime, una coppia storicamente clandestina che si corteggia come il primo giorno e un gruppetto di funzionari che passano in rassegna il repertorio di Pavarotti mentre ci vanno giù pesante con il limoncello.

Corrono in camera senza parlare. Silvia aspetta fuori dal bagno fumando due sigarette di fila, e chi se ne frega se è vietato, tanto domattina lasciano la stanza.

Sullo stick ci sono due linee fucsia. Nette, chiarissime.

«Un bambino! È terribile», urla Silvia.

«Beh, dipende dai punti di vista», mormora Luisa con un filo di voce.

«E adesso?»

«Adesso lo diciamo a Barbara, no?»

Fanno le scale di corsa e si precipitano a bussare alla porta dell'amica.

Barbara non risponde.

«Starà già dormendo.»

«Nella migliore delle ipotesi. Secondo me, dopo un paio di battute di Dotta, è entrata direttamente in coma.»

«Insisti!»

Silvia picchia sulla porta e chiama a gran voce Barbara.

La segretaria dell'amministratore delegato, donna coriacea e ultrasessantenne che va su tutte le furie se qualcuno nomina in sua presenza la parola «pensione», esce in corridoio con la faccia ricoperta da uno strato di crema grassa e chiede se possono fare silenzio perché sono le due e il tempo delle gite scolastiche è finito da un pezzo per tutti.

Silvia le dice di parlare per sé. La discussione sfocia in una piccola rissa che richiama altri sul pianerottolo.

Solo allora Barbara si decide a mettere un pezzetto di naso fuori dalla porta.

«Che succede?» sussurra (ma non ha motivo di parlare sottovoce, perché ormai intorno stanno tutti urlando).

Luisa e Silvia irrompono nella stanza, chiudendosi la porta alle spalle.

«Devo dirti una cosa. Ma come sei conciata?»

Barbara sembra nuda sotto il lenzuolo che si è drappeggiata addosso. Non si è ancora tolta il trucco e ha i capelli sciolti sulle spalle. «Sembri una meretrice dell'antica Roma», commenta Silvia sorridendo. «Anche io mi scordo sempre il pigiama.»

Barbara apre la bocca per rispondere, ma Luisa non si trattiene e spara la notizia a gran voce. «Sono incinta!»

Barbara resta immobile con la bocca semi aperta.

«Ehi? Stai dormendo? Dotta ti ha ipnotizzato con le sue cazzate?» scherza Silvia, che ha riacquistato la consueta capacità di sdrammatizzare.

«Hai sentito bene? Aspetto un bambino.»

Luisa spalanca le braccia, in attesa di urla di felicità e baci e abbracci che non arrivano.

È in quel momento che Silvia scorge la bottiglia di champagne sul comodino. «Ehi, guarda, abbiamo già l'occorrente per festeggiare.» Afferra la bottiglia, poi si rende conto e si volta di scatto. «Ma che fai, ti porti da bere in camera?»

Barbara scuote la testa e, con le guance che avvampano, fa un cenno verso la porta del bagno.

Le altre due non capiscono.

Tutto diventa chiaro solo quando la porta si apre svelando il ragionier Dotta con l'aria mesta e un asciugamano pietosamente arrotolato intorno ai fianchi.

Dotta chiede confusamente scusa per il disturbo. «Ho capito che era una cosa lunga e di là iniziava a fare un po' freddo... Comunque, congratulazioni.» E a tentoni si avvia a recuperare gli occhiali sul comodino.

Barbara si è seduta sul letto e si è messa le mani sulla faccia. Silvia si morde con forza l'interno delle guance nel tentativo di non scoppiare a ridere.

Luisa si porta le mani alle tempie. Non ci può credere: ha appena condiviso il suo dolce segreto con le amiche più intime e con il ragionier Dotta dell'ufficio contabilità. Ma non si perde d'animo. Va in bagno a cercare qualche bicchiere di plastica per il brindisi.

E poi basta un quarto d'ora per ritornare al solito clima familiare. Allora Barbara si scioglie in lacrime di commozione, Luisa chiede consigli, Silvia commenta le ultime statistiche sulla delinquenza minorile. E Dotta, seduto in un angolo, interviene raramente, solo per raccontare un paio di barzellette, nemmeno troppo orrende, protagonisti ginecologi e infermiere.

# Ventiquattro

Luisa sta facendo colazione immersa nei suoi pensieri. Non si è accorta che non ho preso nemmeno un caffè e che mi sto preparando velocemente, evitando più che posso di parlarle e di guardarla negli occhi.

La sua espressione serena mi fa ancora più male. La osservo mentre beve tranquilla il suo latte scremato e penso che solo due sere fa c'era Giovanni seduto lì a tavola, proprio al posto suo.

La sua mano sul mio polso. La camicia da notte che cade a terra.

Devo chiudere gli occhi per scacciare quelle immagini.

Ho deciso. Ora le dico tutto. Vado lì, mi inginocchio e parto con la confessione. E poi va a finire che lei piange ma poi mi abbraccia e mi perdona.

Certo, se quello che ho da dire fosse «Mi dispiace, ti ho appena rigato la fiancata della Clio», potrebbe davvero andare così.

Impossibile. Non posso parlare. Le farei troppo male. Il danno ormai è fatto, è troppo tardi per rimediare ed è inutile che adesso io tiri fuori la favola dell'amicizia e della sincerità. Dovevo pensarci prima.

Ora l'unica cosa è starmene zitta.

Però mi chiedo per quanto tempo potrò resistere. Continuo ad avere la sensazione che da un momento all'altro lei possa cogliere qualche segnale. Da un'espressione del mio viso, da una parola sbagliata. Oppure da qualche traccia di là in soggiorno, qualcosa che mi sono scordata di pulire o di rimettere in ordine. Invece niente, si alza e comincia a prepararsi senza mostrare il minimo cenno di sospetto. Mi sembra incredibile che quello che è successo non abbia lasciato segni, né su di me né in questa casa.

«Ehi, t'ho portato una cosina da Milano.»

Faccio un salto sentendola parlare all'improvviso.

Lei mi porge una borsa di carta colorata.

«Come?»

«Dalla città della moda...»

Dentro la borsa c'è un vestitino di lana nero lungo fino alle caviglie. A occhio e croce una taglia in più della mia, ma questo ora non conta.

«Che bello, non dovevi...» mormoro. La ringrazio senza dirle che ho visto lo stesso vestito qualche giorno fa su una bancarella cinese in via Candia.

«Aspetto un bambino», mi dice tutto d'un colpo e tutto d'un fiato.

Lì per lì penso che scherzi. Le sue parole mi arrivano come un'eco lontana. Mi gira la testa e non credo di poter controllare i muscoli della faccia.

«Vi ho scioccato un po' tutte, eh? Dovevi vedere Barbara, quando gliel'ho detto. Ha fatto una faccia quasi come la tua.»

Mi prende per le spalle. È commossa.

«L'ho detto a Giovanni ieri sera. Siamo contentissimi, sai?»

Provo a sorridere. Lei mi abbraccia.

«Ci pensi? Avrai un... boh, una specie di fratellino adottivo, no?»

Solo dopo un po' riesco a scuotermi. La bacio sulle guance e dico che sono felice per lei. E se la mia voce trema non importa, perché sembra che sia per la commozione. Intanto provo a guardare dentro di me per capire se è vero, se in fondo al mio cuore c'è veramente almeno un po' di felicità per questa notizia. Ma trovo solo buio, solitudine, paura.

Non voglio che Luisa mi veda piangere, così dico che devo arrivare prima a scuola perché ho la verifica di matematica ed esco in fretta, senza nemmeno prendere i libri. Però, appena fuori casa, mi accorgo che ho ancora in mano la busta con il regalo. La guardo per qualche secondo, poi chiudo gli occhi e la butto nel bidone dei rifiuti.

Il preside è imbarazzato. Tamburella con la sua Montblanc sulla scrivania e fa di tutto per evitare il mio sguardo. È davvero assurdo: un uomo come lui, così anziano e severo, da decenni il terrore degli studenti, a disagio per la mia presenza. Sembra quasi spaventato.

Eppure non è che sto facendo la matta. Non piango, non grido, mi limito a guardarlo e ad aspettare.

Si schiarisce la gola. Non sa come iniziare e forse non ha ancora deciso cosa dire.

Secondo me sta sognando un bottone segreto sotto la sua scrivania, da premere per catapultarmi con la sedia a chilometri di distanza da questo ufficio e togliersi da ogni impiccio. Ma non può farmi scomparire ed è costretto a dirmi qualcosa. Qualcosa di serio.

Ho appena ustionato una studentessa con il tè caldo della macchinetta e naturalmente non può liquidarmi con un buffetto sulla guancia e la raccomandazione di non farlo mai più.

Fuori da quella porta, ragazzi e professori sono sicuri che in quest'ufficio accadrà qualcosa di grave. Che verranno adottati i provvedimenti opportuni.

Ma d'altra parte sanno che il preside non mi tratterà come una qualsiasi diciottenne. Perché ormai la mia storia la conoscono tutti: il trauma dei genitori morti e tutto quanto. Senza contare le bugie che circolano sul mio conto, come quella del ricovero nella clinica per malattie mentali.

Insomma, qualsiasi decisione prenda, ci sarà comunque qualcuno a dire che ha sbagliato. La sua non è proprio una posizione facile. Sono un bel fastidio, anche per lui.

Così, dopo varie esitazioni e balbettii confusi sull'impegno della scuola contro il bullismo, il preside mi annuncia che non sarò sospesa, anche se questa sarebbe la prassi. Però sono obbligata a sostenere un colloquio con lo psicologo scolastico. Io spiego che ce l'ho già, una psicologa, ovviamente evitando di dire che ultimamente sto mancando un appuntamento su due.

Così va a finire che il preside chiama la mia dottoressa e la convoca a scuola per una consulenza. Cosa che di certo la manda in crisi, emotiva com'è. Però è anche vero che le farà bene uscire un po' di casa, visto che negli ultimi tempi è sempre più pallida e triste.

Ma la cosa più stupida in tutto questo è che il preside è convinto che io abbia scelto una ragazza a caso per fare lo scherzetto del tè.

E naturalmente non è così, perché la ragazza in questione è Francesca.

Che poi non l'ho fatto nemmeno apposta, ma non spreco fiato a spiegarglielo, non ci crederebbe, e ormai sarebbe un vero peccato se tutto il casino che ho appena combinato là fuori si sgonfiasse solo perché si scopre che è partito da un movimento accidentale.

Il fatto è che, subito dopo l'annuncio di Luisa, sono arrivata a scuola sconvolta, venti minuti prima del solito e, quasi a volermi fare male, sono andata dritta alla macchinetta, ben sapendo che avrei visto Francesca. Lei che non arriva mai in ritardo. Infatti era là, con la sua aria ordinata e il golfino blu, che salutava Gabriele con un bacio sulla guancia e poi, tutta contenta, iniziava a raccontargli qualcosa. Forse il suo nove in italiano scritto. Oppure l'ultimo esame al conservatorio.

Mai come questa mattina ho odiato la sua gentile tranquillità. E mai ho odiato tanto il modo in cui Gabriele la guarda. Come se nella sua vita ci fosse stata sempre e solo lei. Come se io fossi stata una di passaggio. Una parentesi, o forse un errore.

Ho chiuso gli occhi per la rabbia e mi sono immaginata la scena: a casa di Gabriele, Francesca che suona il pianoforte in salotto, Agata che l'accompagna all'arpa, i genitori che ascoltano commossi e felici e dicono che per fortuna Gabriele ha mollato quella scemetta di Allegra.

«Lei sì che ti fa fare bella figura in famiglia, eh?»

Gabriele si è voltato stupito e mi ha guardato come ormai fa sempre da un po' di tempo a questa parte: con imbarazzo e dispiacere.

«Ma che stai dicendo?»

«Almeno potevi avere il coraggio di dirmi le cose in faccia.»

Gabriele ha abbassato gli occhi. Si capiva che stava male ma, come al solito, non sono riuscita a fermarmi.

«Non te ne è mai fregato niente di me! Ti andavo bene solo per scopare, vero?» ho urlato. L'ho fatto apposta, a dire «scopare», perché Gabriele non dice quasi mai le parolacce e si arrabbia quando sono io a usarle.

Francesca è arrossita e ha accennato ad allontanarsi. «Beh, io torno in classe così vi lascio parlare tranquilli.»

Gabriele l'ha fermata tenendola per una mano. E io ho strattonato il braccio di Gabriele, nel tentativo idiota di staccarlo da lei. Ma senza volerlo ho dato un colpo al bicchiere del tè di Francesca, che le si è rovesciato addosso.

Francesca ha gridato, forse più per la sorpresa che

per il dolore, e poi si è guardata la mano che stava diventando tutta rossa.

Io ho urlato più forte di lei, rivolta a Gabriele, usando tutte le parole peggiori che mi passavano per la testa.

Lui è rimasto lì fermo ad aspettare che mi sfogassi per bene. Poi ha parlato, con la voce rotta dalla collera. Non l'avevo mai visto così arrabbiato.

«Francesca ha un saggio importante la prossima settimana. Deve esercitarsi sei ore al giorno. Ti rendi conto di quello che le hai fatto?»

Intanto qualcuno si è radunato intorno a Francesca, che ripeteva «non è niente», però l'hanno portata lo stesso in infermeria.

«A volte riesci a essere talmente stupida», ha ancora sibilato Gabriele, amaro, prima di lasciarmi per correre da lei.

Poi è arrivata la De Stefanis che mi ha detto che dovevo andare in presidenza. Mi stava ben lontana e mi parlava lentamente, proprio come si fa con i pazzi.

# Venticinque

HO trascorso interi pomeriggi a casa di Giada, in silenzio, mentre lei e Chiara ridevano, si parlavano all'orecchio e intanto ricevevano decine di messaggi da misteriosi studenti universitari e io mi vergognavo del mio telefono muto.

Ho passato qualche ora da Giorgio, a studiare, naturalmente, visto che è l'unica cosa che gli piace. Sua madre arrivava a interromperci ogni dieci minuti, con la scusa di portarci un bicchiere di latte, una fetta di torta, un paio di ricostituenti al fosforo. Secondo me aveva paura che le toccassi il suo bambino, visto che ormai a scuola, dopo la mia esibizione sul cubo, si deve essere diffusa la voce che, oltre che squilibrata, sono anche una specie di ninfomane. Avrei voluto tranquillizzarla e dirle di stare calma che io suo figlio non lo sfioro nemmeno per sbaglio, perché è brutto da far schifo e ultimamente i suoi brufoli si sono moltiplicati a causa dello stress da maturità. Ma non ho detto niente, così almeno ho strappato un sei e mezzo in fisica, che ci voleva proprio.

Ho cercato di arrivare a casa il più tardi possibile, e quasi sempre mi chiudevo subito in camera mia con la scusa che avevo già cenato.

Ma sapevo bene che Giovanni non potevo evitarlo per sempre.

Quando oggi pomeriggio me lo trovo in soggiorno, serio, davanti a un documentario su un gruppo rock anni Sessanta, lo saluto appena e faccio per andare di corsa in camera mia.

«Aspetta», mi dice lui con voce seria, «dobbiamo parlare di cose importanti.»

E io stupida a sperare che si fosse già scordato.

Mi fa cenno di sedermi sul divano, di fronte a lui. Gli do retta e mi siedo, rigida e tutta protesa in avanti, pronta a schizzarmene via appena possibile.

Sembra più nervoso di me. Si alza, si schiarisce la gola. «Se Luisa sapesse cosa è successo potrebbe morire per il dolore. Lo capisci questo, vero?»

Faccio segno di sì con la testa.

«Mi hai fatto fare una cosa terribile, lo sai?»

Adesso è solo colpa mia. Quasi gli avessi puntato una pistola alla tempia. Ma non ho voglia di discutere e continuo ad annuire.

«Dobbiamo dimenticare quello che è successo, okay?» mi dice con un tono basso, quasi lo stesso che gli esce fuori quando fa l'amore.

«Va bene.»

E per me l'argomento sarebbe chiuso. Sto per alzarmi, quando lui si volta di scatto verso di me, con la faccia tutta rossa. «*Va bene*? Sai dire solo questo?»

«No. Abbiamo fatto una gran cazzata. Sarà meglio che ce la scordiamo in fretta.»

«Perché per te è facile, eh?»

No, non è facile per niente. Ogni tanto a scuola ci penso e devo chiedere di andare in bagno in fretta perché mi viene da vomitare. Mi sento una merda ogni volta che Luisa mi rivolge la parola, ogni volta che mi prepara da mangiare, ogni volta che mi mostra un nuovo vestitino per il bebè.

Però non parlo, e Giovanni fa una risata amara.

«È proprio vero che siete dei marziani. Ma si sa, siete la generazione cresciuta con i telefonini, con Internet, con il culto dell'immagine, la velocità...»

Che c'entrano adesso i telefonini? Devo essermi persa qualche passaggio.

«Io non ce la faccio a scordarmelo, sai?» mi dice con la voce che trema.

Oh, no. Adesso se ne esce che ha raccontato tutto a Luisa. La paura di quello che potrebbe succedere mi toglie il respiro e dalla bocca mi sfugge una specie di singulto.

«Non riesco a non pensarci, capisci? Allegra, ormai sei diventata la mia ossessione.»

E prima che io abbia la prontezza di scappare nell'altra stanza, ecco che Mister Coerenza si inginocchia davanti a me e prende a sbaciucchiarmi una caviglia.

Sono talmente sbalordita che non riesco a non ridere. Lui si ferma e mi rivolge uno sguardo appassionato. Con la luce del giorno gli vedo bene tutte le rughe e i capelli radi. Sembra proprio un vecchio. Mi pare incredibile averlo trovato attraente, anche se solo per un paio d'ore.

Sfilo il mio piede dalle sue mani e mi alzo. «Ma se hai appena detto che abbiamo sbagliato!»

«Lo so. È sbagliato, è una cosa terribile, la peggiore di tutta la mia vita. Però ti supplico: facciamolo per l'ultima volta, adesso.»

Riparte all'attacco. Mi devo togliere le sue mani di dosso e lui si inginocchia ancora.

Ho sempre pensato che l'espressione «avere un uomo ai tuoi piedi» fosse solo un modo di dire. Se lo raccontassi a Giada, non mi crederebbe.

Alla fine Giovanni si calma e si asciuga la fronte con il suo fazzoletto bianco. Mi parla con voce pacata. E mi accorgo che così mi fa ancora più paura.

«Io lo so che cos'hai. Ti ho capita, ormai ti conosco, sai?»

Faccio un passo indietro. D'istinto l'occhio mi cade su un tagliacarte che sta sulla libreria, proprio accanto alla mia mano. Giuro che se mi salta addosso glielo pianto nella gola.

«Tu hai paura delle tue emozioni.»

Anzi, ripensandoci, se dice un'altra cazzata come questa, giuro che lo colpisco lo stesso, anche senza l'attenuante della tentata violenza.

Ed eccolo che piange, con la fronte sul pavimento.

Resto lì a guardarlo. Mi fa pena. Ma non riuscirei comunque a toccarlo con un dito, soprattutto ora che lo vedo in questo stato pietoso.

«Lo vedi come mi hai ridotto?» mugola.

«Scusami, non volevo. Ma è stato un errore, non succederà mai più. Voglio troppo bene a Luisa, e poi aspettate un bambino.»

Si rialza, si asciuga le lacrime con una mano e passa al contrattacco. «Adesso pensi a Luisa, eh? E perché non ci pensavi anche l'altra sera mentre...»

«Smettila!»

«Non sono un burattino, sai? Non mi faccio trattare così da una ragazzina.»

Ha uno sguardo da pazzo. Rimango ferma senza sapere cosa fare, sempre localizzando mentalmente il tagliacarte dietro di me. Ho paura che mi tiri uno schiaffo, che mi spari, che mi costringa a stare con lui a suon di botte. Invece resta lì per qualche secondo, a tremare come una foglia. Poi mi volta le spalle ed esce sbattendo la porta.

Aspetto che lo spavento passi e poi mi siedo davanti alla tv. Per un'ora faccio zapping senza seguire niente. Poi mi alzo e vado in camera mia. Ho la testa che gira, ma, per la prima volta dopo tanto tempo, so con certezza qual è la cosa giusta da fare.

Quando Luisa rientra le mie valigie sono già pronte.

«Che stai facendo?»

«Vado via.»

Naturalmente non posso portarmi via tutto. Lascio in soffitta gli scatoloni con la roba dei miei. Magari qualcosa può anche tenerselo lei, così almeno ha qualche ricordo di papà.

Per ora le lascio anche la macchina. Tanto tra poco do l'esame per la patente e vengo a riprendermela. Lei nel frattempo può guidarla, se vuole. Basta che vada piano, perché deve pensare al bambino.

Luisa deve sedersi per la sorpresa. È impallidita.

Io devo impormi di stare calma e di fingere che sia una scelta serena e ragionata. Vado a prenderle un bicchiere d'acqua e provo a spiegare.

Le dico che ora lei e Giovanni diventeranno una famiglia. Inizio a sentirmi di troppo, e poi ho già approfittato abbastanza della sua ospitalità.

«Ma cosa ti viene in mente, scemina, non mi dirai che qui ti sentivi un'ospite?»

Io volto la testa per non farle vedere che ho le lacrime agli occhi e fingo di essere tutta impegnata a chiudere lo zaino.

«Sono stata benissimo. Ma è il momento che vi lasci soli.»

«E dove vuoi andare?»

Stasera andrò da nonna, l'ho già avvertita. Subito è stata contenta perché ha capito che mi fermavo solo per cena. Poi, quando le ho spiegato che mi serviva di nuovo la poltrona letto per qualche giorno, le è venuta una specie di tosse e alla fine mi ha chiesto se non ce l'avevo più, il fidanzato.

«No, nonna, non ce l'ho più.»

«Oh, povera bambina. Ma si vedeva che era uno troppo raffinato, troppo intellettuale. Vedrai che con il tuo bel faccino ne trovi subito un altro migliore.»

Luisa si è alzata in piedi e si sta agitando. Mi dice che non posso andare adesso, devo studiare, ho bisogno di tranquillità. E soprattutto ho il cuore a pezzi.

Inizia a piangere. Non so dove trovo la forza di restare così fredda. Forse è solo perché so che non posso lasciarmi andare, se no finisce che mi metto a piangere anch'io e le dico il motivo vero per cui voglio scappare. E questo proprio non deve succedere.

«Tuo padre voleva che mi prendessi cura di te», mi mormora tra le lacrime.

Io scuoto la testa. «Non è vero», dico con un filo di voce.

Le lacrime di Luisa si fermano di colpo. «Come?»

«Ti ho raccontato una bugia. Papà non mi ha mai parlato di te. Ho letto le tue mail sul suo computer. È stato così che ti ho trovato.»

Luisa diventa bianca e non riesce nemmeno a prendere fiato per rispondere. Ora so che non tenterà più di fermarmi.

Infatti resta ferma mentre io apro la porta.

«Ma allora perché? Perché sei venuta qui?» sussurra.

La guardo e faccio uno sforzo sovraumano per restare tranquilla. «Ero sicura che una donna che amava tanto mio papà non poteva essere così male.»

«Ed è stato così, almeno?»

L'ultimo sorriso mi costa uno sforzo tremendo. Faccio sì con la testa.

Poi esco di casa senza voltarmi, corro in strada e salgo sul primo autobus e non mi importa se non è quello giusto.

E, come accade sempre quando sto troppo male, non mi scende nemmeno una lacrima.

«Ma allora secondo te non mi amava?»

Silvia esita. Abbassa la testa e si rigira il cellulare tra le mani. Avrebbe una gran voglia di rispondere al messaggio di Enrico, che l'ha appena fatta ridere con un commento semipornografico sul suo decorso post operatorio. Ma non può mettersi a trafficare con il telefono proprio ora, a casa della sua amica che ha appena finito di piangere e raccontare i suoi guai.

Ora urge un altro tipo di risposta, ben più difficile. Ma Barbara, da sempre ottima sorgente di risposte diplomatiche, oggi è in ritardo e Silvia deve arrangiarsi da sola.

«Non lo so. Ha solo detto che non le ha mai parlato di te. Mica che non gliene fregava niente.»

«Vorrei sapere che bisogno aveva di dirmelo proprio adesso.»

Silvia si passa una mano tra i capelli. In effetti questo è un mistero, ma in fondo da quella ragazzina non sai mai cosa aspettarti.

Ecco un altro messaggio. Per un po' si sforza di non guardare. Poi cede e trova un modo per prendere tempo. «Lo sai? Quasi quasi berrei ancora un po' di tè.»

Luisa dice okay, con qualche sforzo lascia il divano e va a mettere su l'acqua. Silvia ne approfitta per leggere in fretta, fare una risatina soffocata e inviare una risposta breve ma frizzante.

Subito dopo si pente: ha appena costretto ad alzarsi con l'inganno una donna incinta e triste. Ma poi legge la risposta pressoché istantanea di Enrico, che le dà appuntamento in chat alle dieci in punto. Sorride e pensa che deve assolutamente passare a comprare la webcam prima di tornare a casa. E che in fondo a Luisa non farà certo male un po' di moto, con tutti i chili che sta mettendo su a causa della gravidanza.

Intanto, finalmente, arriva Barbara, in ritardo di quasi un'ora, preannunciata da un energico squillo di campanello. Negli ultimi tempi, dopo che ha provato l'ebbrezza della trasgressione, fa ogni cosa con un impeto nuovo. Entra nella stanza come un ciclone, dopo aver sbattuto sonoramente la porta di ingresso alle sue spalle.

«Allora, è tornata?» chiede apprensiva.

Luisa fa cenno di no, triste.

«Stiamo parlando di una ragazza di diciotto anni, non di un cagnolino. Non è sgattaiolata fuori dalla finestra, ha fatto le valigie e ha detto arrivederci. Avrà avuto i suoi motivi», commenta Silvia, ruvida come sempre, ma in cuor suo sollevata perché Barbara se la cava sempre meglio di lei in situazioni delicate come questa.

E subito Luisa, con la voce di nuovo tremante, riprende da capo il racconto di quello che ha detto Allegra prima di andarsene, delle mail e della sua bugia. «Federico non le ha mai parlato di me, capisci?»

Barbara alza gli occhi al cielo e sbuffa, mettendo tre cucchiaini di zucchero nel suo tè. «Federico? Ma che te ne frega ancora di Federico? Lo sappiamo tutte che era uno stronzo.»

Silvia sgrana gli occhi. «Alla faccia della diplomazia.»

«Cioè, voi avete sempre pensato che fosse uno stronzo e non me l'avete mai detto?»

«Beh, eri così presa. Abbiamo cercato di fartelo capire, ma...»

«Parla per te. Io glielo dicevo chiaro e tondo tutti i giorni, era lei che non mi ascoltava.»

Ma Barbara è ben decisa a tagliare corto. «Insomma, vorrei sapere perché stiamo parlando ancora di lui. Ora c'è Giovanni nella tua vita, no? Aspettate un figlio. E forse è anche un bene che Allegra sia andata via proprio adesso.»

«Dici che abbiamo bisogno di stare un po' da soli?»

Barbara annuisce, convinta. «E come no. Scommetto che, anche se non ti diceva niente, a Giovanni dava un po' fastidio dover condividere la casa con un'estranea.»

Luisa abbassa la testa e prova a sorridere. «In effetti, quando gli ho detto che se n'era andata, ha fatto una faccia... Mi è sembrato quasi sollevato.»

«E comunque vedrai che Allegra verrà a trovarti spessissimo», aggiunge Silvia, che dopo quattordici messaggi di Enrico si sente ottimista.

«Sì, perché lo sai cosa diceva sempre mia nonna? Che gli uomini vanno e vengono, ma le amiche rimangono», sentenzia Barbara stringendo la mano di Luisa.

«Tua nonna è morta alcolizzata, mi pare.»

«Sì, però non beveva mai da sola! »

«A proposito di sbronze, perché non vi fermate a mangiare qui stasera? Giovanni è a Sanremo per una settimana.»

Silvia e Barbara tergiversano. Una accenna al suo appuntamento virtuale con Enrico, l'altra spiega di avere promesso a suo marito una cenetta a lume di candela.

«Cioè? Arrivi a casa e ti tocca ancora spignattare?»

«Macchè, cucina lui. Da quando ha capito che ho la testa da un'altra parte è diventato un'altra persona. Dovreste vederlo.»

«Pazzesco. Vuoi dire che è bastata una scappatella per trasformarlo nell'uomo perfetto?» chiede Luisa.

Barbara arrossisce. «Non è stata una scappatella.»

«È vero. Chiamiamola con il suo nome, una grandissima cazzata», dice Silvia con una risata liberatoria.

Ma Barbara ha qualcosa da confessare. «Io e Claudio ci siamo rivisti. Lo so che è sbagliato, ma non riusciamo a stare lontani. Facciamo scintille, non so se mi spiego.»

Luisa e Silvia saltano sulle sedie. Chiedono i particolari a gran voce, così Barbara fa il resoconto dell'ultima settimana, in cui lei e il ragionier Dotta si sono incontrati a casa di lui (mentre la moglie e i bambini erano al supermercato). E anche nei bagni dell'ufficio.

Tre volte. Silvia chiede se anche nell'intimità a Dotta piace farsi chiamare ragioniere e tra risate, chiacchiere e qualche lacrima, il pomeriggio trascorre veloce e alla fine le ragazze scappano perché si è fatto davvero troppo tardi.

Così Luisa rimane da sola davanti alla televisione, proprio come ai vecchi tempi. E, mentre guarda la prima puntata di un reality che si capisce benissimo che chiuderà entro la terza settimana, decide di mandare un messaggio a Giovanni.

Scrive: *Mi manchi.*

Poi però resta lì a guardare la scritta sul display e alla fine ci ripensa e lo manda ad Allegra.

# PARTE QUARTA

# Ventisei

A SCUOLA serpeggia una strana eccitazione. Sono tutti preoccupatissimi per la maturità, ma allo stesso tempo intendono vivere fino in fondo gli ultimi giorni dell'adolescenza che (lo sappiamo bene, anche se nessuno ne parla mai apertamente) ormai è davvero agli sgoccioli.

Così, da un giorno all'altro, accadono delle vere rivoluzioni. La più secchiona tra le Brutte è diventata dark, ora se ne frega della sua media del nove e trascorre la mattina a passarsi il rossetto nero sulle labbra e a inviare sms esistenzialisti a un bassista metal del corso C.

Giada ha scritto una mail a Luca dichiarandogli il proprio amore e tutto quello che era disposta a fare (cose di sesso, per lo più) pur di poter stare ancora una volta con lui. Luca naturalmente ha postato il messaggio sul forum del liceo e ora, quando Giada passa in corridoio, si mettono tutti a fischiare, compresi quelli del primo anno e qualche professore.

Martinetti è sull'orlo dell'esaurimento nervoso, ma questo non conta perché gli succede tutti gli anni verso fine marzo.

Qualcuno ha visto Gabriele e Francesca che si baciavano nei corridoi.

E io, nonostante tutto, sono ancora viva.

La psicologa ha avuto un sussulto quando le ho parlato della mia notte con Giovanni. Mi ha interrotto nel bel mezzo del racconto (colorito e pieno di dettagli, perché ormai ho confidenza e poi se non parlo con lei a chi le racconto le cose?), si è scusata ed è andata in bagno. Quando è tornata (dopo quasi dieci minuti) aveva gli occhi rossi e sembrava rallentata nel parlare. Chissà perché era tanto sconvolta. Magari è successo qualcosa di simile anche a lei. Forse anche suo marito l'ha tradita con una diciottenne. Se fosse così, bisogna riconoscere che è molto brava a starmi a sentire senza stendermi con un gancio.

Continua a ripetermi che ho fatto bene ad andare via. Che con Luisa e Giovanni avevo solo cercato di rivivere il triangolo edipico. Che adesso l'unico modo per diventare una giovane adulta sana è passare più tempo con quelli della mia età.

Le faccio notare che passavo un sacco di tempo con Gabriele e lui ce l'aveva, la mia età, però mi ha mollato per una più piccola.

E comunque non c'era bisogno del parere della dottoressa per capire che altri tre mesi sulla poltrona letto di nonna mi avrebbero mandata al manicomio. Sul serio, questa volta. Tanto più che nonno ora ha smesso definitivamente di alzarsi dal letto, nonna è sempre fuori perché finalmente ha trovato un lavoro vero (l'hanno chiamata a insegnare a un corso di recitazione) e la casa puzza sempre di più.

Così per prima cosa mi sono trovata una stanza. E la cosa buffa è che in questo mi ha aiutata Nicoletta. Proprio lei, l'odiata Nicoletta. Adesso che io e Gabriele non siamo più insieme la vedo sotto una luce diversa e devo ammettere che non è antipatica proprio per niente, anzi. È una che se può si fa in quattro per darti una mano.

L'ho incontrata un pomeriggio dopo la scuola. Ero a largo Argentina e volevo ritardare il più possibile il rientro a casa dei nonni, così me ne stavo lì seduta a guardare i gatti. Ci venivo spesso con Luisa, che forse non aveva ancora superato del tutto la morte del micio sulla Trionfale. Di solito ce ne stavamo lì una mezz'oretta, davamo qualche euro in beneficenza alle gattare e poi ritornavamo a casa sentendoci un po' migliori di prima. Nicoletta è uscita dalla libreria lì di fronte ed è stata lei a salutarmi, anche se io tenevo la testa girata dall'altra parte per far finta di non vederla.

È andata a finire che abbiamo chiacchierato un po', lei mi ha raccontato che aveva adottato a distanza due gatti ed era diventata vegetariana, poi mi ha chiesto come stavo. Io ho detto la solita bugia («non c'è male») e le ho confidato che stavo da nonna ma cercavo casa per conto mio, perché ora che sono maggiorenne posso disporre come mi pare della pensione di papà. Così lei ha fatto un paio di telefonate e poi mi ha presentato due ragazze del suo paese che affittavano una camera vicino alla stazione Tiburtina. Dopo tre giorni davo di nuovo l'arrivederci a nonna e mi trasferivo in questa stanza di due metri per tre a quattrocento euro al mese, spese escluse.

Rosa e Sabrina, le mie coinquiline, frequentano il terzo anno di Medicina e sono le classiche sgobbone. Passano le giornate in facoltà oppure chine sui libri e non fanno che parlare di esami. Io ho smesso di cenare con loro quasi subito, per l'esattezza durante la preparazione di Patologia generale, quando ho visto che non la smettevano proprio mai e mangiavano in fretta, masticando con la bocca aperta e chiacchierando come se niente fosse di necrosi e flogosi.

Si concedono un po' di riposo solo quando prendono un bel voto. Allora spendono un capitale in superalcolici e fanno una festa, invitando a occhio e croce tutta la facoltà in questo appartamento di sessanta metri quadri. Il mattino successivo io mi sveglio con testa e stomaco in frantumi, mi firmo una giustificazione per motivi famigliari e passo la giornata tra camera e gabinetto, imbattendomi puntualmente in qualche ragazzo sconosciuto e mezzo addormentato che si muove smarrito per casa alla ricerca disperata di un caffè.

Ventiquattr'ore per smaltire la sbornia, e poi ricominciano tutto da capo.

Però sono brave ragazze e andiamo avanti bene, senza mai discutere e senza darci troppo fastidio a vicenda.

Insomma, a quanto pare faccio progressi.

Mi chiedo perché allora mi sembra di stare sempre peggio. Forse è solo il normale effetto del miglioramento. Come quando da piccola mi sbucciavo un ginocchio, mamma ci metteva un cerotto, io dopo un po' mi lamentavo perché faceva ancora più male e lei annuiva e spiegava con aria saggia: «Vuol dire che sta guarendo». Una volta però non si era accorta che sotto il cerotto si era formata l'infezione, così mi era venuta la febbre, il medico aveva dovuto incidere e ho ancora la cicatrice adesso.

Quando ho detto alla dottoressa che, per passare del tempo con i miei coetanei, avevo accettato l'invito alla festa di compleanno di Yuri, è stata molto contenta. Mi ha chiesto com'era andata e intanto mi ha guardata con un bel sorriso e la testa un po' inclinata, ammirando con soddisfazione il risultato di un anno di terapia. Così non ho voluto deluderla e ho risposto che mi sono divertita molto.

Che ho ballato tutta la sera (vero, dopo essermi scolata da sola una bottiglia intera di vodka alla pesca), che ho riso e scherzato con i miei compagni e sono stata socievole e simpatica anche con quelli che non conoscevo (quando si sono messi tutti a ballare in cerchio e a urlare: «Nu-da! Nu-da!» mi sono tolta la maglietta ridendo come una scema e solo l'intervento della domestica filippina ha impedito che lanciassi in aria anche il reggiseno), che soprattutto non ho pensato troppo a Gabriele (Yuri deve aver scambiato il mio spogliarello per uno speciale regalo di compleanno, così mi ha presa per mano e mi ha portato in camera sua. Le ragazze mi guardavano invidiose perché in fondo in fondo ognuna di loro si era preparata per bene sperando di essere lei la prescelta per la serata) e che forse ora c'è un altro ragazzo che mi interessa (abbiamo saltato tutti i preliminari, fatta eccezione per una rapida palpata a tette e sedere, che pareva fatta più che altro per controllare che tutto fosse al suo posto) ed è quasi sicuro che io interesso a lui (io stavo sotto, mentre Yuri, in appoggio sulle braccia, si muoveva veloce, con gli occhi chiusi e l'aria di uno che si sforza di ricordare il codice del bancomat. Io non ho sentito niente, né di bello né di brutto, e me ne sono rimasta con la testa girata da un lato a guardare le pareti tappezzate con le foto degli eroi del wrestling e qualche pubblicità dell'esercito).

Non immaginavo che andare a letto con il ragazzo più popolare della scuola potesse cambiare così la mia posizione. Se lo avessi saputo, magari ci avrei pensato prima e tutto sarebbe stato molto più semplice. Forse.

Ora quasi nessuno mi chiama più matta. I maschi mi invitano fuori, le femmine mi coinvolgono nei loro pettegolezzi (anche se sono sicura che quando non ci sono continuano a sparlare, ma almeno non mi escludono più come prima).

Chiara si è offerta di accompagnarmi a fare shopping e alla fine mi ha persino svelato la nuance dei suoi colpi di sole, dicendo che saranno una favola sui miei capelli castani un po' troppo spenti.

I giorni passano veloci, esco quasi tutte le sere ed è sempre meglio che restarmene a guardare la tv nella mia stanzetta. Almeno così non ho troppo tempo per pensare a Gabriele, Luisa, Giovanni e a tutti gli altri guai, e magari questa è la volta buona che guarisco davvero.

«Di' la verità, mi trovi tanto ingrassata?»

«Ma noo, non sei grassa, sei solo incinta di sei mesi.»

E intanto Barbara mette via in fretta la torta gelato panna e marron glacè, con la scusa che si squaglia.

«Però io le vedo, le altre, sai? Sono tali e quali a prima, anzi, qualcuna sembra anche più tonica e abbronzata. E hanno solo questa bella pancetta tonda, come se si fossero nascoste un pallone sotto i vestiti. Invece guarda me, sembra che mi sia nascosta *io* dentro un pallone!»

«Ma va', che sei splendida. Hai una pelle così luminosa!»

Proprio in quel momento Silvia, che da quando Luisa è in dolce attesa è costretta fumare in giardino, rientra in salotto e rivolge alla futura mamma uno sguardo divertito. «Ehi, cicciabomba, quanti chili hai preso questo weekend?»

Barbara alza gli occhi al cielo.

Luisa riprende a piagnucolare. «Ecco, lo sapevo. Faccio schifo.»

«La piantate di dire stupidaggini? Guardate che il bambino lo sente se ci sono in giro vibrazioni negative.» Barbara dondola la testa, sorride e con delicatezza riprende in mano l'ecografia del nascituro, sciogliendosi per la tenerezza. «E poi cosa sarà mai un po' di ciccia di fronte a questo meraviglioso pulcino?»

«Fa' vedere.»

Silvia sbircia l'ecografia e fa una smorfia.

Barbara si stringe l'immagine al cuore, come se al posto di quel foglietto di carta ci fosse un vero bebè.

«Va' via tu.» Riprende a guardare e a sorridere. «Ma guardalo. Non è tenerissimo? Certo che per non emozionarti devi avere proprio il cuore di pietra!»

«Ma che pietra. Sono contenta, sembra un tipo a posto, con le sue gambine, le dita e tutto. Solo che a vederlo così non mi fa venire voglia di abbracciarlo. E nemmeno di adottarlo a distanza.»

Barbara scuote la testa e mormora: «Arida». Poi all'improvviso scoppia in un pianto dirotto.

«Ehi, guarda che sono io quella con gli sbalzi ormonali», dice Luisa.

Barbara scuote la testa e cerca di parlare tra i singhiozzi. Luisa si sposta a fatica dalla poltrona per riprendersi l'ecografia, perché la sua amica ci sta lacrimando sopra e così la rovina tutta. «Ehi, ma che ti prende?»

«Niente. È solo che tu avrai un bambino e io no!»

«Beh, ma anche tu, andarti a scegliere come amante il ragionier Dotta, che di figli ne ha già tre.»

Luisa si pente subito di quello che ha detto. Non è certo nella posizione per poter dare lezioni su come scegliere gli amanti in ufficio.

«E non è nemmeno funzionario. Quello lì mi sa che non guadagna più di duemila euro al mese, assegni famigliari compresi. Come lo mantiene un altro pupo?» aggiunge Silvia, concreta come sempre.

Barbara scuote la testa. «Fosse solo quello. È che mio marito, da quando gli ho detto che forse dovremmo separarci, si è messo in testa di salvare il nostro matrimonio e adesso gli è uscita fuori tutta una passione...»

Le guance di Luisa si fanno color porpora.

«Non vorrai dire che tu e tuo marito ancora...»

Barbara annuisce. «Secondo lui dobbiamo fare un figlio al più presto. E così facciamo l'amore tutte le mattine. Che non è male, eh, perché lui ha studiato tutte queste cose orientali e quando...»

«Ehi, ricordati che c'è un minore in questa stanza», urla Silvia indicando la busta con l'ecografia.

«Insomma, ho dovuto subito ricominciare la pillola, naturalmente senza dirglielo, se no capisce tutto. Insomma, non voglio che la mia vita si trasformi in una soap opera. Almeno non fino a questo punto. Vorrei almeno un padre certo per mio figlio. Cosa dite, sono troppo all'antica?»

Silvia ride. «Ecco perché hai l'aria così stanca in questi giorni!»

Barbara annuisce e si soffia il naso. «C'è poco da ridere. Non so proprio come potrò tirarmi fuori da questo pasticcio. Sapessi come invidio te e Giovanni, così sereni.»

Luisa arrossisce ancora e non risponde. Si guarda il polso dove fino a qualche tempo fa c'era il braccialettino d'oro. Lo ha dovuto togliere perché è gonfiata troppo e anche quello cominciava a starle stretto.

«A proposito, ma Giovanni quand'è che si decide a trasferirsi definitivamente? Sono mesi che ne parlate.»

«Beh, ultimamente è molto preso, ha avuto un incarico da questa rivista nuova e...»

È Silvia la prima a capire che qualcosa non va. «Tutto bene?»

Luisa scaccia una mosca immaginaria da davanti al suo naso. «Sì, a parte questo quintale di grasso e il mio umore ballerino. Non sono esattamente sexy come una lap dancer, in questo momento.»

«Beh, ma lui ti ama, no?» piagnucola Barbara, ancora concentrata sui suoi guai.

Luisa sta zitta ma il suo sguardo dice tutto. «Non mi sfiora nemmeno più.»

«Coosa?»

«E mica da una settimana. Sono mesi che non si avvicina. Praticamente da quando la pancia non si vedeva ancora.»

Ora Luisa riesce persino a sorriderne. Ora che può finalmente condividerla con le sue amiche, questa inattesa calamità sentimentale sembra pesarle di meno. «È cambiato all'improvviso. È diventato strano, nervoso, ha sempre la testa chissà dove.»

«Sarà un momento di panico. Sai, la paura della paternità, dell'impegno...»

Luisa fa una risata amara. «Chi lo sa. Non mi dice niente. Però...»

«Però cosa?»

Luisa le guarda in faccia e poi si decide a parlare. Perché le cose alle tue amiche o le dici tutte intere oppure non le dici per niente.

«Lo so che forse dico una cosa stupida, però ha cominciato a comportarsi così proprio nei giorni in cui Allegra se ne è andata. Secondo voi c'entra qualcosa?»

Per qualche minuto regna il silenzio.

Barbara si regge la fronte con le mani e sembra il Tenente Colombo.

Silvia tamburella con le unghie sul tavolino basso, poi prende l'ecografia, la esamina con rinnovato interesse e si decide a dire qualcosa, tanto per rompere l'imbarazzo. «Ehi, ma lo sai che a guardarlo bene il bambino ha proprio i tuoi zigomi?»

# Ventisette

NON so se io e Yuri facciamo veramente coppia fissa. Qualcuno dice di sì. In classe continuiamo a non rivolgerci quasi la parola, proprio come prima, perché in realtà non è che abbiamo tante cose da dirci. Però vado a casa sua quasi tutti i pomeriggi. Un giorno ho persino conosciuto suo padre, che è un pezzo grosso in politica e mi ha detto che se dopo la maturità voglio fare l'attrice basta che lo dico a lui, che ha un sacco di contatti. L'ho ringraziato e intanto mi scappava da ridere perché immaginavo di combinargli un appuntamento a sorpresa con nonna.

Quindi mi stupisco, ma solo un po', quando Yuri chiede proprio a me di andare con lui alla festa di fine anno. Gli dico di sì, poi spargo in fretta la voce a scuola e mi diverto a vedere le facce gelose delle mie compagne e anche di quelle delle altre classi.

Insisto per prendere io la macchina.

* * *

Facciamo un figurone quando parcheggiamo la Serie 1 nel piazzale della discoteca.

Quando spengo il motore tiro un sospiro di sollievo. Ho preso la patente solo un mese fa e ci ho messo un'ora per arrivare a destinazione, ma Yuri non sembra averlo notato e per tutto il tempo mi ha accarezzato una coscia guardando fuori dal finestrino senza nemmeno un commento sulla mia guida da imbranata.

Quando scendiamo do un'occhiata all'abbigliamento di Yuri, impeccabile come sempre: con jeans e cintura D&G e camicia Ralph Lauren, avrà almeno mille euro addosso. Senza contare l'orologio, naturalmente. Io non sarò mai alla sua altezza, perché non posso certo sputtanare tutta la pensione di papà in vestiti firmati, però, anche senza griffe, stasera sono un vero schianto, in minigonna argentata e top bianco, sandali altissimi allacciati alla schiava e trucco con i brillantini.

Sorrido al buttafuori che mi squadra dalla testa ai piedi, scuoto i miei nuovi capelli biondi, prendo per mano il mio accompagnatore e insieme facciamo il nostro ingresso trionfale nella grande discoteca all'aperto.

Mi sento bene. Mi volto verso Yuri e lo trovo intento a fissare un punto nel vuoto dinanzi a sé. È anche per questo che piace tanto alle ragazze: non ti guarda mai in faccia e dà sempre l'impressione che oltre le tue spalle ci sia qualcosa di molto più interessante di te. E, si sa, a noi donne quelli che non ci considerano ci fanno sempre impazzire. Stringo più forte la sua mano e lui ricambia la stretta, senza girarsi. È proprio carino, anche di profilo. In queste settimane passate insieme ho scoperto che non è nemmeno così antipatico, soprattutto se è lontano dal suo amico Luca. Quando vuole, riesce anche a fare un discorso serio, sugli argomenti che lo interessano, ovvio (principalmente la piaga del doping nel mondo del wrestling e l'urgenza di sgomberare e abbattere tutti i centri sociali della città).

In fondo non importa poi molto se quando sto con lui non provo niente. Mi piace lo stesso. Mi piace perché è bello, biondo e popolare a scuola. E stargli accanto mi fa sentire carina e importante.

Tutto il resto non c'è più. Sentimenti e batticuori sono spariti. Forse sono da qualche parte in fondo al mio passato, insieme a Gabriele, alla vita con i miei genitori e ai mesi a casa di Luisa. Le emozioni che rimangono sono quelle che provo ora, mentre ondeggio sui tacchi e sento su di me gli sguardi di invidia e ammirazione dei nostri compagni che affollano il locale.

Forse diventare grandi significa proprio questo: non conta cosa senti davvero, l'importante è l'impressione che fai sugli altri. Scommetto che anche mamma e papà la pensavano così.

«Vado a prendere da bere», mi dice Yuri in un orecchio.

Io resto ad aspettarlo, guardandomi intorno, sorridendo a qualcuno che conosco e rispondendo a qualche ragazza più piccola che mi chiede dove ho comprato i sandali. Mi ero già preparata a una attesa di mezz'ora, vista la ressa al bar, invece, magicamente, nel giro di pochi minuti Yuri si materializza accanto a me con un bicchierone di caipiroska alla fragola. Mi spiega che a volte fa il PR in questa discoteca e quindi a lui la coda non tocca. È anche da queste cose che si capisce che è uno speciale.

Iniziamo a ballare proprio al centro della pista e l'alcol del mio cocktail colorato, che scivola giù come uno sciroppo fresco e dolce, inizia a entrare in circolo, regalandomi un piacevole stordimento misto alla sensazione che da un momento all'altro possa accadere qualcosa di bello.

La pista è strapiena. È l'ultimo sabato prima del rush finale della maturità e siamo tutti decisi a spassarcela per bene. Certo, ci sarà un'altra festa dopo gli esami, ma sappiamo bene che sarà diverso. Non saremo più studenti del liceo in quel momento.

Così, ci sono proprio tutti. Lì per lì non vedo le Brutte, ma poi mi accorgo che ci sono anche loro, solo che stasera non sono brutte proprio per niente, anzi: grazie a tacchi alti, reggiseni push up e due dita di trucco in faccia, con queste luci sembrano carine quasi quanto Chiara.

In coda per la toilette c'è persino Giorgio, che barcolla perché è riuscito a ubriacarsi con un paio di Ceres. Lo evitano tutti anche qui. Prova ad attaccare discorso con due ragazze in fila davanti a lui, ma loro se ne vanno, rassegnandosi a ripiegare sul parcheggio per la loro agognata pipì. Giorgio si allontana e si mette a brontolare da solo.

Lo indico a Yuri e ci mettiamo a ridere.

Poi vedo Gabriele. Di colpo tutte le buone vibrazioni di inizio serata scompaiono, come spazzate via da una secchiata di acqua gelata. Non mi aspettavo certo di trovarlo qui.

Accanto a lui, in un elegante tubino azzurro, Francesca sorseggia un succo di frutta. Quando vicino a loro passa una ragazza alta con gli shorts e Gabriele la segue con lo sguardo, Francesca gli dice qualcosa e poi si mettono a ridere e lui la bacia su una guancia. Mi mordo un labbro. Se ci fossi stata io con lui e il suo sguardo avesse indugiato un po' di più sulle gambe della ragazza, avrei di sicuro messo il muso e mi sarei rintanata nel bagno a piangere.

Mi ritorna in mente il primo litigio con Gabriele e la frase di *Moulin Rouge*: imparare ad amare e lasciarsi amare. Forse la differenza è tutta qui. Francesca è stata capace di lasciarsi amare. Io no.

«Ehi, che c'è?» Yuri si è accorto che ho smesso di ballare e sono immobile in mezzo alla ressa, con una faccia disperata.

Mi riscuoto. «Niente, solo che vorrei ancora da bere», dico facendo la voce da gattina e mostrando il mio bicchiere vuoto.

Lui torna al bar e io riprendo a ballare da sola, con gli occhi chiusi per non vedere Gabriele e la sua ragazza, che adesso si muovono a tempo di musica vicino al bordo della pista, cauti e un po' impacciati, senza staccare gli occhi l'uno dall'altra.

Con me Gabriele non ha mai voluto ballare.

Questa volta Yuri ci impiega un bel po' al bar. Mi chiedo che ne è stato delle sue conoscenze. Quando torna, insieme a lui c'è Luca, che ha due occhi da matto e mi saluta con un bacio sulla guancia che mi lascia una traccia schifosa di saliva. Mi asciugo con il dorso della mano mentre Yuri mi porge un altro bicchiere con un liquido giallognolo.

Rimango delusa. «Ma questo è succo d'ananas!» Poi gli chiedo se in tutto questo tempo non è stato per caso sequestrato da qualcuno dell'Alcolisti Anonimi.

Luca e Yuri si guardano e scoppiano a ridere.

Luca urla: «Non devi esagerare, la notte è lunga!» e poi inizia a dimenarsi in mezzo alla pista come un pazzo, urlando e battendo le mani.

Yuri mi mostra due pasticche arancioni. Deve avergliele appena procurate il suo amico. Ne ingoia una e beve un sorso del mio succo d'ananas. Poi, subito dopo, si mette in bocca l'altra.

«Due di seguito? Sei pazzo?»

Ma lui mi prende il viso tra le mani, mi bacia e mi passa la pastiglia.

«Regalino», mi dice con gli occhi che gli brillano.

Io guardo ancora Gabriele che sta sistemando una ciocca di capelli sfuggita dall'acconciatura di Francesca. E butto giù la pastiglia.

Non so per quanto tempo balliamo. Ridiamo, cantiamo a squarciagola, storpiamo le parole delle canzoni perché nessuno di noi tre ha mai avuto la sufficienza di inglese. Ci muoviamo sempre più in sintonia, sempre più vicini.

Sorrido a Luca, che non mi sembra più così orribile ora che proviamo le stesse sensazioni e possiamo capirci al volo, anche senza parlare. Gli accarezzo i capelli e la faccia e intanto strofino la schiena addosso a Yuri.

«La tua donna è uno spettacolo.»

Yuri mi accarezza i fianchi. «Hai visto come la guardano? Li fa impazzire tutti, stasera.»

Mi prende il viso e lo volta verso di sé, baciandomi con un trasporto che non gli avevo mai visto. Sono strani i maschi: hai la certezza di piacergli davvero solo se tutti i loro amici vorrebbero portarti a letto.

Poi mi mette le mani sul sedere. «Andiamo fuori?»

Io mi volto verso Gabriele, che adesso mi sta guardando (non mi devo stupire per questo, e tanto meno montarmi la testa: ci guardano tutti, è da due ore che diamo spettacolo).

«Okay», rispondo e lo bacio ancora.

Lui mi prende per mano e ci avviamo all'uscita.

Mentre ce ne andiamo mi accorgo che Gabriele mi sta seguendo con lo sguardo, attento e serio.

Non so cosa darei per trovare il coraggio di mollare la mano di Yuri, correre da lui, abbracciarlo e chiedergli di ricominciare daccapo.

«Ti amo», gli mormoro quando gli passiamo accanto.

E solo ora mi accorgo che glielo sto dicendo per la prima volta.

Ma c'è troppo rumore e non può sentirmi. Però sono sicura che riesca a leggere il movimento delle mia labbra. Infatti mi sembra di vedergli un'espressione strana. Come se volesse dirmi qualcosa. Ma è solo l'impressione di un attimo. Io non mi fermo e lui non si muove.

L'ultima cosa che vedo prima di sparire fuori con Yuri è che Francesca gli sta parlando ma lui continua a guardare verso l'uscita.

Io e Yuri ci buttiamo sul sedile posteriore della macchina di papà, fregandocene di tutto il via vai di gente nel parcheggio. Intorno a noi c'è chi litiga, chi urla, chi canta, e poi ci sono decine di coppie, ufficiali o clandestine, vecchie e nuove, che corrono abbracciate verso le loro auto, per fare proprio quello che stiamo facendo noi.

Insomma, a quest'ora ci si diverte di più qui nel piazzale che al centro della pista.

La passione di Yuri sembra già spenta. Fa l'amore come al solito, sostenendosi con le braccia, come se volesse limitare al minimo il contatto tra i nostri corpi. Anche io non sono più calda come prima: comincia a girarmi la testa e adesso che la musica è più lontana inizio ad avvertire la stanchezza e un senso di freddo. E non riesco a scacciare lo sguardo severo e profondo di Gabriele.

Mentre mi assale la nausea, nella mia testa le voci e i rumori si fanno ovattati e confusi. Troppo tardi mi accorgo della portiera che sbatte. Sento delle risate e con fatica alzo lo sguardo: in macchina, seduto sul sedile davanti, c'è Luca. E il peggio è che non è solo. Tenendolo per un braccio ha buttato dentro un ubriachissimo Giorgio, che ci guarda e intanto fa una specie di risata isterica e non la smette più.

Morirò dalla vergogna. Ma Yuri non sembra farci

caso, si limita a mormorare «vaffanculo» e poi continua senza aprire gli occhi, con un sorrisetto orgoglioso, con più forza di prima e fregandosene se mi fa sbattere la testa contro l'interno della portiera.

Chiudo gli occhi e tutto si confonde.

Ripenso a Gabriele: ci ha visti uscire, si sarà pur accorto che gli altri due ci seguivano. Adesso scommetto che arriva e spacca a tutti e tre la testa con il cric, poi si mette al volante e mi porta via con lui, al caldo e al sicuro. Ma più passano i minuti e più mi rendo conto che non arriverà. Non arriverà nessuno. Non sono previsti principi azzurri in questa storia.

Giorgio continua a ridere e gli altri due stronzi urlano come disperati. Apro gli occhi e mi accorgo che Luca ha preso il posto di Yuri e si sta godendo i suoi minuti di gloria, brevi ma trionfali, a giudicare dai suoi versi disgustosi.

Mi assale un'ondata di ansia e schifo, gli urlo che devo vomitare e riesco a malapena ad aprire la portiera per non fare un danno, ma sporco lo stesso un po' di interno dell'auto. La nausea aumenta e così anche il panico, e intanto cerco di tirarmi giù la gonna per coprirmi. Le mutandine non le trovo più, devo averle buttate dal finestrino quando siamo saliti in macchina.

Ma qualcuno mi blocca le mani.

Luca e Yuri stanno incoraggiando Giorgio con cori da stadio.

«Dai, è il tuo momento.»

Guardo Yuri, incredula. Come può farmi questo?

Lui si avvicina alla mia faccia e mi accarezza i capelli.

«E dai, è una vita che è innamorato di te», dice guardando fuori dal finestrino, oltre il mio orecchio sinistro. È come se mi stesse chiedendo un prestito di cinquanta euro.

«Diglielo che ci ha promesso la versione di latino alla matura!» urla Luca, esaltato e sudato marcio.

«Vuoi farci bocciare?»

«Guarda che se ci fai 'sto favore poi la versione la passiamo anche a te...»

Mi metto le mani sulla faccia e inizio a ridere senza riuscire a fermarmi. Non può essere vero, dev'essere per forza uno scherzo o qualche tipo di allucinazione delle pastiglie.

Quando smetto di ridere Giorgio si è già steso sopra di me e ha iniziato a trafficare sotto la mia gonna argentata, con la fronte che gronda sudore e le mani che gli tremano. Non ha la minima idea di quello che deve fare. Luca e Yuri hanno messo lo stereo a tutto volume e ridono come due cretini.

La stanchezza mi piomba addosso all'improvviso insieme a una nuova ondata di angoscia e al bisogno impellente di fare pipì.

I due continuano a incitare Giorgio, che è sempre più nel panico.

Voglio solo che finisca tutto al più presto, così non mi resta che una cosa da fare. «Aspetta, ti aiuto io.»

Giorgio mi guarda, spaventato e quasi stupito di sentirmi parlare. Evidentemente nel contratto non era prevista la mia testa.

Così faccio tutto io, poi chiudo gli occhi e mi sforzo di non vomitare un'altra volta e penso a Uma Thurman che taglia tutte quelle teste e quelle braccia in *Kill Bill*.

In pochi secondi Luca e Yuri si assicurano la loro versione e io finalmente posso sperare di tornare a casa mia ancora viva.

Ma poi guardo nel buio fuori dal finestrino appannato e penso che casa mia non so nemmeno dov'è.

# Ventotto

AL ritorno guida Yuri.

«Diamo un passaggio anche a loro due, okay?» mi chiede tutto tranquillo. Io rispondo «vaffanculo» e lui deve aver capito «certo, come no». Forse non è nemmeno cattivo, è solo scemo. Il che magari è ancora peggio.

Giorgio piange per tutto il viaggio rannicchiato sul sedile posteriore. Mi sa che è l'unico a rendersi conto di quello che mi hanno fatto. In fondo fa anche pena, e quasi quasi gli auguro di essere così ubriaco da non ricordarsi più niente domattina. Ma questo altruismo e comprensione non sono altro che l'effetto residuo di quella merda di pasticca. Perché mi basta ripensare a poco fa, ai suoi brufoli arrossati contro la mia faccia, perché mi torni la voglia di tagliarlo a pezzettini e spero che ricordi tutto e resti traumatizzato per sempre e che non riesca mai più a toccare una donna in tutta la sua vita.

Non si accorge nemmeno che siamo arrivati davanti

a casa sua, così Luca deve scendere, depositarlo davanti al portone, suonare il citofono e scappare lasciandolo lì. Da lontano, con il buio, sembra il sacchetto della raccolta differenziata.

Dopo che anche Luca è arrivato a destinazione, a quel gentiluomo di Yuri mica gli passa per l'anticamera del cervello di portarmi a casa. Con la scusa che gli sta scoppiando il mal di testa, mi saluta con un bacio meccanico sulla guancia, mi dice: «Ce la fai a guidare, vero?» e senza aspettare la mia risposta sbatte la portiera e barcolla verso la sua villetta con giardino, dove scommetto che la filippina è ancora sveglia ad aspettarlo.

Rimettermi al volante è più facile di quel che pensavo. Mi stupisco perché ora tutti i movimenti con acceleratore, frizione e cambio mi paiono fluidi e naturali. La macchina sembra andare da sola. Però quei dementi hanno lasciato il condizionatore a palla e qui si comincia a gelare. Lo so che almeno l'aria fredda mi aiuta a lottare contro questa stanchezza esagerata che mi attanaglia tutti i muscoli, ma sto tremando sempre più e quasi non riesco a controllare il volante, perché i brividi mi scuotono le mani. Cerco di riportare la temperatura a livelli tollerabili ma, nella confusa ricerca del comando del climatizzatore accendo, nell'ordine, i tergicristalli, le quattro frecce e la radio.

Mi risveglio coricata in un fosso.

La macchina di papà è capovolta a pochi metri da me.

Ci vedo ancora da tutti e due gli occhi e nei paraggi non sembrano esserci pezzettini sparsi del mio corpo. Sollevo le braccia e poi muovo lentamente le gambe e mi sembra incredibile che sia ancora tutto al suo posto. Mi tiro su piano piano, ho male dappertutto e mi gira la testa da impazzire, però riesco a stare in piedi e così risalgo sulla strada e mi metto a ridere come una stupida, pensando che qualcuno da lassù mi ha protetto. Di certo è stato papà, e sono sicura che, quando gli hanno detto che doveva scegliere se salvare me o la Serie 1, magari un attimo di esitazione ce l'ha avuto.

Però alla fine ha scelto me. Mi tocco la bocca, che mi fa male, e mi accorgo che sto sanguinando. Deve essermi saltato un pezzo di dente. Ma, per quel che mi è servito essere la più bella della scuola, penso che proprio me ne frego.

«Hai bisogno di aiuto?»

Mi volto. I due ragazzi sulla macchina hanno gli occhi a mezz'asta e puzzano di alcol a distanza di tre metri. Però, vista l'ora, non potevo certo aspettarmi il soccorso di un gruppo di crocerossine e devo essere già contenta che qualcuno si sia fermato. Cerco di sorridere a bocca chiusa per non mostrare il dente spezzato e dico di sì.

Il ragazzo al volante scende e quando vede l'auto rovesciata si mette le mani nei capelli e se ne esce con una mitragliata di bestemmie.

Solo dopo un po' si ricorda che accanto a lui c'è una signora. «Hai già chiamato casa?»

Io scuoto la testa. Lui mi fa sedere al suo posto (altra compilation di imprecazioni), mi passa lo straccio dei vetri per pulirmi il sangue dalla faccia, mentre il suo amico non mi degna di uno sguardo e se ne sta lì con la testa reclinata sul sedile a brontolare perché è tardissimo e sua moglie lo uccide.

L'altro mi spiega che sono appena stati a un addio al celibato e sono in ritardo, di un giorno e mezzo, per la precisione. Che normalmente non sarebbe un gran problema, ma in questo caso il matrimonio è domani alle undici e il suo amico lì accanto è lo sposo.

«Congratulazioni!» dico e intanto mi accorgo che non è solo una frase formale e che mi sento davvero contenta per lui. E non credo che sia per l'effetto della droga. Forse è solo la sensazione di essere ancora viva, una delle emozioni più forti mai provate. Mi sembra di respirare in modo diverso e anche di vedere tutto sotto una luce nuova. Al punto che sono quasi felice. Nonostante tutto.

Sempre smadonnando, il ragazzo si lancia alla ricerca del mio telefonino nel prato. Quando me lo riporta, magicamente intatto, io non esito nemmeno un secondo e chiamo casa. E solo ora mi rendo conto che quella non ha mai smesso di essere casa mia.

Luisa ha la faccia stravolta e una pancia enorme. Cammina a fatica, tutta ciondolante, ma nonostante ciò è arrivata veloce come un fulmine con la sua utilitaria.

Di fronte ai due ragazzi ci salutiamo normalmente. Niente baci, abbracci e pianti e cose del tipo: «Perdonami è colpa mia, ma no cosa dici è stata tutta colpa mia». Facciamo finta di niente, come se non ci vedessimo da qualche ora appena e ci limitiamo a frasi di circostanza del tipo: «Ti è andata proprio bene», «Scusa se ti ho svegliato», «Ti porto all'ospedale», «No, sono okay, solo un po' indolenzita».

Una donna incinta al settimo mese e una ragazza con la gonna d'argento strappata, alle cinque del mattino in mezzo alla strada: chissà cosa pensano gli automobilisti che ci sfrecciano accanto.

Luisa ringrazia i ragazzi, paga il carro attrezzi che si porta via la Serie 1 e poi mi carica sulla sua macchina. E anche durante il tragitto continuiamo a stare in silenzio, ma credo che a tutte e due vada bene così. Siamo troppo sconvolte per le spiegazioni.

Le prime parole le dice lei quando arriviamo a casa.

«Fatti una doccia.»

Non è una domanda, è un ordine. Mi accompagna in bagno, mi strattona un braccio obbligandomi a guardarmi allo specchio, e allora capisco. Non si possono fare troppi giri di parole su ciò che vedo. L'unica frase che mi viene in mente è: faccio schifo. Il trucco se ne è andato, lasciandomi rivoli scuri sulle guance. Ho la faccia sporca di terra e sangue, un dente rotto a metà, e qualcosa si è spento dentro gli occhi.

Mi giro verso di lei, cercando in fretta qualche parola per spiegarle e per giustificare, ma non mi esce niente, solo una risatina nervosa. Lei ha le guance rosse, sembra furibonda, respira sempre più veloce come se stesse per esplodere dalla rabbia. Poi, senza preavviso, mi rifila un ceffone. Non una sberletta simbolica, ma uno schiaffo pesante che mi gira dall'altra parte.

Vedo le stelle.

Il colpo, sul labbro ferito, mi fa malissimo. Chissà se intende adottare gli stessi metodi educativi anche con il pupo. Non vorrei essere nei suoi panni, povero piccolo.

«Che non succeda mai più, chiaro?» mi dice con la voce che trema.

E da come mi guarda, con gli occhi che mi inceneriscono, mi rendo conto che ha capito tutto. Non solo quello che è successo stasera, l'ecstasy e le altre schifezze, ma anche tutto ciò che è stato prima che io me ne andassi da casa sua.

E nonostante questo mi sta porgendo degli asciugamani puliti.

Il mattino dopo facciamo colazione insieme. Mi dice che lei e Giovanni hanno rotto un mese fa, io ascolto senza fare troppe domande e lei sta bene attenta a non entrare nei dettagli.

Poi mi chiede di cambiare argomento, racconta qualcosa delle novità sentimentali delle sue amiche, io accenno alle studentesse di Medicina, le dico dell'esaurimento di Martinetti e dei miei ultimi voti a scuola.

Poi lei mi dà il numero del suo dentista, dice che devo andarci subito perché con questo sorriso bucato sono davvero un mostriciattolo. Io rispondo che lei invece è una cicciona e finalmente ridiamo un po' e penso che forse anche questa volta ce la facciamo a ricominciare tutto da capo.

# Ventinove

HO imparato a fare le penne alle verdure e anche le scaloppine. Cucino quasi sempre io, perché ormai Luisa non si alza quasi più dal divano, panzona com'è. Però dalla sua postazione tiene tutto sotto controllo e io non posso sgarrare alle sue nuove regole.

Non più di due ore di televisione al giorno, e solo nella fascia oraria dalle diciotto alle ventuno.

Niente riviste o fumetti. Nelle pause dallo studio è permesso leggere, ma solo libri.

Musica solo mentre si mangia e prima di andare a dormire (a basso volume).

E, naturalmente, vietato uscire di casa. Posso andare al supermercato o a fare qualche commissione, ma senza mai allontanarmi dal quartiere.

Posso ricevere visite, ma solo per motivi di studio. In casa nostra hanno libero accesso le Brutte, che mi portano i loro appunti e sono sempre gentili. Spesso si fermano a chiacchierare del più e del meno con me e

Luisa. Mi chiedo se finalmente, grazie al mio sorriso sbilenco, mi lasceranno entrare nel loro gruppo, almeno per un po'.

Qualche volta è venuta a trovarmi Nicoletta. L'ho chiamata per chiederle in prestito un libro sulla psicoanalisi per la mia tesina, lei me l'ha portato il giorno stesso e si è offerta di darmi una mano. Abbiamo lavorato insieme alla parte di filosofia e a quella di italiano. Sa davvero un sacco di cose, e il bello è che non te lo fa pesare. E poi riesce sempre a ritagliare un piccolo spazio in cui parlare d'altro: cinema, animali, cucina e viaggi.

«Quest'estate vado in campeggio in Croazia con il mio ragazzo e qualche amico. Perché non vieni anche tu?» mi ha chiesto l'altro giorno, dopo che avevamo finito di sgobbare sul *Canto notturno di un pastore errante dell'Asia*.

Le ho risposto che ci avrei pensato. Intanto sorridevo dentro di me pensando a quanto sono diventate amiche Barbara e Silvia, anche se all'inizio uscivano con lo stesso ragazzo. Se mi promuovono alla maturità, va a finire che le dico di sì. Del resto ho proprio bisogno di una vacanza.

La mia clausura diventa ancora più rigida dopo gli scritti che, come previsto, non sono esattamente un trionfo. A sorpresa, la prova migliore è stata quella di latino, anche se naturalmente ho fatto tutto da sola e della famosa versione di Luca e Yuri non ho visto neanche l'ombra, ma tanto gliel'avrei fatta ingoiare se solo provavano a passarmela.

Nei fine settimana arrivano Barbara e Silvia, sempre cariche di dolci, orsacchiotti e pettegolezzi dall'ufficio, e io sono contenta perché quelli sono gli unici momenti in cui anch'io posso fare un po' di casino.

Barbara ha perso qualche chilo e si mette sempre le gonne, cosa che prima non faceva mai. Non ha ancora deciso chi scegliere tra il marito e l'amante. Ogni volta annuncia di avere finalmente preso la sua decisione e che lascerà l'altro (marito o amante, a seconda dei casi), ma poi il giorno dopo cambia idea e ricomincia tutto come prima.

Lei dice che è disperata però ne parla in continuazione con gli occhi che le brillano e secondo me in questa situazione non è che ci stia poi tanto male.

Silvia non fa che dire che il bambino cambierà tutta la vita di Luisa, così continua ad aggirarsi per la casa e a ripetere cupa: «Presto tutto questo finirà». Sembra un monaco medievale che preannuncia la fine del mondo.

Ma in realtà è di buon umore: si è appena regalata un volo low cost per Londra. Lì, durante quattro giorni di passione, Enrico le ha annunciato di aver chiesto il trasferimento presso la sede di New York. La prospettiva di essere separati da un intero oceano l'ha aiutata a dissipare ogni dubbio e ora, sicura che è proprio lui l'uomo della sua vita, spende un capitale in sms, passa ore a chattare su Internet e sorride molto più di prima.

Ed è proprio durante un tè-cena con le ragazze (la domenica si comincia con tè e pasticcini, si passa per l'aperitivo analcolico con le patatine per arrivare alla carbonara, senza soluzione di continuità) che mi arriva la grande sorpresa: un messaggio della più simpatica tra le Brutte. Voci confermate dicono che Gabriele e Francesca non stanno più insieme.

Mi sforzo in tutti i modi di non dare troppo peso alla notizia: non posso mettermi a costruire castelli in aria proprio adesso, devo concentrarmi sui collegamenti tra Giacomo Leopardi e il magnetismo terrestre, e se Luisa capisce che mi faccio distrarre dalle mie paranoie sentimentali, va a finire che mi sequestra anche il cellulare.

Il giorno dell'orale ci sono trentanove gradi.

Luisa non ne vuole sapere di lasciarmi andare a scuola in autobus e sostiene di essere perfettamente in grado di accompagnarmi in macchina. Naturalmente la sua, perché la Serie 1 è dal carrozziere in prognosi riservata e ancora non ho avuto il coraggio di dirlo a nonna. Io da quella notte non ho più guidato e a volte penso che non lo farò mai più in tutta la vita, con lo spavento che mi sono presa.

Io le dico di non pensarci nemmeno, prenderò l'autobus, non voglio farla uscire con questo caldo.

«Scommetto che non vuoi che ti accompagni perché ti vergogni di me.»

In effetti ha passato la notte in bianco e adesso ha le occhiaie, i capelli appiccicati al viso e tutto il vestito di lino premaman chiazzato di sudore.

Io le rispondo di no, che è una mezza bugia, ma non insisto oltre per paura di offenderla e accetto il suo passaggio.

«Però non entri nell'aula, se no io mi blocco.»

«Ti aspetto fuori, in un bar con l'aria condizionata. Promesso.»

Durante il tragitto verso la scuola mi assale il panico. Mi tremano le mani, il caldo mi confonde le idee. Ho l'impressione di non ricordare nulla. Vorrei piangere e urlare a Luisa che non voglio andare, ripeterò l'anno, non me ne frega niente. Ma poi la guardo che stringe i denti e guida schiacciata tra il sedile e il volante, con i rivoli di sudore che le scendono sulle tempie e le mani gonfie, e penso che devo per forza entrare in quell'aula e cercare di fare bella figura, fosse anche solo per lei.

Mi siedo davanti alla commissione e mi guardo le ginocchia, che si muovono da sole per quanto sono spaventata. Prima di cominciare ho la malaugurata idea di voltarmi verso la porta e vedo che sta entrando Gabriele.

È venuto ad assistere al mio esame.

Ora sono ancora più agitata, sento che sbaglierò tutto e lui avrà la conferma che sono una vera cretina. Un'oca con i colpi di sole.

«Allora, signorina?»

Oh, no. Il presidente di commissione mi ha già fatto una domanda e io non stavo ascoltando! Ora giuro che mi alzo e scappo via.

Martinetti sospira e ripete lentamente la domanda: «Nome e cognome».

Questa era facile.

Martinetti si massaggia le tempie con gli occhi chiusi e dalla sua espressione capisco che da qui uscirò a pezzettini.

«Allegra Tallini», dico sull'orlo del pianto.

Poi il prof di storia dell'arte propone di iniziare dalla sua materia e mi fa una domanda sul post impressionismo. Io inizio a parlare di Van Gogh e poi mi viene in mente *Moulin Rouge* e di quando Gabriele mi spiegava di Toulouse-Lautrec, l'unico personaggio del film che esisteva davvero. Così faccio un collegamento di mia iniziativa e passo a parlare della bohème francese. E finalmente l'adrenalina fa il suo bel lavoro. Le ginocchia tremano sempre, ma la mia voce si fa via via più decisa, ogni professore fa le sue domande e tutti gli argomenti ripassati con Luisa si riaffacciano alla mente, come se fossero sempre stati lì in un angolo polveroso del mio cervello. Me la cavo bene anche quando il prof di fisica mi chiede una cosa che non era nel programma ma a cui posso arrivare ragionandoci su. Le parole mi escono fluide e, anche se non ho la parlantina delle Brutte, alla fine il presidente di commissione deve fermarmi e dire: «Molto bene, per me basta così».

Mi guardano tutti compiaciuti e fanno cenni di approvazione. Martinetti si rivolge al presidente e, tutto soddisfatto, gli dice: «È una ragazza molto in gamba», e io penso che se magari l'avesse detto anche a me almeno qualche volta durante l'anno, forse tanti guai potevo evitarmeli.

È finita.

Mi stringono la mano e io mi sento leggera leggera.

«Sei stata brava», mi dice Gabriele all'uscita dell'aula. Sembra imbarazzato, ma continua a sorridermi e resta lì fermo davanti a me.

Gli sorrido anch'io e non trovo le parole. Eppure ero così sciolta, solo un attimo fa.

Lo ringrazio e intanto lo guardo negli occhi e vorrei che adesso ci baciassimo e scorresse la scritta THE END sul fermo immagine di noi due abbracciati. Fuori dal liceo, insieme per sempre.

Ma non posso fermarmi, c'è Luisa che mi aspetta. Lo saluto, gli dico che ci sentiamo e mi avvio in fretta verso l'uscita.

Poi mi accorgo che in corridoio c'è Yuri, che deve passare tra mezz'ora ma se ne frega e, appoggiato al muro, corteggia una ragazzina del primo anno. Lei è tale e quale a me. Ma non perché ci sia una somiglianza vera, è che ormai qui dentro tutte quelle un po' belle hanno lo stesso colore di capelli e si vestono allo stesso modo.

Mi avvicino.

«È carino, vero?» dico alla primina. «Lo sai che prima stava con me?»

Non sono agitata, anzi, le sto parlando tranquilla, come se fossimo in un salotto a prendere una cioccolata calda.

Con calma, ma con i particolari che servono, racconto tutto. La festa in discoteca, Giorgio e la versione di latino. Le mostro anche il mio dente spezzato, che il dentista finalmente ha sistemato ma che da vicino si vede benissimo che è stato rifatto.

Intorno a noi inizia a radunarsi gente, ma io guardo solo lei.

Più parlo e più la ragazzina spalanca occhi e bocca.

Chissà se mi crede oppure no. Ma non cerco di convincerla a tutti i costi, a me basta raccontare. Spero almeno che quello che dico le serva a tenere gli occhi ben aperti e a evitarsi lo schifo di finire barattata per un paio di pasticche, un biglietto per il derby o chissà quale altra cazzata.

Yuri scuote la testa e fa la sua risata scema.

Io non lo guardo nemmeno in faccia, giro le spalle e volteggio verso l'uscita, con quel passo da fotomodella che ormai mi riesce benissimo, anche se, come adesso, porto le Converse.

Niente male come addio alla scuola superiore.

Mentre varco il portone sento la voce di Gabriele che urla: «Figlio di puttana!» e il rumore della testa di Yuri che sbatte contro il termosifone.

Non mi preoccupo troppo per l'esito dello scontro, perché Gabriele fa nuoto da quattro anni, mentre Yuri è solo un pasticcomane che passa otto ore al giorno davanti alla PlayStation. Mi viene quasi da ridere.

Non vedo l'ora di raccontare tutto a Luisa. E dirle che forse i principi azzurri esistono davvero. Arrivano, prima o poi, solo che non possono sempre star lì ad aspettare che tu schiocchi le dita. Hanno i loro tempi.

* * *

Quando esco Luisa mi sta già aspettando in macchina. Questa pazza, con il caldo che fa. Corro da lei tutta contenta, ma appena apro la portiera vedo che è pallida come un cadavere e ha una faccia che proprio non promette nulla di buono.

«Dobbiamo andare subito in ospedale.»

«Oh, mamma mia. Non vorrai dire che...»

Luisa mi lancia un'occhiata eloquente.

«Mi sa che questo qui ha una gran fretta.»

«Sbrighiamoci, allora!» dico allacciandomi svelta la cintura.

La guardo. Lei non accenna a mettere in moto. Si volta verso di me con un'espressione smarrita. «Guarda che non posso mica guidare io.»

Mi stringe un braccio, e intanto si sforza di sorridere.

«Meno male che ci sei», mi dice.

Si fida di me.

Così, senza cercare scuse, prendo il suo posto e mi rimetto al volante dopo quasi un mese da quella sera.

Lo so che prima o poi dovevo riprovare a guidare, ma immaginavo che sarebbe successo in modo un po' più soft. Invece sono le cinque di un afoso venerdì pomeriggio di inizio luglio, gli automobilisti sono idrofobi, devo raggiungere il Policlinico, non conosco bene i sensi unici e la mia amica rischia di partorire in macchina. Per un attimo penso di telefonare alla psicologa per una consulenza urgente, ma lascio perdere perché non c'è abbastanza tempo.

Luisa passa dei momenti in cui è tranquilla, si limita a dirmi di andare un po' più veloce e chiacchiera dicendo che, se voglio, posso fermarmi da lei ancora per un po', così le do una mano con il bambino.

Poi, appena arriva una contrazione, va nel panico e inizia a dire cose terribili, tipo chi deve occuparsi del bambino se lei muore (Barbara), a chi lascia i suoi dischi (Silvia) e i suoi vestiti (a me).

Poi il male passa e lei torna a pianificare il futuro.

«Praticamente resti da me come ragazza alla pari. Sarebbe comodo ora che andrai all'università. Perché ci vai, all'università, vero?»

Rispondo di sì. Non so ancora se Veterinaria o Storia dell'Arte (questa è un'idea dell'ultima ora, perché sono ancora tutta esaltata per il mio brillante exploit su Toulouse-Lautrec).

Lei fa un altro urlo che mi gela il sangue.

Sta per avere il bambino!

No, mi spiega con una mano sul cuore, ho solo bruciato un semaforo rosso. Io tiro un sospiro di sollievo, ma per sicurezza accelero e, per fortuna, quando arriviamo trafelate all'accettazione, siamo ancora solo in due.

Ce l'avevo quasi fatta a non svenire.

Invece ho ceduto proprio all'ultimo. Il dottore mi spiega che il piccolino si è deciso a uscire praticamente cinque minuti dopo che sono crollata come un sacco di patate sul pavimento della sala parto.

Così, quando riesco di nuovo a stare sulle mie gambe, Luisa è già nel letto con il pupo (minuscolo ma in ottima salute) che strilla tra le sue braccia.

Noto subito l'espressione nuova sul suo viso e penso che Silvia aveva ragione. Le cose non saranno mai più le stesse. Non sono più la stessa io, che ho solo guardato, figuriamoci se non è cambiata lei, che il bambino l'ha fatto e adesso è suo, per tutta la vita.

Luisa sorride tra le lacrime e mi fa segno di avvicinarmi.

«Che ne dici se lo chiamo Federico?»

«Dico che è una gran stronzata», esclama Silvia, che è appena entrata di corsa nella stanza.

«E allora, hai qualche proposta? Enrico, magari?» la prende in giro Barbara. Ha il fiatone perché hanno fatto un bel pezzo di strada a piedi e Silvia ha le gambe molto più lunghe delle sue.

Ce ne stiamo lì a chiacchierare. Barbara non si stacca dal pupo e ogni cinque minuti riesce a trovargli decine di vezzeggiativi diversi. Silvia le dice che è disgustosa, ma poi la vedo mentre di nascosto anche lei gli fa le facce buffe. Poi chiama il suo fidanzato a Londra per renderlo partecipe dell'evento e fa qualche ripresa con il videofonino.

Quando l'infermiera mostra a Luisa come si cambia il bambino, Barbara sbircia. «Ehi, piccolo, lo sai che il tuo è il terzo pisellino che vedo oggi? Cosa dici, starò esagerando?»

Le altre mamme nei letti accanto le rivolgono occhiate stupite e un po' ammirate, lei diventa rossa e tutte quante insieme ci mettiamo a ridere, finché non si affaccia un'infermiera a chiedere di fare più piano.

Chiedo a Luisa di scrivermi l'elenco delle cose che devo andarle a prendere a casa. Roba per la notte, vestiti per il bimbo e, suggerisco io, anche qualcosa da sgranocchiare, perché mi sa che l'ospedale in quanto a dolci non è troppo fornito e non è proprio questo il momento di iniziare una dieta.

Mentre esco dalla stanza faccio in tempo a sentire Luisa che, con voce un po' piagnucolosa, chiede alle sue amiche: «Secondo voi saprò essere una buona madre?»

Poi suona il mio telefono. Guardo il display: è Gabriele. Sorrido tra me, emozionata ma non più come ai vecchi tempi, e lascio fare i soliti tre squilli prima di rispondere. Ma una signora in vestaglia e ciabatte mi sgrida perché in ospedale i telefoni devono restare spenti. Per rispetto, spiega.

Le chiedo scusa e sono sincera, perché penso che abbia tutte le ragioni. Così, anche se a malincuore, spengo subito il cellulare.

Vorrà dire che richiamerò io. Non subito, però.

Ho mille cose da fare, e devo sbrigarmi a sistemare tutto per bene, perché qualcuno ora ha bisogno di me.

# RINGRAZIAMENTI

UN grazie davvero speciale a:

Maria Paola Romeo, senza la quale questo libro sarebbe ancora uno dei tanti buoni propositi.

Enrico Racca, per la fiducia, l'incoraggiamento e i consigli, intelligenti e saggi come al solito.

Nicoletta Grill, Nicoletta Belloli, Stefania de Pasquale e tutto lo staff della Sperling & Kupfer, per il supporto e la professionalità.

Francesca Longardi, per l'entusiasmo con cui ha creduto in questa storia.

Laura Cortellessa e Valentina Vertucci, prime attentissime lettrici, per le osservazioni e i suggerimenti preziosi.

Eleonora, Alessia, Alessia, Valentina, Erika e Cristiana, che mi hanno aiutato a costruire il mondo di Allegra.

Fabio e Giuliana, che mi hanno fornito utili coordinate romane.

La mia amica Rosita, l'Uomo Perfetto che le sta accanto e la loro splendida e accogliente casa di Monte Mario.

Barbara e Sabrina, per le chiacchiere e i suggerimenti sui nomi dei personaggi.

Laura, Stefania e Silvia, amiche storiche nonché fonte inesauribile di ispirazione.

Edoardo, che meno male che c'è.

In tutte le librerie

**Più bella di così**

di cui vi proponiamo le prime pagine

# *Uno*

Mi farò molto male?

Ho le ginocchia che tremano. Chissà se anche gli altri ci pensano tanto, prima.

Non saprei dire esattamente perché mi ritrovo quassù, in piedi su una delle sedie del soggiorno, davanti alla finestra aperta. È anche per questo che non ho scritto nemmeno un biglietto. Di solito nei biglietti, oltre ai saluti, la gente lascia qualche spiegazione e, se non dice chiaramente il motivo che l'ha spinta a fare il grande passo, almeno lo fa capire.

Ma io non sono sicura di averlo, un motivo preciso.

Forse è perché oggi compio trentun anni e, durante il pranzo a casa dei miei, mamma ha piagnucolato perché il tempo passa troppo veloce e io divento grande e lei vorrebbe tanto avere dei nipotini per poterseli godere finché è giovane.

O perché stamattina la mia nuova bilancia elettronica (regalo delle colleghe, chiaro indice di mancanza di tatto e di fantasia) segnava ottantasette chili, due in più di quello che da oltre quindici anni è il mio peso forma, e nonostante ciò, alle sei del pomeriggio, ho già fatto merenda almeno quattro volte; c'è persino il segno, una striscia opaca sul pavimento: la traccia delle mie ciabatte lungo il percorso divano-frigo.

O perché la mia amica Stefania, che mi aveva promesso una serata insieme al ristorante messicano, mi ha appena chiamato scusandosi perché deve vedere un tizio conosciuto in chat, che arriva da Costigliole Saluzzo apposta per incontrarla.

O forse perché la domenica pomeriggio in tv sembrano esserci solo programmi orribili in cui ragazze in minigonna fanno la doccia vestite e fingono pure di divertirsi.

Non saprei riconoscere la ragione vera tra tante piccole sciocchezze. Il fatto è che basta pensarle tutte insieme per farmi venire una gran voglia di saltare giù.

Una lieve folata di vento mi fa rabbrividire. Il sole sta per sparire all'orizzonte, ma a Milano il tramonto non interessa a nessuno. Prendo un bel respiro e faccio mente locale: casa mia è in ordine e perfettamente pulita, come ogni casa con una proprietaria che ha troppo tempo libero. Il cesto della biancheria è vuoto, l'armadio impeccabile, i vestiti stirati con cura e allineati per gradazione di colore. Se arrivasse la scientifica a fare le indagini, non troverebbe niente fuori posto e questo pensiero mi rasserena. Sarà sciocco, ma ci tengo a lasciare un buon ricordo.

Peccato solo per il libro.

«Sembra divertente. E poi non si sa mai...» ha detto mia madre mentre mi consegnava il pacchetto regalo con dentro *Le regole. I 35 comandamenti per trovare lui*, insieme alla solita busta con cento euro. Ho cercato di sorridere e le ho detto che l'autrice si è separata dal marito subito dopo la pubblicazione. Non certo una notizia fondamentale, ma dovevo pur aggiungere qualcosa per giustificare la mia faccia delusa e umiliata.

Dirò addio al mondo lasciando intendere a tutti che sono il tipo di donna che legge tristi manuali per single. È imbarazzante.

Per un attimo considero l'idea di scendere dalla sedia e far sparire il libro dandogli fuoco con l'accendigas, ma non voglio perdere tempo prezioso. E poi magari questo dettaglio servirà a far sentire vagamente in colpa i ragazzi che avrebbero voluto invitarmi a uscire e che non hanno mai trovato il coraggio di farlo. Ammesso che ce ne sia almeno uno, da qualche parte.

Dunque, è tutto pronto. Ora non resta che decidermi.

Se fossi in un film, questo sarebbe il momento in cui suona il campanello e sulla porta compare l'uomo che cambierà il mio destino. In effetti, un campanello suona.

Ma non è la porta, è il timer del forno.

Come ho potuto scordarmi della Sacher?

Ero talmente impegnata a pianificare la mia uscita di scena che non ho fatto caso al profumo invitante e sempre più intenso che sta arrivando dalla cucina.

E pensare che ho impiegato sei mesi a estorcere la ricetta al mio pasticcere di fiducia. L'ho convinto solo con le maniere forti, piazzandogli sotto il naso un foglio con il conto di quanto avevo speso nel suo negozio nell'ultimo anno (milletrecento euro) e minacciandolo di iniziare a servirmi dal suo rivale cinese.

Adesso che faccio? Se non lo spengo, il forno potrebbe surriscaldarsi e provocare un incendio. Le fiamme devasterebbero il condominio e dieci famiglie resterebbero senza tetto per colpa mia. E poi, a essere sincera, il pensiero di andare avanti con la ricetta, stendere la marmellata, preparare la glassa e ricoprire la torta di cioccolato fuso, per poi assaporare finalmente il risultato del mio esperimento, si fa sempre più allettante.

Ma forse è meglio resistere e accontentarmi del profumo. Di questo meraviglioso, irresistibile profumo. Chiudo gli occhi e respiro a pieni polmoni sentendomi sempre più debole.

«Era ora che cambiassi quelle tende!»

Ivan, il mio ex, ha mille difetti, tra cui quello di non avvisare mai quando passa a trovarmi. Una volta gliel'ho fatto notare e lui, candido, mi ha risposto: «Tanto sei sempre in casa». Io mi sono offesa un po'.

Ora, appena sceso dalla sua Mini Cooper rossa, guarda in su verso la mia finestra con un bel sorriso.

«Veramente mi stavo suicidando», gli dico a mezza voce.

Non voglio urlare, non mi va di mettere i vicini al corrente dei fatti miei. Anche se in questa domenica di sole sembra che il palazzo sia deserto. Forse sono fuggiti tutti verso la Liguria, a mettersi in costume sulla spiaggia, fregandosene se siamo solo a inizio gennaio.

«Cosa?»

«Ho detto che voglio uccidermi!»

Ivan si fa una risata. «Sei la solita scema. Aprimi il portone, va'.»

Perché nessuno mi prende mai sul serio?

Resto lì ferma e interdetta. Poi sento un cigolio allarmante e scendo, giusto in tempo per accorgermi che il mio peso ha fatto piegare le gambe in metallo della sedia. Se restavo un attimo in più là sopra finiva che il volo lo facevo, sì, però sul pavimento.

Corro a spegnere il forno e tiro fuori la torta. Sorrido dentro di me, perché appena ne assaggio un pezzetto minuscolo, caldissimo, e capisco che è rimasta proprio come immaginavo, soffice, leggera e gustosa, mi accorgo che la voglia di vivere mi è tornata. Almeno ancora per un po'.

CONTINUA

Gentile lettore,

la ringraziamo per aver scelto uno dei libri della linea Paperback.

Per poter soddisfare sempre meglio le sue esigenze e i suoi gusti, le chiediamo di voler gentilmente compilare il seguente questionario. Se ci fornirà anche il suo indirizzo, le invieremo le informazioni relative alle nuove pubblicazioni del gruppo Sperling & Kupfer e alle iniziative speciali rivolte ai nostri lettori. Se invece preferisce registrarsi sul nostro sito www.sperling.it, riceverà nella sua casella e-mail la nostra newsletter informativa.

Ho trovato questo questionario nel volume dal titolo

.....................................................................................................................

Ho acquistato questo volume

☐ in libreria ☐ in edicola ☐ al supermercato

Numero libri acquistati in un anno: ..................................

Il mio autore preferito è: ..................................................

Il mio genere preferito è

☐ Narrativa ☐ Narrativa per ragazzi
☐ Thriller ☐ Saggistica
☐ Narrativa al femminile ☐ Business

INFORMAZIONI ANAGRAFICHE

Età: Sesso: ☐ M ☐ F

Professione: ..........................................................................

FACOLTATIVO

Nome ....................................................................................
Cognome ...............................................................................
Via ............................................................... n. ......................
Città ................................ Provincia .......... CAP ............
E-mail ..................................................................................

*Informativa ai sensi dell'art. 13 D. Lgs n. 196/2003*
I suoi dati saranno trattati da Sperling & Kupfer Editori S.p.A. e dalle società con essa in rapporto di controllo e collegamento ai sensi dell'art. 2359 cod. civ. – titolari del trattamento – per evadere la sua richiesta di invio di materiale d'informazione libraria delle titolari e più in generale per finalità di marketing, attività promozionali, offerte commerciali e per indagini di mercato da parte delle stesse titolari.
Nome, cognome, indirizzo sono indispensabili per il suddetto fine. Il suo indirizzo di posta elettronica è necessario solo se desidera ricevere via mail i suddetti materiali.
Inoltre, previo suo consenso, i suoi dati potranno, altresì, essere comunicati a soggetti operanti nei settori editoriale, largo consumo e distribuzione, vendita a distanza, arredamento, telecomunicazioni, farmaceutico, finanziario, assicurativo, automobilistico, e a enti pubblici e Onlus, per propri utilizzi aventi le suddette medesime finalità.
Responsabile del trattamento è il Responsabile Dati presso Sperling & Kupfer Editori S.p.A.
L'elenco completo e aggiornato delle società in rapporto di controllo e collegamento ai sensi dell'art. 2359 cod. civ. con Sperling & Kupfer Editori S.p.A., delle aziende terze a cui i dati possono essere comunicati e dei responsabili è disponibile al seguente indirizzo e-mail: privacy@mondadori.com.
I suoi dati saranno resi disponibili agli incaricati preposti alle operazioni di trattamento finalizzate all'elaborazione e gestione dei dati.
Ai sensi dell'art. 7 D. Lgs. n. 196/2003, potrà esercitare i relativi diritti, fra cui consultare, modificare e cancellare i suoi dati o opporsi al loro trattamento scrivendo a Sperling & Kupfer Editori S.p.A. Ufficio Promozione - Via Marco d'Aviano 2 - 20131 Milano.
Acconsente che i suoi dati siano comunicati ai suddetti soggetti terzi e da questi utilizzati per le finalità e secondo le modalità illustrate nell'informativa? sì ☐ no ☐

La preghiamo di tagliare lungo la linea tratteggiata e di inviare in busta chiusa e affrancata a:

Sperling & Kupfer Editori S.p.A. Ufficio Promozione
Via Marco d'Aviano 2 - 20131 Milano



S.I.A.E. SOCIETA' ITALIANA DEGLI AUTORI ED EDITORI
Aut. VV 70/10/2009

N00821

Finito di stampare nel novembre 2009
presso la Mondadori Printing S.p.A.
Stabilimento N.S.M. di Cles (TN)
Printed in Italy

Prova d'acquisto
978-88-6061-534
2009